KB260442

악양루에 오르다 登岳陽樓

가까운 친구들에게서는 편지 한 통 없으되
늙고 병든 내게는 외로운 배 한 척 있을 뿐
관산의 북쪽에는 전쟁이 한창이니
난간에 기대어 눈물 흩뿌린다

親朋無一字, 老病有孤舟.
戎馬關山北, 憑軒涕泗流.

Fantastic Oriental Heroes

中間 無敵

중간무적

이후 新무협 판타지 소설

중간무적 4
이후 新무협 판타지 소설

초판 1쇄 찍은 날 § 2006년 2월 21일
초판 1쇄 펴낸 날 § 2006년 3월 4일

지은이 § 이후
펴낸이 § 서경석

편집장 § 문혜영
편집책임 § 유경화
편집 § 심재영

펴낸곳 § 도서출판 청어람
등록번호 § 제1081-1-89호
등록일자 § 1999. 5. 31
어람번호 § 제2-0846호

주소 § 경기도 부천시 원미구 심곡1동 350-1 남성B/D 3F (우) 420-011
전화 § 032-656-4452 팩스 § 032-656-4453
http://www.chungeoram.com
E-mail § eoram99@chollian.net

ⓒ 이후, 2005

ISBN 89-251-0005-3 04810
ISBN 89-5831-817-1 (세트)

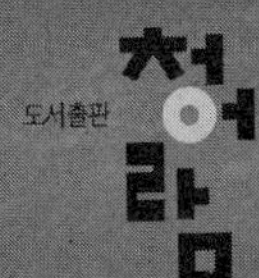

中間 無敵

중간무적

이후 新무협 판타지 소설

4

목차

第一章

안 보는 게 상책(上策)

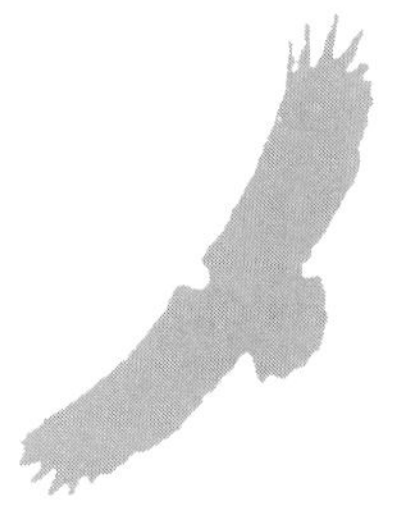

중양절(重陽節)도 지난 무림맹 앞마당엔 이제 완연한 가을로 접어든 날씨와 그로 인해 바닥에 날리는 단풍잎들을 쓸어내는 바쁜 손길들이 이어지고 있었다.

쓰으윽! 쓰으윽!

싸리로 엮인 빗자루가 여기저기 바닥에 널려 있는 단풍잎들을 한곳으로 모았고, 다른 한곳에서는 그렇게 모인 단풍잎들을 태우고 있었다.

"콜록, 콜록!"

매캐한 연기 한 줌이 목구멍을 넘어 기침을 일으키자 입을 막아가며 마른기침을 하던 홍위강은 문득 자신의 손바닥에 곱게 내려앉은 누런 가래에 인상을 썼다.

'제길, 드럽게!'

인상을 쓰던 홍위강은 손을 아래쪽 장딴지에 슥슥 문지르며 피어오르는 연기와 반대쪽으로 얼굴을 돌렸다.

'그나저나 이제 내일이면 정무대전이 시작될 텐데, 그리되면 한동안 허벌나게 바쁘겠구만!'

어제 얼핏 이번 정무대전에 참가하는 무인 수가 대략 천 명 정도라 들었다.

자연히 그 많은 인원들의 뒤치다꺼리는…….

'제길, 초봉이 녀석이 부럽구나!'

삼 일 후 장가간다며 어제부로 일주일간 휴가를 얻은 같은 방 친구 녀석이 무지하게 부러워지는 홍위강이었다.

스윽.

정무대전의 대회 일정과 참가 인원수, 그에 따른 각 인원들의 배치 도 등, 준비 과정이 적혀 있는 보고서를 넘기던 제갈진천은 자신의 앞 에 앉아 차를 마시고 있는 이에게 시선을 돌렸다.

"천(千)이라……."

물어보는 것이 아닌 혼잣말 같은 어조였으나 그런 제갈진천의 말에 찻잔을 내려놓으며 입을 여는 방천욱이었다.

"기존의 명문세가 출신 백오십에 삼초공방을 거친 이들을 합한 숫자 입니다."

"그 말은 삼초공방에 통과한 이들이 팔백오십이란 소리군."

"예, 생각보다는……."

말을 줄이는 방천욱의 모습에 뒷말을 짐작하는 제갈진천의 손이 보 고서에서 떨어져 턱을 괴어갔다.

'적어!'

최소 천오백은 넘을 줄 알았다.

'기준이 너무 높았나?'

문득 자신들이 정한 선별 기준에 대한 의구심이 일었다.

그러나 곧 제갈진천의 고개가 살며시 좌우로 흔들렸다.

'아니야, 기준이 높은 게 아니라 수준이 떨어진 게야!'

정파인들은 모두 참가할 수 있는 정무대전. 대회의 질(質)을 생각해 무림맹에서는 한 가지 선별 과정을 내놓았는데, 그것이 바로 삼초공방이었다.

말 그대로 삼 초의 공방만 허락된 실력 점검 차원의 비무였고, 상대의 한쪽은 사룡단원들이 맡았다.

그렇게 참가 무인의 수준을 가늠했고, 그 결과 기존의 명문세가 출신 백오십 명을 제외한 팔백오십 명의 참가 인원을 가려냈다.

최소 일류 이상의 고수들만으로.

참고로 탈락된 무인들 수가 오천이 넘었고, 그 말은 그들 모두 일류 이하라는 소리였다.

그렇기에 오천의 무인은 아깝지 않았으나, 팔백오십의 통과 무인 수에는 아쉬움이 남는 제갈진천이었다.

더불어 그 아쉬움 속에 진정 자신이 걱정하는 불안이 담겨 있음에.

'너무 길었어!'

지난 사십 년간의 무림 평화. 달리 보면 그동안 적(敵)이 없었다.

그러다 보니 천검 이효상 대협이 종식시킨 정마대전 이후 출생자들은 자신들도 모르는 사이 평화에 길들여져 나태해 갔고 그렇게 자란 무인들의 무위 수준이 예전과 같을 순 없었다. 결국 그 수준이 이번 정무대전의 선별 과정에서 여실히 드러난 것이었다.

　물론 찾아보면 이번 정무대전에 참가 신청을 안 한 수많은 일류 이상의 무인들―사십 세 이하―이 아직 강호상에 많은 것이다. 하지만 그들은 참가를 하지 않았고 당장은 눈에 보이는 현실이 불만일 수밖에 없는 제갈진천이었다.

　어느새 그의 손이 눈가에 지어진 주름을 펴는 듯 위아래로 오르내리고 있었다.

　그러길 잠시, 눈가에 있던 손을 찻잔으로 옮기는 제갈진천이었다.

　"그건 그렇고, 축하하네."

　조금 전만 해도 인상을 찌푸리던 그의 뜬금없는 축하 인사에 잠시 어리둥절하던 방천욱은 이내 그 속뜻을 알아챘다.

　"아직 정해진 것은 아닙니다."

　정해지지 않았다. 그러나 그리될 것이란 확신이 있어서일까? 말을 하는 방천욱의 얼굴에는 확신에 찬 미소가 걸려 있었다.

　청룡단의 부단주. 그 직위가 주는 자부심의 발로였다.

　제갈진천 역시 같은 미소를 지었다.

　"언제 온다 했지?"

　"내일쯤 도착한다 했습니다."

　"그럼 오는 즉시 나에게 보내게."

　"바로 임명하실 겁니까?"

　"어차피 비어 있는 자리, 자네의 추천이면 충분하지 않겠나. 난 그저 궁금할 뿐이네… 정말 그런지."

　초절정의 고수!

　확실하진 않으나 최소한 그에 근접한 실력이라는 방천욱의 보고.

　직접 보지 않아 속단할 순 없지만 보고를 한 부하를 믿기에 관심이 아니 들 수 없는 제갈진천이었다.

더불어 또 다른 궁금증.

유정이란 인물이 자신의 딸과 천검의 동굴이라 짐작됐던 곳에 함께 갇혀 있었다는 점이었다.

'그 녀석은 아니라지만……'

천검의 동굴이 아니었다는 딸의 말. 곧이곧대로 믿을 제갈진천이 아니었다.

그래서 생각해 보았다.

'유정이란 아이의 나이 이제 갓 약관을 지났다 했다. 과연 그 나이에 초절정에 근접할 수 있을까?

자신의 상식으로는 도저히 이해불가였다. 자신뿐 아니라 그 누구에게 물어본들 같지 않겠는가.

그렇지만 방천욱의 식견(識見) 또한 믿기에 생각에 신중을 더했고 한 가지 정황에 도달했다.

'천검의 동굴이 맞고 그곳에서 기연을 얻었다!'

시간이 지날수록 그 생각은 확신이 되었다.

그래서 보고 싶다. 아니, 확인하고 싶다.

그곳이 정말 천검의 동굴이 아니었냐고.

물론 그 역시 딸아이와 같은 부정을 할 가능성이 클 테지만 제갈진천은 알아볼 자신이 있었다.

세상 풍파를 모두 거쳤다 자부하는 자신의 눈을.

'입은 틀려도 눈은 진심을 말하지!'

사람들은 그것을 관록이라 말한다. 그것에 정황의 확신을 더한 제갈진천의 눈은 어서 빨리 유정이 오기만을 기다리며 날카로운 연륜의 빛을 내뿜고 있었다.

어제로 정무대전 참가 신청 기간이 마감되자 오늘부터는 예전의 한 가하면서도 묵직한 분위기가 무림맹 정문에 감돌고 있었다.
그런 무림맹 정문에 두 명의 인물이 들어섰다.
“정지!”
림재중의 오른팔이 정문으로 들어서는 두 명을 가리켰고, 곧이어 그들을 세운 뒤 방문 목적을 물었다.
그러자 정문 일 장 앞에서 걸음을 멈춘 두 명의 인물 중 흑색 무복의 이십대 중반의 인물이 림재중을 바라보며 대뜸 가슴에 손을 올려갔다.
챵, 챵!
청명한 검명이 동시에 정문 양쪽에서 쏟아졌고, 흑색 무복 인물의 손이 가슴에서 멈칫했다.
무인의 기본 예의 중 하나. 모르는 상대 앞에서 아무런 언질 없이 가슴속으로 손을 넣는 행동은 그 하나만으로도 적의(敵意)에 상관없이 칼을 맞아도 할 말이 없다는 것이었다.
그렇기에 자신의 행동이 너무 안일했단 것에 고소를 짓는 흑색 무복의 인물이었다.
‘너무 오랜만에 나왔나?’
교에서만 생활한 지 십 년, 자신의 나이를 생각할 때 청춘을 그곳에서 보냈고, 그 기간 동안 강호에 나온 적이 없었으니 이런 사소한 실수를 한 것이었다.
“다른 뜻은 아니고 이곳에 온 목적을 전해주려 한 것이니 그리들 긴장하지 마시게.”

그의 말에 림재중이 잠시 그를 노려보고는 반대편에 서 있는 동료에게 눈짓을 하자 곧 그들의 뽑혀진 검이 다시 검집으로 향했다.

흑색 무복의 인물이 이번에는 아주 천천히 가슴속으로 손을 가져갔고, 하얀 봉투를 꺼내 림재중에게 건넸다.

"청해에서 왔소."

'청해?'

자신에게 건네지는 봉투를 받아 들던 림재중은 상대의 말에 언뜻 곤륜파를 생각하다 봉투 겉면에 찍혀 있는 직인에 두 눈이 화등잔만 해졌다.

'검진문!'

강호에 비슷한 문파 이름은 셀 수 없이 많았다. 중소문파일수록 그런 경우는 더욱 심하다.

그러나 검진문이란 이름은 결단코 자신이 아는 한 하나였다.

현 무림의 절대강자들. 절대십사천!

그들 중 최강이라 공공연히 일컬어지는 인물 천의검성 천화경! 그가 세운 문파 검진문. 그게 림재중이 아는 하나의 이름이었다.

자연스레 저(低)자세를 취하는 림재중이었다.

"자… 잠시만 기다리시오."

더듬기까지 한다. 그만큼 검진문이란 이름이 주는 위명은 일개 무림맹 정문 호위무사가 감당하기에는 벅차다는 방증이기도 했다.

반면 간만에 칼까지 뽑고 무게 좀 잡았네 하던 구정일은 반대편에 서 있는 림재중과 달리 다른 상황에 의해 두 눈이 화등잔만 해져 있었다.

'호! 뭔 놈의 사내 녀석이 저리도 예쁘장하게 생겼다냐!'

흑색 무복의 인물 뒤에 서 있는 이십대 초반의 사내.

자신이 자주 가는 악양 최고의 기루, 바로 옆에 있는 환미각 최고의 기녀인 적월이보다도 더 예쁘게 생긴 그의 외모 때문이었다.

피부 또한 비교가 안 될 정도로 하얗고 뽀얗다. 다만 입꼬리 양쪽이 약간 들어올려진 게 야비한 인상을 주기도 했지만 그 정도는 흠이 될 수 없어 보였다.

꿀꺽!

자신도 모르게 침이 넘어가는 구정일이었다.

그런 구정일의 시선이 머무는 곳에 서 있는 인물. 바로 천화경의 제 자로 음현중의 아들이며 현 마교 교주 음태성의 손자인 음수빈이었다.

'저 자식이 지금 날보고 목울대를 껄떡이는 거야? 이런 씨발! 확, 모 가지를 젖혀 버릴까 보다!'

외모와 전혀 어울리지 않는 거친 속내. 하지만 여기서는 그 속내를 드러내면 안 되기에 꾹 참는 음수빈의 어금니 한쪽이 비틀리고 있었다.

부스럭, 찌익!

제갈진천의 손에 봉투의 윗면이 뜯겨 나가고 한 장의 시신이 눈앞에 펼쳐졌다.

"……."

침묵. 그 침묵에 제갈진천에게 고정되어 있는 방천욱의 시선엔 극도 의 궁금증이 서려 있었다.

'왜 갑자기 검진문에서 서신이?'

최근 이십여 년간 무림맹과 검진문 사이에는 특별한 교류가 없었다.

다만 천의검성이란 명성을 무시할 순 없었기에 강호상에서 일어나는 대소사에 대해서 간간이 서신을 통해 전하는 수준으로 서로 간의 안면을 유지하는 정도였다.

거기에 이제껏 먼저 서신을 보낸 적도 없는 검진문이었다.

그런데 이번에는 먼저 보냈다. 그것도 미묘한 시점에서.

'혹, 마교의 발호에 한 손을 거드려고 하시나?'

기분 좋은 상상. 그러나 무리가 따르는 상상.

사십 년 전 혈교와의 마지막 전투를 끝으로 강호상의 활동을 접은 천화경. 더해 이십 년 전부터는 아예 외부와의 연락마저 완전히 끊다시피 한 그였기에 지금 자신의 상상에 무리가 따름을 인정하는 방천욱이었다.

부스럭!

침묵을 알리는 소리가 침묵을 끝내는 소리가 되었고, 제갈진천의 손에 쥐어진 서신이 방천욱에게 전해졌다.

"읽어보시게."

그동안의 격조를 무릅쓰고 이렇게 서신을 통해 무림맹에 안부를 전하게…….

"……!"

잠시 후 서신의 내용을 다 읽은 방천욱은 커진 눈으로 제갈진천을 바라보았다.

"놀랐는가? 나도 그러하이. 갑자기 제자를 보낸다니."

이걸 어떻게 이해하고 받아들여야 할까. 제갈진천의 손가락이 탁자를 두드리고 있었다.

으레 그의 버릇이 다시 나오자 자연스레 침묵이 다시 찾아왔고, 잠시 뒤 방천욱이 어렵게 입을 열었다.

"…어찌 되었든 천의검성의 제자입니다."

그렇다. 지금의 미묘하고 힘든 시기에 천화경이 직접 온 것은 아니나 적어도 그와 연결된 인물이 무림맹에 왔다는 것은 호재(好材)라 아니 할 수 없었다.

제갈진천 역시 그 호재는 반가웠다.

그러나 왠지 가슴 한쪽이 무거워지는 기분이 드는 건 왜일까.

'서신의 내용을 보아하니 적어도 회망산에서 마교와의 결전이 있기 이전에 쓰여진 듯한데……'

서신의 내용은 마교의 발호와 전혀 무관했다. 아니, 발호 자체를 모르는 듯했다. 즉 서신이 쓰여진 지 최소 서너 달이 지났다는 뜻. 이 부분이 걸린다. 통상적으로 서신을 적었다면 그날로, 아니면 늦어도 며칠 안에 출발을 시켰을 텐데 왜 이제야 왔냐는 것이었다.

청해가 그렇게 먼가? 결코 아니었다.

물론 가볍게 생각할 수도 있다. 그사이 강호 유람을 하다 왔겠지 하고.

그러나 강호의 흐름을 자신의 머릿속에 담아두고 재려 하는 제갈진천의 감이 영 꺼림칙하다고 전해왔다. 뭔가 있다고…….

방천욱을 바라보는 제갈진천의 입이 열렸다.

"사람이 왔으니 우선은 만나봐야겠지."

잠시 후 제갈진천의 처소에는 그와 방천욱, 그리고 검진문에서 온 음수빈이 앉아 있었다.

쪼르르륵!

방천욱이 직접 차를 따라주었고, 음수빈이 예의 바르게 찻잔을 받아 들고 있었다.

'정말 잘생겼군!'

음수빈에 대한 방천욱의 첫 감흥이었다.

그에 반해 제갈진천은 자신에게 옆모습을 보이며 방천욱의 차를 받고 있는 음수빈을 유심히 바라보며 다른 감흥을 느끼고 있었다.

'마지막 제자라 하였지만 이렇게 어릴 줄은 몰랐군!'

서신에 마지막 제자라 쓰여 있었으나 이렇게 어릴 줄 몰랐기에 은근히 놀란 제갈진천이었다.

'가만, 이름이 음수빈이라 했지? 그러고 보니 음현중에게 아들이 하나 있다고 들었는데……'

천화경의 대제자 음현중. 비록 그의 무재가 뛰어나지 않아 강호상에 스스로의 이름을 떨치지는 못하였으나, 그런 것은 중요하지 않았다. 적어도 천화경이 살아 있는 동안에는 그가 대제자요, 그것만으로도 초절정고수와 같은 영향력을 발휘할 수 있었기에.

그에게 아들이 하나 있다는 소리를 들었다. 앞에 앉은 이가 그일 확률이 높았다.

그걸 확인하는 제갈진천.

"사부님과 아버님은 강녕하신가?"

"예. 두 분 다 정정하십니다."

"음. 그러셔야지."

살며시 고개를 끄덕인 제갈진천은 자신의 생각대로 이 앞에 앉아 있는 이가 음현중의 아들임을 확인하게 되었고, 곧이어 음수빈의 뒤쪽 방문 너머로 시선을 옮겼다.

"같이 온 이가 있다 들었는데."

"제 호위입니다."

'호위?'

"제가 강호 경험이 일천하다 보니 아버님이 사람을 붙여주셨습니다."

일견 수긍이 간다. 아무리 천화경의 제자라 하여도 아직 어리고 그의 말대로 일천한 강호 경험에 부모 된 입장에서 호위를 붙여주는 것이.

그러나 문밖에 있는 이의 기운은 단순한 호위무사의 차원을 넘어서 있었다.

'본인은 내력을 갈무리한 것 같지만 적어도 방 단주와 비슷한 수준, 아니, 그 이상인 것 같군.'

최소 절정의 끝에 서 있다는 말이었다.

그런 인물이 단순한 호위라니. 게다가 호위라면 검진문 소속이 아닐 가능성이 농후했다. 그런 인물을 음현중은 어디서 구했을까? 그리고 그 정도의 인물이 호위라는 직위로 인해 방 안에 동석조차 못하다니.

음수빈을 만나기 전 그가 사문에서 나와 이곳으로 왔을 기간, 즉 삼사 개월간의 공백 기간에서 기인된 제갈진천의 꺼림칙함이 얘기를 나누면서 점점 의혹을 덧붙이고 있었다.

반면 흑의무복의 인물 역시 방 안에서 자신을 바라보는 제갈진천의 시선과 마주치고 있었다.

'제갈만검!'

절대십사천의 일인. 그가 방문 너머 자신을 주시하는 느낌.

‘오싹하군!’

특별한 기세 충돌 없이 주시한다는 느낌 하나로 자신의 오른팔에 돋아나는 소름에 흑의무복 인물의 얼굴에 살짝 기대 어린 미소가 감돌았다.

광효성이 부탁하지 않았더라도 알았다면 손을 썼을 공옥민의 패배에 대한 복수. 그 복수의 대상자인 유정. 거기에 자신을 바라보는 제갈진천. 모두 강자이리라.

그 강자들이 모인 무림맹 한복판에 순수한 호승심에 미소 짓는 일호가 서 있었다.

그에 반해 방천욱의 입가엔 비틀린 미소가 그려져 있었다.

‘쳇! 뭐가 그리도 궁금하신지. 그냥 지켜보면 될 것을……’

무엇이 그리 궁금한지 자신이 말할 새도 없이 꾸준히 음수빈에게 질문을 하는 제갈진천의 모습에, 꿰다 놓은 보릿자루마냥 소외감이 느껴지자 삐친 것이었다.

이런 방천욱의 삐침을 아는지 모르는지 질문을 이어가는 제갈진천이었다.

“특별히 지원하고 싶은 곳은 있나?”

“부족하나마 생각해 둔 곳은 있습니다.”

“어딘가?”

“청룡단에 들고 싶습니다.”

음수빈의 대답에 이때다 하고 방천욱이 끼어들었다.

“청룡단 말인가?”

“예, 방천욱 대협이 계신 청룡단에 들고 싶습니다.”

‘방천욱 대협?’

자신의 이름을 말하는 음수빈의 모습에 아직 자신의 소개도 못한 것을 알게 된 방천욱의 입가에 고소가 지어졌다.

'쳇! 소개할 시간도 안 주고 군사께서 그리 떠들어대시니 이런 경우가 발생한 것 아닙니까!'

자신을 바라보는 방천욱의 시선이 치켜떠져 있자 제갈진천은 헛기침을 하며 그의 시선을 피했다.

"허험, 이거 내가 너무 질문만 했나 보군. 이 사람이 자네가 말한 그 사람일세."

"그 사람이라 하시면?"

"이 사람이 방천욱일세!"

은근히 목소리에 힘을 들어가 있는 방천욱의 말에 음수빈이 그를 바라보며 머리를 숙였다.

"아! 그러시군요. 제가 몰라뵙고 실수를 했습니다."

"실수는 무슨. 말할 틈이 없지 않았는가!"

"크흠!"

아까보다 더 힘을 주는 방천욱의 목소리에 또 터져 나오는 제갈진천의 헛기침이었다.

어찌 되었든 유정이 맡을 부단주와 달리 단원을 뽑는 문제는 제갈진천이 아닌 방천욱의 개인 권한이 컸기에 그가 답을 해야 했다.

더불어 최종 권한은 구대장로들에게 있다지만 대부분 특별한 결격 사유가 없는 한은 방천욱이 뽑은 인물 그대로 청룡단원이 되었기에 결국 그의 의중에 가부가 결정된다 볼 수 있었다.

방천욱이 잠시 숙고를 하더니 얼마 지나지 않아 음수빈을 바라보며 가부의 결과를 내놓았다.

“천의검성의 제자가 청룡단에 들고 싶어한다니 나로서도 환영일세.”

“감사합니다.”

음수빈이 자리에서 일어나며 감사하다는 말과 함께 고개를 숙였고, 방천욱 역시 자리에서 일어나 그의 어깨를 토닥였다.

“앞으로 잘해보세!”

“예, 많은 지도 편달 부탁드립니다.”

“이를 말인가. 천의검성의 제자인데!”

천의검성의 제자를 특별히 강조하는 방천욱의 말에 음수빈의 숙여진 얼굴 사이로 약간의 굴곡이 지어졌다.

‘자꾸 제자, 제자 하는데 천의검성의 제자가 아니면 안 받아줬다는 말이야 뭐야?’

그야 불만이겠지만 그 생각은 당연했고 정확했다.

각파의 수많은 후기지수들이 그렇게 들어가고 싶어하는 사룡단이며 그중 제일이 청룡단이다. 그런 곳을 이렇듯 쉽게 들어갈 수 있는 것은 오로지 한 가지 이유, 그가 천의검성의 제자였기 때문이다.

간혹 가다 이상한 놈이 부단주로 추천되기도 했지만……

어쨌든 음수빈은 청룡단의 임시 단원으로 바로 결정이 났다.

무림맹이 위치한 악양. 내일부터 시작되는 정무대전으로 인해 온 거리가 축제 분위기요, 사해 각지에서 몰려든 사람들로 넘쳐나고 있었다.

자연스레 객점들 역시 손님들로 미어터졌고 밤이 되자 여기저기서 빈방을 찾는 손님들과 방이 없다며 손사래를 치는 점소이들, 그들 간의 고성으로 더욱 시끄러워진 악양 밤거리였다.

“정말 빈방이 하나도 없는가?”

“아 글쎄, 하나도 없다니까 그러시네!”

“방 값을 두 배로 줘도 없나?”

“두 배? 열 배로 줘보시오. 그래도 없는 방은 없으니까!”

방이 없다. 그러나 잠은 자야 된다. 하지만 돈을 더 줘도 없다는 말은 정말 없다는 말이었다.

어쩔 수 없이 발길은 돌려야 하지만 상한 기분이 그 발걸음을 잡는다.

“없으면 없는 거지 어따 대고 큰소리야, 큰소리가! 점소이 주제에!”

“점소이 주제? 이 자식이 점소이 보기를 개떡으로 보나. 야, 임마! 너 몇 살이야!”

“몇 살? 그건 알아서 뭐 하게. 그 싸가지에 밥 말아먹게?”

“싸가지?!”

“그래, 싸가지라고 했다. 어쩔래!”

“어쩌긴 어째, 이러려고 그러지!”

꽈직!

“커억!”

코뼈는 머리뼈를 이길 수 없다는 불변의 진리. 그 진리에 한 놈이 코피를 흘리며 바닥에 넘어졌고, 그 상황은 주위의 시선을 끌었다.

“그래, 어디 한번 싸워봐라!”

“이기는 편 우리 편!”

항상 이렇다. 사람들이 모이면 늘 있게 마련인 싸움. 그 싸움을 부풀리는 인간들. 이 또한 사람 사는 세상에 변하지 않을 또 하나의 불변의 진리였다.

그리고 여기, 빈방으로 실랑이하는 객점이 있었으니 싸움이 일어난 객점 바로 옆에 위치한 청화객점이었다.

다만 여기 점소이는 상대의 코에 머리를 박을 엄두를 못 낸다는 것이 다르다면 다를까.

"저기 빈방이……!"

없다고 말하려던 춘칠은 상대의 살벌한 눈빛에 오금이 저려왔고, 결국 죽어가는 목소리로 입을 열었다.

"하, 하나 있기는 한데… 가격이……."

"상관없다."

가을이었다. 그것도 시원한 가을. 그러나 상대방의 목소리에 남들보다 먼저 겨울을 맞이하는 춘칠이었다.

"그, 그럼 삼층으로 안내하겠습니다."

그렇게 손님을 삼층으로 안내한 춘칠은 일층으로 내려온 후에야 몸을 부르르 떨며 참았던 깊은 숨을 내뱉었다.

"휴~ 뭔 놈의 눈빛이 저리 독한지. 그리고 헛바닥에 얼음장을 깔았나, 목소리는 왜 또 그리 차가운 거야!"

뒤에서야 황제 욕도 못할까. 그 뒤로도 자신이 안내한 인물에 대해서 욕을 한 바가지 더 쏟아낸 춘칠은 다시 주방으로 향했다.

욕은 욕이고 주문받은 것은 갖다줘야 했기에.

"준비는?"

혼자 있는 빈방. 그러나 삼십대 중년인의 혼잣말이 있고 찰나의 시간이 지나자 그의 앞에는 짙은 적색 무복을 입은 이가 부복해 있었다.

귀령대주 문상필. 천서련 팔대장로인 세외팔왕 중 칠왕의 직속 부하였다.

"귀령대(鬼領隊)가 이곳으로 오고 있습니다."

"귀령대라……."

총 다섯 개 조로 이루어진 귀령대. 절정고수 이십이 한 조를 이루고 있었다. 웬만한 중소문파의 전력을 상회하는 전력이었다.

그 힘을 사용할 곳.

"철검은?"

"보름 전 무림맹을 나선 것이 확인되었습니다."

해마다 중양절을 전후로 두 달간 자리를 비우는 남궁휘였다. 이유는 사해 각지에 퍼져 있는 세가의 분타와 전장을 돌며 일 년간의 노고에 대한 치하와 격려가 목적이었고, 올해 또한 마찬가지였다.

비단 무인이기에 앞서 한 세가의 가주라는 직분에 책임과 의무 또한 철저히 지켜가는 그였다.

문상필의 대답에 자신의 입술을 만지작거리던 중년인이 다시 질문을 이었다.

"우리의 움직임이 파악될 시기는?"

"삼 일 후 이곳으로 도착하는 귀령대의 움직임까시는 숨길 수 있으나 그 이상은……."

무림맹의 정보력, 가히 개방에 비교되고 더해 개방 역시 무림맹의 한 축이기에 그 정보력이 무림맹의 정보력이라 할 수 있었다. 이런 상황에 이곳 악양까지 귀령대 백 명의 행적을 숨기고 합류할 수 있는 것만 해도 그 은밀함이 대단하다 할 수 있었다.

그러나 거기까지. 최소 자신들이 악양을 나서는 순간 최대 안휘성에 들어설 때쯤이면 무림맹의 정보망에 포착될 것이라는 문상필의 말줄임에 중년인도 그 이상은 바라지 않았다는 듯 담담한 표정으로 다음 진행 사항을 물어보았다.

"그에 따른 저들의 예상 조치는?"

"대략 사룡단 중 한곳의 일 개 조 정도를 보내지 않을까 생각합니다."

"사룡단?"

"무림맹의 전투 부대 성격을 띤 네 개 조직입니다."

"전투 부대라… 강하겠군."

"아무래도 저희들의 움직임이 마교의 움직임으로 비쳐져야 하기에……."

"신중하게 받아들인다 그 말이군."

문상필은 자신의 말을 자른 상관의 말에 고개를 끄덕였다. 중년인은 잠시 입술을 오물거리는 행동을 반복했다.

'최대 안휘성에 들어갈 때쯤 우리들의 움직임이 파악된다 보면…….'

드러난 움직임. 자연 더욱 은밀해져야 함에 이동 속도가 느려진다. 그에 반해 전력으로 쫓아올 사룡단.

'어쩌면 남궁세가에 도착하기도 전에 충돌할 가능성도 있겠군.'

충분히 예견할 수 있는 일. 중년인이 자신의 생각을 밖으로 끄집어냈다.

"그들과 부딪칠 확률은?"

중년인의 이런 질문이 나올 것을 예상이라도 한 듯 즉시 대답하는 문상필이었다.

"이 할(二割)도 아니 될 것입니다."

"이 할?"

자신의 생각보다 낮은 수치에 반문과 함께 이유를 설명하라는 중년인의 검은 눈동자가 문상필을 주시했다.

"동릉에 금신보라는 남궁세가의 전장(錢莊)이 있습니다."

"……."

침묵. 그걸론 이유가 되기에 부족하다는 중년인의 침묵에 즉시 말을 잇는 문상필.

"그곳에 마 조장을 보낼 생각입니다."

"……."

침묵. 그러나 좀 전과 달리 문상필의 설명을 필요로 하는 침묵은 아닌 듯 어느새 입술을 오물거리는 중년인이었다.

그의 버릇 중 하나. 무언가 생각에 잠기면 입술을 오물거린다. 그걸 알기에 조용히 기다리는 문상필이었다.

"……."

잠시간의 정적이 지나고 이제 오물거림을 멈춘 중년인의 입술이 움직였다.

"성동격서란 말이군."

'역시!'

상관의 침묵 뒤에는 항시 정확한 판단이 이어진다. 그게 맘에 드는 부하의 신나는 설명이 이어졌다.

"조만간 무림맹에서 저희들의 움직임이야 파악하겠지만, 그 인원수까지는 파악하지 못할 것입니다. 그 점을 이용해 귀령대 일 개 조를 먼저 금신보에 보내 저들의 이목을 집중시켜 놓으면 자연히 사룡단은 그쪽으로 움직일 테고, 그사이 저희 본진은……."

"남궁세가로 가면 되는군."

"예. 게다가 남궁세가 역시 자신들 일이니 안 나설 수 없을 테고, 그리되면…….."

"그들의 이목 또한 속일 수 있다는 말이군."

아무래도 남의 말을 잘라먹는 게 중년인의 두 번째 버릇인 듯싶었다.

그러나 아무렴 어떠랴. 자신의 상관이요, 그나마 부하의 뜻을 바로 알아차리기라도 하니 답답하지 않음에 그걸로 만족인 문상필이었다.

중년인 역시 부하의 계책에 불만이 없는 듯 담담한 미소를 지었다.

'남은 건 화끈하게 휘젓는 건가.'

천서련의 중원 정복 일계(日計).

남궁세가에 마교도로 위장한 자신들의 침입과 살행 후 도주. 그로 인한 정마전쟁의 본격적인 단초 제공. 이것이 자신에게 내려온 첫 번째 임무였다.

물론 쉬운 일은 아니다. 아무리 철검 남궁휘가 없다 해도 충분히 오대세가의 수위에 오를 수 있는 남궁세가이기에. 하지만 중년인의 얼굴엔 임무 실패에 대한 불안감은 전혀 깃들어 있지 않았다.

중년인의 몸이 바닥에 뉘었고, 천장을 향한 시선에 몽롱함이 깃들었다.

"그나저나 철검을 보지 못한다는 점은 아쉽군."

그 점 때문에 그곳으로 정해진 작전이었지만, 스스로 무인임에 강자의 부재가 불러들이는 아쉬운 감정을 막을 수는 없었다.

문상필 또한 절대강자들의 대결을 상상하는 아련한 눈빛으로 중년인을 바라보았으나 나오는 목소리는 단호했다.

"좋은 승부가 예상되나 결국 승리하는 쪽은 칠왕이십니다."

상관에 대한 믿음이 깊어서일까. 쉬이 믿을 수 없는 발언이며 오만으로 비춰질 수도 있었다.

그러나 귀령대주 문상필의 눈에는 오만을 뛰어넘는 무언가가 서려 있었다.

그것은 칠왕(七王)이라면 충분히 철검 남궁휘와 자웅을 겨룰 실력이 되고 승리를 쟁취할 수 있다는 진심 어린 믿음이었다.

하나 부하의 진심 어린 아부에도 칠왕이라 불린 중년인의 아쉬움은 지워지지 않았다.

부딪쳐 보기 전에는 서로의 우위를 알 수 없는 일이고 그것을 확인하는 과정, 그 무인만이 가지는 희열을 느껴보지 못한다는 것은 변함없는 사실이기에.

그러나 칠왕은 몰랐다. 비단 아무도 알지 못했다.

그의 아쉬움과 희열을 원없이 풀어주고 느끼게 해줄 상대를 그곳에서 만나게 될 줄은…….

두 달 전.

당문을 나선 유정 일행은 닷새 뒤 무림맹에 도착했고, 각자의 부모나 사부님에게 그동안의 사정을 보고한 뒤 그날 저녁 맹 내에 있는 식당에 모였다.

"예? 사문(師門)으로 돌아가신다고요!"

가녀리지만 찢어지는 고성을 동반한 제갈서린의 반문에 이곳에 모인 나머지 다섯 명의 시선이 모두 유정에게 향했다.

"그게, 사백 어르신께서 바로 보고를 하라 하시네."

젓가락에 들린 잡채를 입으로 가져가며 별일 아니라는 투로 말을 하는 유정이었지만, 다른 이들은 그러질 못했다.

　우선 당원익의 얼굴은 상당히 일그러져 있었다.

　'뭐야, 기껏 잘 좀 보여서 한 수 배우나 했더니!'

　더해 남궁화련의 얼굴은 순식간에 수척해 보이기까지 했다.

　'또… 또 혼자 두시나요?'

　그에 반해 당설화와 당철은 상당히 놀라고 있었다.

　'청룡단 부단주라니! 정말 아버님이 말씀하신 무위가 맞는가 보구나!'

　그리고 마지막.

　'어떻게 이런 놈에게 그런 자리가!'

　유진의 경악에 찬 표정. 이 모든 게 유정의 조금 전 한마디,

　"청룡단 부단주로 추천받았습니다. 그래서 내일 사문으로 돌아가야 합니다."

　때문이었다.

　이런 자신의 말에 주위의 놀람과 경악 등의 감정을 아는지 모르는지 여전히 본인이 좋아하는 음식을 골라 한껏 입을 부풀리는 유정이었다.

　"우적… 난 별로 하고 싶지 않은데……. 우적, 쩝."

　음식을 삼키고나 말할 것이지 식사 예절이라고는 눈곱만큼도 없는 유정이었다.

　"쩝… 방 단주님이 어찌나 애걸복걸하시는지."

　그러긴 했다. 그렇다고 이렇게 직접 대놓고 말을 하는 놈은 이놈뿐이리라.

　"그럼 방 단주님이 직접 너에게 말씀하신 거냐?"

　여전히 경악에 물든 눈으로 물어보는 유진의 질문에 유정의 한쪽 눈

이 치켜떠졌다.

"그럼 내가 괜한 소리 하는 것 같습니까? 이거 왜 이러세요, 사형. 저 이래 뵈도 없는 말 안 하는 성격이란 거 잘 아시잖아요."

'알긴 뭘 알아!'

삿대질로 되받아쳐 주고 싶으나 황당해서 말이 안 나오니 목에 핏대만 서는 유진이었다.

그때 청룡단원 두 명이 식당으로 들어섰다.

그것도 당문에서 유정이 마욱을 한 수에 날리는 광경을 목격한 인물들로.

그들이 빠른 걸음으로 유정에게 다가오더니 허리를 급히 숙였다.

"안녕하십니까! 그때는 정말 감사했습니다."

"단주님께 얘기 들었습니다. 저로서는 당연히 환영입니다."

두 사람의 나이 삼십 정도. 그러나 청룡단원들 모두 나이는 상관하지 않았다. 오로지 무(武) 그 하나로 상대에 대한 존경과 무시가 나눠지는 이들이었다.

그들에게 유정은 이미 당문에서의 활약으로 존경할 만한 인물이 되어 있었다.

더불어 단주의 말로는 부단주가 될 것이라는 유정. 앞으로 잘 보여 손해 볼 것은 없었다.

그렇게 청룡단원들이 자리에 다가와 인사를 하자 유정이 자리에서 일어났고, 나머지 인물들도 어정쩡한 자세로 자리에서 일어났다.

"당연한 일을 한 걸 가지고 이리들 말씀해 주시니 너무 과분한 거 아닌지."

"과분하다니요! 절대 아닙니다."

"그렇지요! 그때 유… 소협이 아니셨더라면 정말 큰일날 뻔하지 않았습니까!"

유정에게 부단주라는 명칭을 붙이려던 청룡단원은 아직 정식 인정된 것이 아니라는 생각에 급하게 소협이란 말을 덧붙였다.

그러나 마음속으로는 이미 부단주로 인정하고 있었기에 부하의 자세를 유지하는 청룡단원들이었다.

그들을 너~무 당연하게 다독이는 유정.

"하하, 이렇게 현앙하신 청룡단원! 분들의 과찬을 들으니 제가 몸 둘 바를 모르겠습니다. 이제 그만 허리들 펴세요, 펴."

청룡단원이란 말에 유독 어조를 높인 유정. 굳이 그러지 않아도 식당 안에 있는 이들 모두 이 두 사람이 청룡단원임을 아는데… 결국 나 이런 사람이야 하는 자기 잘난 체였다.

당설화의 입에서 쓴웃음이 새어 나오는 것도 당연했다.

'어찌 저런 놈을 방 단주께서는 이쁘게 보셨는지……'

실력이 있으니 자리에는 어울린다. 그것을 아는 당설화였지만 실력도 성품(性品)이 따라야 하거늘. 자신이 아는 유정은 성품이 바닥을 쳐 하품이 되는 놈이었다.

여하튼 청룡단원의 인사를 받은 뒤 어서 식사들 하라며 그들을 빈자리로 안내하기까지 한 유정이 다시 자리에 돌아왔다.

"뭘 저리들 친근하게 숙이고 들어오는지. 대(大)! 청룡단원들이. 에잉!"

'차라리 좋으면 좋다고 해라!'

역겹기까지 한 유정의 거들먹거림에 조금 전까지 먹은 게 다시 입 밖으로 나오려는 일행의 공통적인 생각이었다.

단 두 여자만 빼고.

'역시 오라버니셔!'

'가가!'

당연 제갈서린과 남궁화련이었고, 사랑에 눈먼 바보들이기에 이해할 수 있는 모습들이었다.

당철이 한껏 으스대고 있는 유정을 바라보며 말했다.

"그럼 이번 정무대전에는 참가하지 못하겠군."

'……!'

당철의 질문에 유정이 대답하기 이전에 두 바보들의 정신이 돌아왔다.

'맞아! 내일 떠나신다 했지.'

'언제 돌아오시나요?'

무언무답(無言無答). 속으로 물어보니 알 수 없는 유정이었고, 들리는 물음에만 대답하는 그였다.

"저야 원래 그런 비무대회는 관심도 없었는데요 뭘. 차라리 잘됐습니다. 괜히 참가해 봐야 또 누구 때문에 기권할 일이나 생길 게 뻔하니."

유정의 말에 유진의 이마에 주름이 새겨졌지만 틀린 말은 아니니 깊이만 더했다.

'이 녀석, 어디 나중에 두고 보자!'

아직 감(感)이 안 오나? 이미 유정은 자신의 두고 보자를 무서워할 수준을 완전히 넘어섰다는 것을.

하기야 그런 감이 있었다면 벌써 남궁화련을 포기하던가 유정과 드잡이질 한판했을 유진이었으니 이해가 가기도 했다.

어쨌든 유정의 부단주 추천과 사문으로 돌아간다는 발언에 그 뒤로 이어진 식사 시간은 본인에게만 그 목적을 달성시켜 주었고, 나머지 인물들에게는 목적이 아닌 뒤숭숭한 시간만 주었다.

잠시 후 식당을 나선 일행.

그중 유진도 옆에 있고 각자의 경쟁의식으로 인해 따로 유정을 불러 들이기도 뭐한 제갈서린과 남궁화련은 속만 타 들어가고 있었다.

'그래, 내일 아침 일찍 오라버니 처소로 가자!'

'나도 갈 거야!'

그러나 그녀들의 다짐은 이루어지지 못했다.

동이 터오기 전 무림맹 정문을 나선 유정. 어두운 하늘을 올려다보고 있었다.

'하~ 못 보고 떠나는 건 아쉽지만, 두 여자 눈치 보며 이쪽저쪽 달래느라 땀 빼는 것보단 차라리 안 보는 게 상책이지!'

유정의 시선이 하늘에서 무당산이 있는 호북으로 향했다.

第二章
제자 찾아 삼만 리(三萬里)

우선 사부에게 가뿐하게 허락을 구한다. 그리고 무림맹으로 돌아간다고 하면서 산을 내려온다. 그래 놓고 혼자서 신나게 놀다 재미없어질 때쯤 무림맹에 들어간다.

간단하지만 나름대로 사문으로 돌아가며 유정이 구상한 대(大) 강호유람 계획이었다.

그러나 그 계획은 사문에 돌아온 날 물거품이 되고 말았으니…….

새벽녘 무림맹을 나선 유정은 이틀 뒤 아침 사문에 도착했고 장문인과 사부님을 배알한 뒤 자신의 처소에서 기다리던 유허를 만나 눈물의 해후식을 가졌다.

비록 더럽게 눈물 콧물을 자신의 옷에 문대는 사제였지만 그게 싫지 않은 유정이었다.

그렇게 자신의 처소에서 근 일각 동안 유허를 다독여 내보낸 유정은 간만에 뭉클한 기분으로 방바닥에 누웠다.

그런데 왜 하필 뭉클한 기분과 별개로 공옥민과의 결투가 생각난 것일까.

그로 인해 저절로 하나하나 머릿속에서 그려지는 결투 과정.

'이때 이렇게 했으면 어땠을까? 아니, 이게 좋은가?'

머릿속에 그리기만 해도 저절로 정(精)이 움직이는 경지에 올라선 유정이었기에 따로 몸을 움직일 필요는 없었다.

그렇게 뜻하지 않은 심상 수련에 얼마나 시간이 흘렀는지 모르게 눈을 뜬 유정이 방문을 열자 주위는 이미 어두워져 있었다.

그리고 유정의 얼굴에 새겨진 아쉬움은 그 어둠에도 알아볼 수 있을 정도였다.

'너무 부족해!'

결투 과정을 그리면서 더 더욱 느껴지는 자신의 기본기 부재와 초식 운용의 허접함.

'한마디로 어른의 힘을 가진 아이구나!'

표현은 투박할지 모르나 성확한 자가(自家) 진단이었다.

여기서 진단으로 끝났다면 애초의 강호 유람 계획을 실현하는 데 하등의 문제가 없었을 것이다.

그러나 왜 또 그 진단의 아쉬움으로 밤잠을 설쳐 가지고 새벽부터 방문을 나섰는지.

"핫!"

"챠아!"

동이 터오기 직전. 여름이라지만 높은 산이다 보니 이 시각에는 자못 쌀쌀했다.

다행히 그 쌀쌀함을 날릴 만한 열기가 대청관(大靑官)을 메운 동문 사형제들의 굵은 땀방울 하나하나에서 퍼져 나왔고, 유정도 그 대열에 들어섰다.

그렇게 들어선 유정을 알아본 몇몇이 그에게 다가왔다.

그들 중 얼굴이 말상처럼 길쭉한 인물이 뒤쪽에서 유정의 어깨에 손을 올리며 말했다.

"어이, 중간. 그동안 강호 유람은 잘하고 오셨나?"

사부의 사제인 자명 도장의 이(二)제자 유한이었다. 나이는 유정과 동갑으로 강소성에 세 개의 전장을 가지고 있는 아버지의 부로 인해 속가제자로 받아들여진 인물이었다.

더해 유독 유정을 괴롭히던 인물 중 수위를 달리는 인물이기도 했다.

같은 속가 출신인데 왜 더 감싸지 않았을까.

이유는 한 가지, 유정이 자신보다 서열이 위라는 점 때문이었다.

그래 봤자 무당파에서는 다른 구파일방과 같이 한 명 한 명의 엄격한 서열 기준을 가지고 있지는 않았다.

물론 한 배분의 차이나 같은 사부 밑이라면 사형 사제라는 서열이 확실했지만 그 외 지금처럼 각자의 사부에 항렬이 같고 나이가 비슷하면 어지간해서는 굳이 먼저 들어왔다 하여도 사형이라 부르는 이는 없었다.

은연중 사형이라고 인정만 하면 되는 것이었다. 편하게 지낸다는 뜻이기도 했다.

그래도 서열은 서열이었는지 위에 있는 놈은 '뭘 그걸 신경 써' 할 부분을 밑에 있는 놈은 그게 아닐 수 있었다.

그중 유한이 가장 그랬고, 그 결과 유정을 괴롭히는 행동으로 나타난 것이었다.

그런 유한이 자신의 어깨에 손을 올리며 예의 기존에 했던 무시성 발언을 내뱉자 예전과 같은 반응을 보일 유정이 아니었다.

"손 내려놔라. 그러다 부러진다."

"……?"

유정의 반응에 자신의 귀를 파는 행동을 하는 유한이었다.

"내가 잘못 들었나. 방금 부러진다고 한 거 맞냐?"

"그래, 부러진다고 했다."

말이 끝남과 동시에 어깨를 튕기는 유정이었고, 살짝 내력을 담은 그의 퉁치기에 유한의 손이 휙 하니 하늘로 튕겨졌다.

"어어? 이거 튕겨낸 거야?"

"그래, 튕겼다."

여전히 몸도 안 돌린 채 등을 보이며 말하는 유정의 어조엔 고하가 없었다. 언뜻 무시성 발언으로 들리기에 충분했다.

유한이 유정의 어깨에 다시 손을 얹었다.

"어디, 다시 한 번 튕겨봐라!"

말과 함께 유정의 어깨에 올린 손아귀에 힘을 꽉 주는 유한이었으나 결과는 매한가지였다.

아니, 이번에는 뒤로 휘적이는 팔의 경력에 제어를 못한 채 바닥에 풀썩 넘어지기까지 했다.

"아이쿠!"

'너무 셌나?'

아니다. 이 정도는 그동안 당한 것에 비하면 새 발의 피, 곰 발바닥에 개미였다.

그런 유정의 통치기에 뒤로 넘어진 유한은 씩씩거리며 일어났다.

"이씨, 너 지금 같잖은 내력을 사용한 거냐!"

"튕기라고 해서 튕겼는데 뭐가 잘못됐냐?"

"그렇다고 내력을 사용하라고는 안 했잖아!"

"왜, 내력을 사용하면 안 돼?"

"당연하지! 내가 언제 사용하라고 했어?"

"허락받아야 되는 거야?"

"허락……?"

유정의 반문에 말문이 막힌 유한의 입에서 곧이어 억지가 열렸다.

"아무튼 허락이고 자시고 안 되는 거야!"

"왜 안 돼?"

"안 되니까 안 되지!"

"정말 안 돼?"

"안 돼!"

"알았어."

"그래, 알았으면 다행……?"

말하다 보니 어느새 황하로 빠져드는 느낌.

유한의 얼굴이 더욱 붉어졌다. 그만큼 유정의 얼굴에는 능글능글한 미소가 짙어졌다.

말로 해결하기 힘든 분위기.

"네가 이렇게 나온다면 나로서도 방법이 없다."

"방법?"

"비무를 할 수밖에!"

비무를 핑계로 널 패주겠다는 소리였고, 예전의 유정이었으면 이쯤에서 꼬리를 말았을 것이다.

그러나 지금의 유정.

'귀여운 놈.'

과거에 자신을 그렇게 괴롭혔던 유한. 이제 와 그걸 들먹이며 쥐어패기에는 자신 스스로 너무 높은 경지에 올랐다 자부하는 유정이었다.

한마디로 수준 차이 나서 안 건드린다 이거였다.

그걸 모르고 예전과 변함없이 자신을 괴롭히려는 유한의 모습에 얼핏 귀여워 보이기까지 하는 유정이었다.

그리고 이때는 몰랐다. 그 귀여움에 강호 유람 계획이 물거품이 될 줄은.

대청관의 아침 수련엔 사부님들이나 다른 어른들이 참석하지 않는다.

스스로 어제 배운 것을 복습하라는 취지가 강하다 보니 굳이 나올 필요가 없다는 것이 그 주된 이유였고, 본인들이 없어도 훈련을 빼먹을 제자들이 아니라는 믿음의 발로였다.

그런 대청관의 현재 가장 높은 서열은 유종이었다.

그러나 어쩐 일인지 오늘 아침 훈련에는 그가 보이지 않았다.

그렇다면 그 다음 서열. 바로 유정이었다.

비록 유정보다 나이 많은 이들도 있었지만 여느 때는 별 상관 없는 서열이란 것이 이때는 요긴하게 쓰였다.

장로나 사부님이 안 계실 때 누구의 말을 들어야 하는가. 답은 그들을 빼고 가장 먼저 들어온 사람이었고, 여기 그 유정이 있는 것이었다.

그 유정이 비무를 거부해도 말로야 뭐라 뭐라 욕한들 억지로 실행시킬 수는 없다는 뜻이기도 했다.

그러나 그런 걱정을 애초에 할 필요가 없었다.

유정이 흔쾌히 비무를 허락했기에.

대청관 중앙에 사람들의 벽이 둥근 원을 그렸고, 그 벽 안에 반경 삼장 넓이의 원형 공간이 만들어졌다.

웅성웅성!

아침 훈련에 이제껏 비무란 것이 없다 보니 이 상황이 신기한 제자들의 웅성거림이 들렸고, 그 중심에 유정과 유한이 서로 목검을 들고 일 장 거리를 둔 채 마주 서 있었다.

유한이 먼저 말을 건넸다.

"우선 합의에 의한 비무라는 점을 먼저 밝혀두고 싶군."

"그 말 그대로 돌려주마."

꿈틀!

유한의 눈매가 사납게 휘어졌다.

"계속 말장난할 거야!"

"그러게 왜 자꾸 말을 걸어."

"뭐야!"

"어허, 시작하기도 전에 그렇게 열 내면 쓰나? 자자, 화 풀고 심호흡도 한번 하고. 후우웁~ 하~"

하래 놓고 지가 한다.

그 모습이 주위에 모인 제자들에게는 우스워 보였는지 여기저기서 키득거리는 소리가 들려왔고, 유한에게는 그 웃음이 비웃음으로 들렸다.

"어디 입만큼 실력도 되나 보자!"

어디선가 들어본 대사. 그 대사에 히죽 웃는 유정.

'이놈이 예전 일을 생각나게 만드네.'

오룡에 화산일룡이라는 멋들어진 별호. 거기에 걸맞는 무위와 강호 여인들의 만인의 연인. 그러나 지금은 사문 자신의 처소에서 하의를 벗은 채 문 꼭 걸어 잠그고 누워 있을 화석민.

왜 잊고 있던 그 인간을 유정이 기억하게 만든 유한일까.

부르르르!

'갑자기 왜 이렇게 한기가 일지?'

떨리는 몸에 진기를 주입하며 자세를 바로잡는 유한이었지만 그의 앞날은 적어도 한 달간은 정해져 있었다.

하의를 벗기로.

거기에 화석민은 더위로 고생을 해야 했지만 그는 조금 있으면 가을의 쌀쌀함과 싸워야 했으니 누가 더 불쌍한 걸까? 당해본 놈들 아니면 모를 문제였다.

다만 그 초입의 과정은 짧게나마 볼 수 있었다.

가슴에 일자로 세운 목검. 노려보는 눈길. 실로 무당 제자의 유하면서 날카로운 기세가 느껴지는 유한.

그가 먼저 움직였다.

"챠앗!"

구궁보에 가미된 태극연환검이 목검임에도 날카로운 기세를 일으키며 유정을 압박해 들어갔다.

다시 말하지만 예전의 유정. 여기서 뻗었다.

그러나 지금은 모두 보인다. 그리고 너무 느리다. 유한의 검이.

아무리 무당 검의 특성이 느림과 부드러움 속에 무거움을 담아 상대를 제압하는 것이라 해도 그것은 상대에 따라 달라졌고, 지금 유한의 검은 결코 유정의 몸을 죄어올 수 없었다.

그런 유한의 검이 자신의 가슴 일 척 앞에 도달해서야 유정이 검을 사선으로 내리그었고 동시에 신형을 움직였다.

스각! 툭!

"……?"

목검이 부딪치면 탁! 소리 아닌가?

그런데 '스각' 에 '툭' 이라니?

"잘렸다!"

구경하던 누군가의 입에서 유한의 검이 잘린 것을 말해주었다.

"사라졌다!"

이 또한 구경하던 누군가의 입에서 나온 말이었고, 여기 모인 이들 중 아무도 유정의 모습을 볼 수 없었다.

다만 나타나는 것은 볼 수 있었다.

"여기 있네!"

애하고 숨바꼭질하는 것도 아니고 '여기 있네' 는 뭐란 말인가!

그 유치함에 유한이 기겁을 하며 뒤쪽에 나타난 유정에게 잘려진 목검을 휘둘렀다.

"뭐야!"

황당함에 스스로도 뭐냐고 물어보며 휘두르는 유한의 검에 고개만 살짝 숙여 피하는 유정.

"뭐긴, 이거지."

샤아아악, 폭!

들리는 다리의 각도 예술이요, 찔러 넣는 발가락 다섯 중 제일인 엄지발가락이니 세상 고통 이리 큰 것이 없을 유한이었다.

"크헉! …아, 아흐흐흑!"

안다. 말 못할 그 고통. 그리고 당연히 취해지는 그 자세.

그나마 다행인 한 가지.

'동문만 아니었으면 최소 두 번은 했을 텐데! 난 너무 마음이 약해.'

어느새 턱을 쥐고 있는 오른손에 좌우로 돌아가는 턱. 본인 스스로 마음이 약하다고 자위하는 유정이었다.

사부의 이른 아침 호출로 현헌궁을 찾은 유종과 유허는 충격적인 소식을 접하고 있었다.

"사형이 청룡단 부단주라니요?"

사부의 말에 자못 버릇없다 할 정도의 큰 목소리로 반문을 하는 유허였다.

그러자 유종이 유허의 어깨를 툭 치며 입을 열었다.

"버릇없이 무슨 짓이냐."

평소 가장 말이 없고 진중한 성격에 사부뿐 아니라 다른 장로와 장문인에게 깊은 신뢰를 받고 있는 유종. 그를 가장 어려워하는 유허였기에 조용하지만 무거운 사형의 호통에 어깨가 움찔거렸다.

자운이 그런 유허를 괜찮다며 다독였고, 진정이 될 때까지 조용히 그들을 바라보았다.

그사이 놀란 가슴을 진정시키는 유허였고, 유종도 마찬가지였다.

'사제가 청룡단 부단주 자리를 추천받다니. 도대체 어찌 된 일이지?'

궁금하다. 그때 사부의 목소리가 들려왔다.

"예전의 유정이 아니란다."

'예전의 유정이 아니다?'

'무슨 뜻이지?'

사부의 말에 유허와 유종의 시선에 동시에 모호함이 찾아왔다.

그리고 기다렸다. 자신들의 궁금증을 풀어주기를.

그러나 더 이상 사부의 입은 열리지 않았다.

자운 도장은 두 눈을 감은 채 어제의 일을 생각하고 있었다.

스스로 초절정에 오른 무위는 아니었으나 본인 역시 무당의 장로. 적어도 보는 눈만은 본신의 무위를 넘어섰다 자부하는 그에게 유정의 성취는 상당한 향상을 이룬 듯했다.

얼핏 자신의 성취를 넘어서 보이기까지 했다.

자연 궁금했고 황당했다. 그러나 그런 감정을 물어보고 추스르기도 전에 찾아온 엄청난 충격.

무림맹에 있는 사형에게서 보내진 서신의 내용 때문이었다.

자세한 내막은 모르겠으나 유정이 초절정의 벽을 넘어선 것 같다.

짧고 간결함 속에 담긴 엄청난 내용.

서신을 같이 보았던 장문인과 자신은 그 충격에 근 일각 동안 아무 말 없이 서로의 얼굴만 쳐다보았으니.

문득 감고 있던 양쪽 눈가가 바르르 떨리는 자운 도장이었다.

'간만에 웃었어.'

언제 웃고 그 웃음을 잃었는지 기억도 안 난다. 그런데 제자의 충격

적인 무위 성취가 자신과 장문인을 속된 말로 벙찌게 만들었고, 절대십
사천의 일인인 사형의 말이니 의심할 여지가 없다는 생각에 이르자 장
문인과 마주 보며 얼마나 웃었던가.

덧붙여 서신에는 한 줄이 더 쓰여 있었는데 그것은 유정의 성취를
본인에게 묻지 말라는 내용이었다.

그 이유까지 쓰진 않았지만 사형의 말이니 사심없이 그러기로 동의
한 장문인과 자신이었다.

그래서 지금 제자들에게 청룡단 부단주에 추천되었다는 말 이상은
하지 않는 자운 도장이었다.

그렇게 침묵이 찾아온 현헌궁에 갑자기 소란이 일었다.

"자, 장로님, 유경입니다."

사제인 자명 도장의 넷째 제자였다.

"무슨 일이냐?"

"크, 큰일이 났습니다."

'큰일?'

자운 도장이 유종에게 문을 열라는 눈짓을 보냈다.

드르르륵!

얼마나 허겁지겁 뛰어왔는지 헐떡이는 숨조차 제대로 가누지 못하
는 유경이 보였다.

그리고 자신이 뛰어온 것보다 배는 더 허겁지겁 자초지종을 고했다.

"유정 사형하고… 사형이 비무를 해서… 슈우웅 하니 폭 하는 바람
에… 지금 유한 사형이… 사경을… 있습니다."

'유정하고 유한이 비무를? 그리고 슈우웅 폭 해서 유한이 사경을 헤
매?'

정리는 안 되나 얼핏 알아들을 수 있는 유종과 유허였지만, 자운 도장은 그러질 못했다.

'내가 나이를 먹긴 먹었나 보구나. 정리가 안 되는 것을 보아하니.'

그래서 다시 고하라 했고 조금 전보다는 정리된 자초지종이 유경의 입에서 흘러나왔다.

곧이어 휑하니 처소를 나서는 자운 도장과 유종, 유허였다.

대청관에는 둥그렇게 몰려 있는 제자들로 인해 그 안에서 어떤 일이 벌어졌는지 밖에서는 알 수가 없었다.

그래서 유종이 입을 열었다.

"모두 제자리로 돌아가도록!"

그의 내력이 담긴 일갈에 분분히 자리로 돌아가는 제자들이었고, 그 안에 무릎과 양 팔꿈치가 땅바닥에 닿아 웅크리고 있는 뭔가가 보였다.

다가갔다. 그러자 그 뭔가가 유한이었고, 입에서는 연신 알아들을 수 없는 신음 소리가 흘러나오고 있었다.

"으어어어……."

유종과 유허가 동시에 고개를 저었다.

'당분간 앉기는 글러먹었군!'

정확한 지적. 그러나 그들은 아직 사부를 따라잡을 수 없었다.

'최소 한 달은 가겠군. 그것도 잘해야 그 정도일 거야!'

지적에 기일까지. 역시 사부는 달라도 뭔가 달랐다.

그러나 그 사부는 화가 나 있었다.

"이놈은 어디로 간 거냐!"

유정을 찾는다. 그러고 보니 그의 모습이 보이질 않았다.

그때 자운 도장 가장 가까이에 있는 유공이 입을 열었다.

"아침밥이나 먹어야겠다고 조금 전 조미각으로 갔습니다."

동문을 이 지경으로 만들어놓고 밥이 넘어가나? 잘 넘어가는 유정이었다.

"야~ 간만에 나물로만 된 반찬을 먹으니 이것도 나름대로 잘 넘어가는구나!"

어느새 조미각에 도착해 있었고 반찬이 모두 나물이다 보니 고기 먹을 때와 달리 씹을 게 별로 없다는 이유로 식사 시간이 빨리 끝난 유정이었다.

결국 자운 도장은 또 허탕을 치고 말았다.

"이놈은 또 어딜 간 거란 말이냐!"

주방이라고 하기엔 허술했지만 나름대로 무당 도인들의 식사를 챙겨주던 덕운이 고개를 빼꼼이 내밀어 대답을 했다.

"좀 전에 처소로 돌아갔습니다."

꿈틀!

아무리 무당 도인이요, 자운 도장이라지만 그 역시 사람이었다.

이 천방지축 제자 찾아 삼만 리에 저절로 올라가는 눈썹은 어쩔 수 없었다.

"어허~ 시원하다."

대야에 담긴 물은 투명했다. 그러나 발이 담기는 순간 본래의 투명함은 사라지고 둥둥 떠다니는 검은 면발과 함께 구정물화되는 것은 순식간이었다.

"벗겨도~ 벗겨도~ 어라? 여전히 나오네~"

신났다. 그만큼 속이 시원했고 저절로 목청이 열리는 사문의 공기에 잠시 후 신나는 발 닦기를 끝내고 방 안으로 들어선 유정이었다.

곧이어 들려오는 사부의 목소리.

"유정 있느냐!"

퉁!

방문을 여니 사부와 사형, 사제가 서 있었다.

"예까지……!"

무슨 일로 오셨냐고 물어보려 했으나 그보다 먼저 심상치 않은 바람이 지나갔다.

휭!

어느새 방 안에 앉아 있는 사부. 얼굴이 굳어 있으시다. 뒤따라 들어온 유종, 유허도 마찬가지였다.

'아침 댓바람부터 왜 이리 저기압들이신가?

"네놈이 오자마자 사고를 쳤더구나."

"……!"

사부의 낮은 목소리로 저기압이 정체를 드러냈고 그 무게에 방 안의 공기가 착 가라앉았다.

유정의 고개가 저절로 푹 숙여졌다.

'비무 때문이구나!'

정식 비무였으니 변명할까 했지만 입을 열진 않았다.

사부가 이런 목소리를 낼 때는 진짜 화가 났을 때라는 것을 잘 알기에.

그 뒤로 근 반 시진간 이어진 사부의 낮지만 무게있는 호통에 푹 숙여진 목 언저리가 뻣뻣해지는 것을 느끼는 유정이었다.

그리고 이유야 어찌 되었든 동문 사형제를 그리 만든 것에 처벌이 내려졌다.

"두 달간 단벽동(短壁同)에 머물며 잘못을 뉘우치도록 해라!"

유정의 목이 뚜둑 소리를 내며 들어올려졌다.

"단벽동에서 두 달이요?"

"어허! 더 늘려주랴!"

"아… 아닙니다."

'이런 썅! 이게 뭔 일이래!'

유정의 주둥이가 댓 발은 나왔다.

그러나 사부의 다음 말에 나올 때보다 더 빨리 들어갔다.

"집어넣어라. 안 그러면……."

늘린다는 말일 것이다. 실제로 그러고도 남을 사부였다.

그렇게 유정의 대(大) 강호 유람 계획은 단벽동에서만 이루어지게 되었다.

반경 다섯 장 안에서.

"뭐 필요한 거 있으면 아침에 들를 테니 그때 말하슈!"

말이 짧다. 그걸 지적하는 유정.

"이놈, 말이 짧다!"

"에이, 뭘 그런 걸 가지고 으르렁대슈! 그냥 좋게 좋게 넘깁시다."

"이놈이!"

으르렁댄다. 하나, 둘 사이에는 꽉 막힌 돌문이 있었다.

돌문에 갇힌 야수 유정, 그걸 밖에서 약 올리는 관객 유허. 딱 그 꼴이었다.

"먹을 것도 벽곡단밖에 없는데 괜히 힘써서 공복 되지 말고 그냥 조용히 있다가 나올 생각이나 하슈."

"이놈이!"

벽에 가로막힌 야수의 으르렁거림. 전혀 위력이 없다.

"하여간 그 성격은 여전히 지랄 맞다니까."

"이놈이!"

"아 거, 이놈 저놈 하지 말고 가만히 앉아 계슈."

"이놈이!"

…….

"이놈아?"

…….

속만 긁어대고 유허 갔다.

반경 오 장의 공터를 이루고 둥그렇게 벽으로 이루어진 단벽동.

위는 뻥 뚫려 있었다. 천검의 동굴과 유사했다.

다른 점이라면 돌문이 있다는 정도였다.

"하~ 저 썩을 놈 때문에 정말 공복이 됐구나!"

점심이 지난 시간. 배가 고플 만도 했다.

그래서 찾아보았으나, 역시 먹을 거라고는 저쪽 항아리에 담겨 있는 벽곡단뿐이었다.

"이거, 얼마 만에 먹는 건지……."

마지막 사고(?) 친 지 삼 년은 넘었으니 몸이 받아줄지 모르겠다.

그러나 유정의 몸이 거부하는 음식이 있으랴.

대충 손 안에 잡힌 벽곡단을 꾸역꾸역 입에 집어넣고는 다시 중앙으로 돌아와 털퍼덕 누운 유정이었다.

"음, 쩝… 꿀꺽. 아~ 사랑하는 내 여인들이여~"

……

"두루루루루~ 내~ 사랑."

……

"하~ 잘 있으려나?"

남궁화련과 제갈서린이 생각난다.

"잘 있겠지?"

……

"보고 싶다."

……

"정말 보고 싶다."

……

"아아아악! 누가 대꾸 좀 해줘!"

혼자 놀기의 진수를 보여주는 유정. 조금 있다가 잠들었다.

다음날 그 다음날 무료한 나날들의 연속. 유정은 디립다 잠만 잤다.

그러길 나흘째.

"가만히 있자니 좀이 쑤셔서 더는 못 참겠다!"

자리에서 벌떡 일어난 유정은 주위를 서성거렸다.

그러나 보이는 것은 벽이요, 들리는 것은 위쪽에서 들어오는 바람 소리뿐.

결국 다시 자리에 앉는 유정이었다.

“그래, 우선 운기 좀 하고 생각하자.”

눈이 감긴다. 일각이 지나자 다시 떠졌다.

몸 안의 내력은 그 어느 때보다 잔잔했다. 흡사 예전에 반 시진 동안 꾸준히 하던 때보다 더욱 잔잔했다.

초절정에 오른 뒤 점점 운기 시간이 짧아지는 유정이었다.

그때 유허의 목소리가 들렸다.

“사형, 일어났수?”

여전히 말이 짧았다. 그래도 이제 이골이 났는지 그걸 가지고 뭐라 하진 않는 유정이었다.

다만 나오는 음성이 높은 것은 어쩔 수 없었다.

“또 무슨 일이냐!”

“에이, 목소리에 왜 또 뿔을 달고 그래요.”

“할 말 있으면 빨리 하고 돌아가라!”

“아이고, 알았수. 나도 바쁜 몸이오. 사형이 이뻐서 온 것도 아니니 이것만 전하고 갈 거요.”

부스럭, 부스럭.

돌문 밑 어른 손가락 하나 길이 정도의 공간 사이로 유허가 뭔가를 집어넣고 있었다.

“뭐냐!”

“사부님이 전하라 하셨소.”

‘사부님이?’

가로막힌 돌문으로 다가간 유정은 밑으로 넣어진 물건을 집어 들었다.

‘현허칠성검법(玄虛七星劍法)?’

검공(劍功) 서적이었다. 또 몇 개의 서적이 들어왔다.

'태극장(太極掌), 진산장(振山掌), 구궁팔괘장(九宮八卦掌)……'

현허칠성검법을 제외한 나머지는 면장법의 무공들이었다.

"이게 다 뭐냐?"

유정이 물었고, 유허가 이제 다 집어넣었는지 몸을 일으키며 입을 열었다.

"무공 서적 아니요."

"그러니까 이걸 왜 주냔 말이지?"

"나야 그 이유까지는 모르겠고, 어쨌든 사부님이 갖다주라 한 건 모두 줬으니 난 이만 갑니다."

"어, 어이, 유허야!"

…….

"유허야?"

…….

유허 갔다.

'썩을 놈! 사형 말벗 좀 해주면 어디가 덧나나!'

유정 심심했다. 그래서 퉁퉁거려도 유허의 목소리가 그리웠다.

그걸 아는지 모르는지 아침나절에 한 번씩만 방문하는 유허. 그가 가는 곳은 현헌궁이었고, 사부의 처소였다.

"갖다주었느냐?"

"예."

"그래, 그럼 물러가도록 하여라."

"예."

공손히 대답한 뒤 방문을 조심스레 열고 나가는 유허의 모습에 자운 도장은 우측으로 고개를 돌렸다.

"사형이 말씀하신 대로 갖다주기는 했으나 두 달입니다."

사문의 무공 하나하나에는 그 심오함이 대해(大海)와 같아 그에 따르는 시간의 깨달음을 필요로 했다.

그걸 두 달이라는 시간 동안, 그것도 혼자서 공부하는 게 얼마나 도움이 되겠냐 하는 질문이었다.

그런 사제의 질문에 현 무당 장문인 자정 도장의 얼굴에 미소가 그려졌다.

"대해(大海)와 같이 깊다 하나 그것을 퍼내는 그릇이 얼마나 크냐에 따라 기일은 중요할 수도 아닐 수도 있겠지."

초절정의 그릇을 가진 유정. 어마어마하게 큰 그릇이란 소리였다.

그러나 혼자 들어야 하는 그릇. 많이 담아도 들지 못하면 소용이 없었다.

그에 같이 들어줘야 하는 것 아닌가 하고 자운 도장이 사형을 바라보았으나 고개를 젓는 자정이었다.

"혼자 들어야 다음에도 혼자 들 수 있네. 사형의 뜻도 그러하고."

이게 다 자월 도장의 권유였다.

현 무당 제일의 무인. 그가 유정을 주시하니 당연 자운은 흡족했으나 이런 권유는 쉬이 수긍이 가지 않았다.

'내가 도와주면 더욱 빠른 성취를 보일 텐데……'

분명 그러할 거다. 아니, 자운은 그리 생각했다. 그러나 그는 몰랐고 자월 도장은 아는 한 가지.

그것은 초절정무인이 생각하는 무리(武理)였다.

쉽게 말해 보통 무인들이 생각하는 것과 초절정의 고수가 생각하는 무공 투로는 같은 것을 공부해도 차원이 달랐고 그 표현 방법에 있어서도 같을 수가 없었다.

그런 것을 초절정에 못 미친 이가 자신이 생각하는 투로로 억지로 가르칠 경우 오히려 해가 될 수 있었다.

그래서 자운의 도움을 막으라고 한 자월 도장이었다. 그렇다고 자운이 유정에게 가르칠 것이 없는 것은 절대 아니었다.

경험에 의한 조언, 그리고 전체를 관망하는 시각. 그것을 가르치면 된다. 그게 자신의 무력을 능가하는 제자에게 해줄 수 있는 사부의 자존심이요, 무기 아니겠는가.

샤르르륵.

책장이 부드럽게 넘어가고 있었다.

'이게 이렇게 되는 거군. 요건 요렇게 하면 되는 거고.'

모두 쉬워 보인다. 물론 그 하나하나의 동작에 숨은 현기를 모두 이해하는 것은 아니나 적어도 막히는 부분은 없었다.

그래서 재미있다. 그에 시간은 빠르게 흘러갔고, 어느새 단벽동에서 생활한 지도 두 달이 지나고 있었다.

"하앗!"

검은 없으나 유정의 손에는 무형의 강기가 검 모양을 이루며 동굴을 밝히고 있었고, 그 강기의 검은 동굴 벽을 가상의 적인 양 수많은 상흔을 만들어놓았다.

간혹 검이 아닌 장력에 의한 상처도 있었는데 족히 이 척 깊이로 파인 곳도 여럿 있었다.

구궁팔괘장. 일백, 이흑, 삼벽, 사록, 오황, 육백, 칠적, 팔백, 구자의 구성(九星)에 중궁(中宮)을 더하고, 다시 여기에 후천팔괘와 휴, 사, 상, 두, 개, 경, 생, 경의 팔문을 배합한 아홉 방위를 돌며 움직이는, 반경은 좁으나 파괴력은 무당 제일을 다투는 장법에 의해서였다.

이 말고도 태극장, 진산장에 의해 벽면이 마치 호조로 파인 듯 그 회색의 속내를 드러낸 곳도 부지기수였다.

"하~ 아침 운동은 이 정도로 할까?"

강기의 검을 들고 설치는 과격한 아침 운동. 두 달간 계속되었다. 굳이 강기가 아닌 검기로 검의 형태를 만들 수도 있었지만 일부러 그리하지 않았다.

'강기의 조절. 이렇게 유지하며 휘두르는 것만으로도 많은 도움이 된다.'

결국 강기든 검기든 내력을 사용하는 일. 그렇다면 더 많은 내력을 사용하여 그 내력의 조절 방법을 빨리 몸에 익히는 것이 중요했다.

그리고 어느 정도 성과를 본 유정이었다.

'이제 예전과 같은 실수는 절대로 하지 않는다!'

공옥민과의 결투. 그때 일순 막히는 진기에 의해 강기의 선이 줄어들어 얼마나 고생했던가.

휙! 휙!

생각하기도 싫은 기억에 유정의 고개가 세차게 저어졌고, 자리에 앉아 운기행공에 들어갔다.

"……"

반 각이 지났다. 이곳에 처음 들어왔을 때보다 배는 빨리 운기행공을 마친 유정이었다.

그러나.

"이렇게 강해지면 뭐 하나, 보여줄 수도 없는데."

혼자 뻘짓한다는 생각. 이게 수련을 얼마나 방해했던가.

"심심해."

…….

"심심해."

…….

"심심하다고!"

하루에 한 번씩 이런 발작을 한다. 이제 습관이 돼버린 유정의 심심해 혼자 괴성 지르기 놀이.

그때 멀리서 발걸음 소리가 들렸다. 유허였다.

'왔구나!'

빠르게 벽에 귀를 갖다 대는 유정. 처량해 보이기까지 했다.

'어서 와라!'

발걸음 소리는 옆에서 걷는 듯 가까이 들렸으나 실제로는 이십 장 밖에서 걸어오는 소리였다.

기존에는 제대로 활용하지 못하던 내력을 두 달 동안 완전히 자신의 내력으로 만든 유정. 청력도 이전보다 좋아질 수밖에 없었다.

그러나 왠지 서글픈 청력이란 감은 영 지울 수 없었다.

아무튼,

'왜 이리 발걸음이 느려!'

십 장, 오 장, 이 장…….

"왔냐?"

먼저 말 걸 정도로 정말 심심했던 유정이었다.

"어라, 나 기다린 거유?"

‘응.’

“내가 널 왜 기다려!”

“에이. 기다린 거 같은데?”

‘응.’

“아니라니까!”

“그래요? 그럼 나 갈까요?”

유허의 말에 유정의 귀가 벽 속에 파고들려 했다.

“아니! 조, 조금만 애… 기해 줘.”

‘제기랄!’

결국 약세를 보이는 자신의 처지를 비관하는 유정이었지만, 누가 말하지 않았는가. 비굴함은 멀고 심심함은 가깝다고.

그러니 심심하지 않으려면 비굴해도 참아야 했다.

그러나 그럴 거면 빨리 했어야 했으니.

“이제 나오랍니다.”

“……?”

“단벽동에서 나오라구요.”

두 달이 지났다. 이제 나와도 된다는 유허의 말. 물론 사부의 허락도 떨어졌다.

“그런 건 비굴… 어쨌든 빨리 말해야지!”

성내는 유정이었으나 얼굴은 밝았다.

‘이제야 나가는구나!’

길고 긴 두 달. 아니, 수련으로 인해 생각보다는 잘 갔던 시간. 그래도 밖이 좋은 유정이었다.

“야! 빨리 열어라!”

어느새 두 손을 비비고 있는 유정의 재촉성에 유허의 반문이 이어졌
다.

"뭘 열어요?"

'이게 장난하나!'

"문 말이다."

"미세요."

'……?'

"밀면 되요."

'……!'

그랬다. 비록 돌로 된 문(門)이었지만 잠겨 있지 않은 문이었다.

'맞아. 그리고 보니 여기 문은 자물쇠가 없었지!'

삼 년 만에 들어온 단벽동. 거길 막고 있는 돌문에는 자물쇠가 없었
다.

적어도 시원한 달밤에 문 열고 나와 수련을 해도 된다는 뜻이기도
했다.

그걸 기억하자 시간이 지날수록 씻지도 못해 몸에서 나는 냄새에 코
를 막고 자던 기억. 자기 방귀 냄새에 수련이 방해되었던 기억 등등 수
많은 고난이 머리를 스치는 유정이었다.

"으아아아악!"

쿠르르릉!

돌문이 나무 문짝마냥 세차게 열렸다.

그리고 서 있을 유허에게 화풀이를 하려던 유정이었다.

그러나 이번에도 역시.

"……."

유허 갔다.

가볍게 몸을 씻은 뒤 장문인의 처소에 들어선 유정은 사부 외에 다른 두 명을 보며 의아한 표정을 지었다.

'왜 유종 사형과 이놈이?'

"자리에 앉거라."

사부의 말에 유한을 노려보던 유정이 자리에 앉았다.

그렇게 유정과 유종, 그리고 유한을 바라보던 자운 도장이 유정에게 시선을 고정시켰다.

"정무대전이 있다는 말은 이미 알고 있을 것이다."

"예."

"그래서 네가 이 두 명과 같이 가야겠다."

자운 도장의 말에 장문인이 말을 이었다.

"두 사람은 정무대전에 참가할 것이다."

다른 구파일방과 오대세가에서는 대부분 다섯에서 많게는 열 명에 이르는 제자들을 이번 정무대전에 참가시켰다.

그렇다면 무당에는 제자가 부족해서 둘만 보내나? 결코 아니었다. 대회 자체에 관심이 없기에 둘만 보낸다고 볼 수 있었다.

이전의 용봉지회야 천검의 명예를 기리는 의례 강압적인 인원 차출성 성격을 띠었기에 어쩔 수 없이 세 명을 보냈지만, 사실 무당파는 그런 것조차도 참석하지 않길 바랐다.

그러나 어찌 되었든 강호의 한 문파. 마교의 발호에 맞서는 사명은 무당파도 짊어진 숙명이었기에 안 보낼 수는 없고 해서 이렇게 두 명을 보내는 것이었다.

게다가 이미 무림맹에 유진도 있고 하니 실제적으로는 유정을 포함해 네 명이 무림맹에 있을 것이니 그리 적은 인원도 아니었다.

자운 도장이 다시 입을 열었다.

"내일 아침에 출발할 것이니 그리 알도록 하여라."

"예."

세 사람이 동시에 대답을 했고, 잠시 후 방문을 나섰다.

자신의 처소로 돌아가던 유정은 뒤에서 쫄래쫄래 쫓아오는 유한을 돌아다보았다.

"뭐야, 무슨 할 말 있어?"

"에? 아, 아니, 뭐 할 말이 있다기보다……."

시선도 마주치지 못하는 유한의 모습에 통쾌하기보다는 안쓰러워지는 것은 왜일까.

그래서 돌아보며 굳혔던 얼굴 표정을 부드럽게 푸는 유정이었다.

"몸은 괜찮냐?"

"으… 응."

대답은 하나 고생한 것을 생각하면 저절로 몸이 떨려오는 유한이었다.

'하~ 은근히 추웠어!'

당연했다. 아무리 가을이라지만 하의를 벗고 있기에는 쌀쌀을 넘어 추운 날씨. 산이니 더했다.

더군다나 제자들의 방에 한겨울이 되기 전에는 군불을 때지 않는 무당파였다.

한마디로 똥구멍 얼 뻔한 유한이었다.

그런 불만을 토해낼 용기는 없다. 그러면 남은 것은 묻어가기였다.

어떤 이유에서든 유정은 자신보다 훨씬 강해졌다.

현실에 수긍하고 친해지는 길이 살길이었다.

혹시 아나. 이놈이 나중에 자신에게 도움을 줄지.

같은 속가 출신의 청룡단 부단주. 앞으로 가업을 이끌어 나가야 하는 유한에게 이보다 더 좋은 방패막이는 없었다.

그래서 생각해 보았고, 결론은 무조건 친해지기였다.

그 일단계. 사형이라고 부르기.

"저기, 사형."

유정이 이놈이 왜 이러나 하는 표정으로 자신을 바라본다.

그러자 이단계에 접어드는 유한.

"제, 제가 도울 일 있으면 언제든 말해… 요."

존댓말 쓰기였다.

스스로도 어색하지만 한번 나온 이상 어렵지는 않았다.

유정 또한 뭐라 싫은 티를 내진 않았다.

'이놈이 한번 데이더니 확실히 정신 차렸구나!'

그렇게 예전의 악감정을 목적에 의해 또는 자신의 힘이 세서 그런 줄 알고 서서히 지워 나가기 시작하는 유한과 유정이었다.

다음날 아침 자소궁에 모인 유종과 유정, 그리고 유한은 장문인의 명에 산을 내려왔고, 유한의 어깨엔 두 사람분의 봇짐이 들려져 있었다.

"왜, 불만이냐?"

"헤헤… 아니요."

유정의 물음에 웃는 낯으로 대답하는 유한이었지만 들려진 봇짐이

의외로 무거운지 이마엔 땀이 송골송골 맺혀 있었다.

'제기랄! 뭐가 이리 무거워!'

당연했다. 두 달간의 수련 기간. 많은 것을 얻었지만 모두 소화하기엔 사문의 무공에 담긴 심오함이 너무 깊었다.

그래서 유정은 무림맹에서 마저 공부할 요량으로 사부의 허락을 받아 서적을 챙겼고, 다른 몇 권을 더 챙겼다. 그러니 그의 봇짐이 무거울 수밖에 없었다.

더불어 유정이 챙긴 무공 서적은 대부분 권법 위주였다. 그 이유는 접근전이 필수인 권을 공부하다 보면 자연스레 보법에도 능숙해지기 때문이었다.

'그 녀석만큼은 아니어도 적어도 근처는 가야겠지.'

공옥민의 천마보. 유정에게 진저리쳐지는 충격이었고 그만큼 나도 저런 걸 할 수 있다면 하는 충동을 느끼게 해주었다.

그러나 사문에 제운종이라는 최고의 신법은 있어도 천마보 같은 귀신같은 보법은 없었다.

그래서 아쉬우나마 권법에 가미된 보법이라도 공부하려는 유정이었다.

그걸 모르는 유한은 왜 이렇게 무겁냐며 속으로 투덜거렸지만, 거기서 끝난 게 아니었다.

유정이 앞서 걸어가는 유종을 불러 세웠다.

"사형, 사형도 주세요."

"어? 난 괜찮은데."

"에이, 유한이 들어주고 싶어하는 눈치잖아요. 안 그래?"

"주… 주세요, 유종 사형."

"그럼, 그럴까?"

"그러세요, 사형. 자, 받아라."

무슨 맛있는 것 나눠주는 것도 아니고 저리 밝은 표정은 뭐란 말인가.

저절로 욕지기가 나오는 유한이었다.

'떠그럴 놈!'

"왜, 힘들어?"

"아… 아니에요."

"그래? 그럼 호남까지 부탁해."

"…네."

끼이이익! 철컹!

철문이 열리고 그 열린 틈 사이로 빛이 들어왔지만 그것도 잠시 그 빛을 막고 들어선 인물에 의해 가려졌다. 곧이어 문이 닫히자 이전의 눅눅한 어둠이 주변을 감쌌다.

철퍽철퍽.

들어선 인물의 발걸음마다 추적추적한 소리가 들렸고, 비릿한 내음과 썩은 내가 코끝에 감돌자 음태성의 눈살이 저절로 찌푸려졌다.

교(敎)의 반역자나 그에 준하는 중죄인을 가둬두는 감옥. 한번 들어가면 영원히 나올 수 없는 마옥(魔屋)에 들어선 음태성이었다.

그의 걸음이 한 지점에서 멈춰 섰고 철장 너머 음태성의 시선에 한 명의 인물이 들어왔다.

"이거, 모양새가 전혀 안 나는군. 크크크큭!"

사방이 눅눅한 어둠으로 막혀 있는 감옥. 음태성의 비틀린 웃음은

긴 여운을 남겼고 귀기마저 서려 있는 듯했다.

옆에서 들었다면 온몸이 굳었을 오싹함. 그러나 상대방은 전혀 반응이 없었다.

아니, 숨이 당장 끊겨도 이상하지 않을 정도로 눈빛에 생(生)의 기운이 희미했기에 반응할 수가 없다는 것이 옳았다.

음태성은 철장에 얼굴을 갖다 대며 의미심장한 미소를 지었다.

"흔적을 지우고 사라졌다는군. 어디로 갔는지 아나?"

대답을 원한 질문은 아닌 듯 상대의 당연한 무응답에 다시 말을 이어가는 음태성이었다.

"이왕 사라진 거 다시는 내 눈에 띄지 말라고 빌어라. 아니면……."

자신들의 추적망에서 완전히 사라진 공옥민. 그렇다면 한 가지. 중원이 아닌 세외(世外)로 나갔을 것이다.

죽였어야 했던 후환(後患)이지만 굳이 세외까지 따라 나가 죽일 생각은 없었다.

그를 치기 위해 교내의 전력을 소비할 여력이 없다는 이유가 한몫을 했다.

그러나 복수를 한답시고 다시 중원에 들어온다면,

"그때는 절대 살려두지 않을 것이오, 교주."

"……."

아들의 얘기에도 전혀 무반응인 공천혈.

일반 교도들에게는 음태성과의 힘 겨루기에 패배해 장로원으로 들어갔다고 알려진 그가 이렇게 죽지도 살지도 못하는 모습으로 마옥에 갇혀 있었다.

잠시 후 다시 철문이 열렸다.

끼이이익!

잠시나마 들어온 빛에 공천혈의 다리가 일순 꿈틀거린 듯했으나 음태성은 보지 못했고 그대로 철문이 닫혔다.

철컹!

第三章
나 돌아갈래

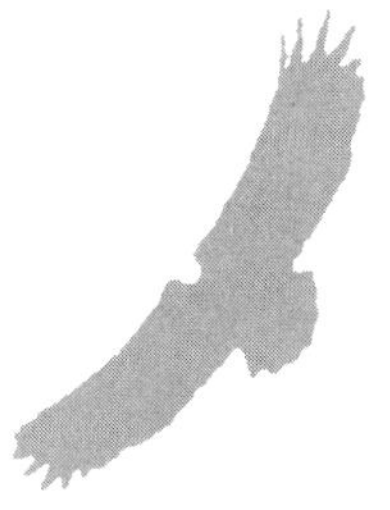

단 벽동에서 지낸 두 달간의 시간. 자신의 무위 성취에 확실한 도움을 주긴 했으나 그만큼 애초의 계획이었던 강호 유람을 못한 것에 대한 아쉬움도 컸다. 그래서 아쉬우나마 산을 내려온 뒤 천천히 아주 느긋하게 주변 구경을 하며 악양에 도착한 유정. 정확히 사문에서 유정 일행의 걸음을 예상해 무림맹에 보낸 서신의 날짜보다 삼 일이 늦었다.

그렇게 들어선 무림맹. 우선 자신이 떠나오기 전과 비교해 사람들이 엄청나게 많았다.

'이게 다 정무대전 때문이구나.'

자신은 출전하지 않는 대회. 관심 밖이다. 그저 한 걸음 한 걸음 내디디기도 벅찬 인파 속을 빠져나가는 것이 불만인 유정이었다.

툭!

누군가와 부딪쳤다.

'뭐야?'

가뜩이나 미어터지는 군중들 사이를 헤집고 나오기도 짜증나는데 부딪치기까지 하자 사나워지는 유정의 표정이 상대를 확인하자 일그러지기까지 했다.

'뭐가 이렇게 이쁘게 생겼어!'

평범한 얼굴을 가진 유정의 잘생긴 놈들에 대한 본능적인 거부감.

그 거부감에 최고치를 달리는 인물. 바로 음수빈이었다.

음수빈 역시 자신과 부딪치고 사납게 얼굴을 구기는 유정이 맘에 안 들긴 마찬가지였다.

'뭐야, 이 새끼. 못생긴 게 갈구냐!'

파지지직!

서로 노려보는 시선 사이로 불꽃이 튀었다.

그때 뒤늦게 인파 속을 헤쳐 나온 유한과 유종이 앞에 있는 유정을 불렀다.

"사형, 어디로 가야 되요?"

"유정아, 거기서 뭐 하냐. 어서 가자."

무림맹이 처음인 두 사람. 사람도 많고 처소의 위치도 모르고 결국 유정을 따라가야 하는데 그놈이 엄한 데서 눈을 부라리며 대꾸도 안 한다.

유종이 다시 입을 열었다.

"유정아, 거기서 뭐 하냐니까!"

높아진 그의 목소리에 시선을 돌리는 유정.

"알았어요. 갑니다, 가!"

짜증이 물씬 풍겨 나온다. 다시 시선을 돌려 음수빈을 한번 째려본 뒤 안 떨어지는 걸음을 옮기는 유정이었다.

"너 오늘 운 좋은 줄 알아라!"

유정의 운 타령에 오만한 표정으로 턱을 들어올리는 음수빈이었다.

"흥. 너나 운 좋은 줄 알아라!"

턱!

걸음이 멈춘 유정.

'이걸 확 조져?

갈등은 되나 오래 지속되지 못했다.

"어서 가자니까!"

유종의 목소리 때문이었다.

"알았다니까요!"

잠시 후 자소원에 마련된 처소에 짐을 풀어놓은 유정 일행은 자월 도장의 처소를 찾았다.

"이놈들! 왜 이렇게 늦은 것이냐! 사문에서 떠난 지가 언제인데……."

문장 하나하나 사이사이마다 노안의 이마에 힘줄이 툭툭 튀어나올 정도로 억양을 높이는 자월 도장이었다.

그 앞에 무릎 꿇고 쭈그려 앉아 있는 세 명의 고개는 팍 숙여져 있었고 그중 가운데가 유정이었다.

'아따 거 노인네, 힘도 좋으셔. 그만 좀 하쇼. 목 다 쉬겠소.'

가뜩이나 조금 전 싸가지없는 놈 때문에 짜증 백배인 유정. 사백의 잔소리가 귀에 들어올 리 만무했다.

그걸 아는지 모르는지 자월 도장의 호통 겸 잔소리는 그 후로도 반

시진가량 이어졌고, 반 각을 더 보태고 나서야 끝이 났다.

"이만 물러들 가고, 유정은 제갈 군사께 가보거라."

"예."

인사를 하고 나온 유정 일행. 유종과 유한은 처소로, 유정은 제갈진천의 집무실로 걸음을 옮겼다.

그리고 만난 제갈진천.

'이 사람이 서린이의 아버지구나.'

자신을 맞이하는 그의 얼굴에서 제갈서린이 겹치는 것을 보아하니 부녀지간이 확실한가 보다.

왠지 친근감이 생긴다.

그것도 잠시.

'어라?'

무언가 보이지 않는 무형의 기운이 자신의 몸을 옥죄는 느낌에 자리에 앉던 유정의 엉덩이가 허공에서 일순 멈칫했다.

몸 안에 갈무리된 무형기! 벽을 넘어선 자만이 느낄 수 있는 그 기감을 유정도 제갈진천에게서 느낀 것이었다.

저절로 태극심공이 제갈진천의 무형기에 반응했고 그제야 바닥에 엉덩이를 붙이는 유정이었다.

반면 태연한 신색과 달리 진탕되는 내부의 휘적임에 탁자 밑으로 내려져 있는 손에 자신도 모르게 힘이 들어가는 제갈진천이었다.

'역시, 벽을 넘어섰구나!'

보자마자 짐작은 했으나 실제로 반응을 보이는 유정을 보니 충격이 아닐 수 없었다.

'어찌 저 나이에 저런 경지에 오를 수 있단 말인가?

자문(自問). 그리고 자답(自答).

'그곳은 천검의 무덤이 확실하다!'

그게 아니면 지금 이 상황을 도저히 납득할 수가 없었다.

나가서 물어봐라. 여기 약관을 갓 지난 초절정고수가 있소. 그것도 세 달 전에는 절정의 초입이었다는구려 하고.

아마 미친놈 소리는 기본에 돌이나 안 맞으면 다행일 것이다.

그 돌 맞을 상황을 눈앞에서 보고 있는 제갈진천.

실제상황(實際狀況).

다행히 예상이라도 했었기에 흔들리는 평정심을 곧 부동(不動)으로 유지시킬 수 있는 제갈진천이었다.

그리고 이제 그 평정심으로 상대의 눈에 담긴 진실을 파악해야 했다.

'본인이야 부인하겠지만, 내 눈을 속이긴 힘들 거다.'

사람의 눈. 입보다 정확하고 많은 것을 말해준다. 그것을 읽어낼 자신이 있는 제갈진천이었다.

하나 상대는 유정이었다.

"……."

반 각이 지났다.

그사이 가벼운 인사말부터 시작해서 자신들이 권유한 청룡단 부단주 자리를 허락한 본인에게 고맙고, 사문의 어른들께 감사를 전한다는 말. 또한 당문에서의 활약에 대한 칭찬 등 부드러운 분위기 속에서 얘기를 이끌어 나간 제갈진천.

이제 본격적인 진실 작업에 들어가기 시작했다.

"그곳이 천검의 무덤이 아니었나?"

직접적이다. 그만큼 상대의 반응을 빨리 볼 수 있었다.

"그냥 동굴이던데요."

예상했던 부정. 그와 동시에 제갈진천의 안광에서 진실을 파헤치려는 번개가 유정을 향해 폭사되었다.

샤아아악!

일순 둘 사이의 공기가 찢어지는 비명성을 토해내는 듯한 착각을 불러일으켰다.

그러나 단지 그것뿐 폭사된 번개에 전혀 감전되지 않는 유정.

태연자약(泰然自若).

오히려 뭘 그렇게 쳐다보십니까 하고 묻는 듯한 인상까지 주고 있었다.

이에 약간은 당혹스러웠는지 코끝에 미세한 주름이 잡히는 제갈진천이었다.

'허! 전혀 읽을 수가 없다니……'

다시 물어보았다. 그러나 부동심은 자신의 마음에만 있는 것이 아닌 듯 유정의 눈, 그 안에도 있었다.

"아니었습니다."

짧고 명쾌한 대답. 그 안에 거짓으로 포함된 뻔뻔함. 그걸 읽지 못하는 제갈진천의 고개가 자신도 못 느낄 정도로 살짝 저어졌다.

'정말 아닌가?'

헷갈리기 시작했다. 스스로 자신했던 관록이란 세월의 힘에 구멍이 생긴 것이었다.

게다가 빠른 반응을 보겠다고 일부러 돌려 말하지 않은 것도 실수였다.

너무 직접적인 물음인지라 몇 번이고 다시 물어볼 수가 없었기에.

점점 구멍의 크기가 막기 힘들 정도로 빠르게 커져 나갔다.

'그럼, 저 아이의 무위는 어떻게 이해해야 한단 말인가!'

어느새 처음의 오리무중 상태로 돌아가 있는 제갈진천이었다.

"……"

답답한 침묵이 흘렀다.

물론 그 답답함을 만들고 자신은 쏙 빠져 있는 유정은 여전히 태연한 표정 그대로였다.

'그러게 뭘 그렇게 남의 생각을 읽으려 하십니까. 골치만 아프게.'

되려 타심통까지 발휘하는 유정이었다.

무거워지는 머리. 한 손으로 지탱은 하고 있으나 조만간 지끈거림까지 찾아오자 얇게나마 인상이 찌그러지는 제갈진천이었다.

'나도 나이를 먹긴 먹었나 보군. 이 정도도 피곤해져 오는 것을 보니……'

두통만 얻은 유정과의 첫 만남. 그렇게 유정의 승리로 마무리되고 있었다.

제갈진천의 집무실을 나선 유정의 발걸음은 가벼웠다.

제갈진천의 눈에 자신의 거짓이 탄로나지 않아서라기보다 지금 가고 있는 방향 때문이었다.

'서린아, 화련아, 그리고 설화야. 내가 왔다.'

너무 보고 싶다. 오죽하면 그녀들의 신경전도 그리웠을까.

걸음이 빨라지는 유정이었다.

하나……

‘처소가 어디야?’

예전 삼봉이 기거했던 곳. 생각해 보니 자신은 그곳의 위치를 몰랐다.

그렇다면,

“이보시오.”

물어보는 수밖에 없었고, 우연이었을까. 유정의 부름에 걸음을 멈춘 인물의 가슴에는 청(靑)이란 글자가 쓰여져 있었다.

‘오! 청룡단원이군.’

자신의 부하가 될 사람. 그래선지 산만 한 덩치에 얼굴에는 자잘한 잔 검상이 여럿 새겨져 있는 험악한 인상에도 불구하고 묘한 친근감이 느껴졌다.

‘이게 말로만 듣던 소속감인가?’

이미 무당의 제자. 소속감이 뭔지 모를 유정이 아니었지만 그것과 이건 좀 달랐다.

무엇보다,

‘내 부하잖아.’

책임감의 성격이 강한 소속감. 그것이 달랐다.

반면 단주의 부름에 걸음을 재촉하던 하운공은 자신을 부른 인물에 퉁명스러운 대구를 했다.

“나 말이오?”

“예. 청룡단원이신가 봅니다.”

“그러하오만 무슨 일이오.”

“다른 게 아니라, 삼봉의 처소가 어딘지 몰라서 그러는데 혹시 아십니까?”

'또야?'

지겹도록 받아본 질문. 삼봉의 명성은 비무대의 열기보다 어떤 면에서는 더 뜨거웠다.

특히 앞에 있는 젊은 놈들에게는 더 더욱 그러했다.

'이놈도 잿밥에 눈이 먼 놈이군!'

무(武)를 숭상하고 그 길에만 전력을 다해도 모자란 인생. 그것이 청룡단원 하운공의 인생관이었다.

그에게 이런 놈들이 좋게 보일 리 없었다.

당연 귀찮다는 표정이 역력한 얼굴로 한마디 하고는 몸을 돌렸다.

"모르오. 그럼 이만 바빠서."

이에 유정이 다시 불러 세웠다.

"이보시오. 뭐 그리 바쁘시오."

삼봉의 처소를 모른단다. 그래도 부하가 될 사람이기에 한두 마디 더 섞고 싶은 유정이었다.

다만 받아들이는 부하는 그렇지 않았다.

"바쁘다는데 왜 자꾸 부르나!"

말도 짧고 목소리도 높아졌다. 더해 더 이상 귀찮게 하지 말라는 듯 은근히 뻗어 나오는 기세. 청룡단원의 이름에 걸맞게 가벼운 기세라도 무게감이 달랐다.

그 무게감에 결국 여자에 눈먼 어린 아해들은 꼬리를 말게 마련이라 생각하는 하운공이었다.

그러나 이놈은 전혀 무게감을 느끼지 못하는지 실실 쪼개기까지 하면서 다가온다.

"아~ 거, 뭘 그리 눈에 힘을 주고 그러십니까. 그냥 반가워서 그러는구만~”

　‘반가워? 지가 날 언제 봤다고 반가워. 그리고 말끝은 왜 늘여!’

　당문에 파견되지 않았던 하운공. 자연 유정의 얼굴을 몰랐다. 또한 얘기는 들었지만 설마 이놈이라고는 절대 상상할 수 없었다.

　그런고로 이런 놈은 귀찮을 뿐이었다.

　화와악!

　하운공의 신형에서 기존의 은근하던 기세가 주위 공기를 달굴 정도로 확연한 패력을 더했다.

　너랑 말꼬리 붙들 시간 없다는 확실한 무력시위.

　하나 이 또한 조금 전 제갈진천의 상황과 똑같았다.

　상대는 유정이란 소리.

　‘아따, 왜 저리 눈에 힘을 주고 그러나. 그럼 나도 생각이 있지.’

　“정이 그리 바쁘다면 나도 어쩔 수 없지만……”

　일견 하운공의 기세에 몸을 돌려 꼬리를 마는 듯한 유정.

　그 모습에 여자 뒤꽁무니나 따라다니는 놈들이 다 그렇지 하는 표정으로 가벼운 비웃음을 날리는 하운공이었다.

　그때 툭! 하고 유정의 소매에서 뭔가가 바닥에 떨어졌다.

　“어라. 이게 왜 떨어지나?”

　너스레를 떠는 유정. 하운공의 눈이 저절로 바닥으로 향했다.

　‘……!’

　바닥에 떨어진 자단목. 많이 보던 거였다.

　‘저건 우리들 호패잖아! 그런데 저게 왜?’

　유정을 바라보는 그의 시선에 의구심이 서렸고 유정이 떨어진 호패를 주워 들자 의구심에 기겁을 더하는 하운공이었다.

‘청색 수실이 세 개!’

사룡단원에게는 각각의 직위를 알리는 호패가 주어진다.

우선 자단목으로 만들어진 것은 모두 동일. 각 단을 구별하기 위해 호패 끝에 각각 청, 백, 적, 흑색의 수실이 걸려 있었다.

그 수실의 개수가 상대의 직위를 알려줬다. 하나는 일반 단원, 두 개는 조장, 세 개는 부단주, 네 개는 단주를 뜻하는 것이었다.

결국 지금 유정이 주워 든 호패는 청룡단 부단주를 뜻하는 것이었다.

하운공의 눈이 조금 전 기겁을 수습하고는 유정을 샅샅이 살폈다.

‘가만, 그러고 보니 저 청색 도복… 무당파! 그렇다면 저 사람이!’

새로 올 부단주가 무당파 출신이란 것은 익히 들어 알고 있는 하운공.

그렇다면 얘기 끝, 상황 종료였다.

후다닥!

허겁지겁 유정에게 들러붙는 하운공이었다.

“저, 저기 혹시 무당파…….”

그래도 쪼금의 의심은 남았는지 확인을 했고 그 이유는.

‘젊어!’

그랬다. 눈앞의 이 청년이 천마대 부대주 마욱을 일수에 날려 버렸다고는 기존에 자신이 가졌던 나이에 비례한 무위 성취 개념에 도저히 맞지 않았기 때문이다.

그러나 그 의심도 뒷머리를 긁적이며 입을 여는 유정의 말에 사르르 지워져 버렸다.

“이거, 알아보시는군요.”

조금 전 제갈진천에게 받은 호패를 그렇게 티나게 떨어뜨려 놓고 거기에 상대가 청룡단원임에 알아보지 못할 리가 있었다. 다 알면서 그래 놓고 너스레를 떠는 모습이 사악한 잔머리의 천재 유정. 그 이름에 전혀 부끄러움이 없는 행동이었다.

어쨌든 본인이 확인해 주자 지체없이 부동자세를 취하는 하운공이었다.

"충! 청룡단원 하운공이라 합니다!"

덩치에 걸맞게 우렁찬 목소리. 자연 주변의 시선이 둘에게 주시되었다.

"하하. 뭘 그리 굳어서 그러십니까. 거, 몸 푸세요. 풀어."

말을 하는 도중 어느새 유정의 한 손이 하운공의 어깨를 툭툭 치고 있었다.

누가 보기에도 나 이 사람보다 높은 사람이야 하는 인상을 팍! 주고 있었다.

'햐! 요거 요거, 주목받는 기분 쏴하네.'

반면 부동자세를 풀 생각이 없는 하운공은 이내 상관이 궁금해하던 것을 기억해 냈다.

"아까 말씀하신 삼봉의……."

"작게 말해도 됩니다."

삼봉의 위치. 떠들어댈 필요는 없다는 유정의 말 자름에 그 정도 눈치는 있는 하운공이었다.

스윽.

한 손으로 입을 가리며 유정의 귀에 가까이 다가간 하운공이 속삭이듯 말했다.

"현재 삼봉은 자현각에 기거한다 들었습니다."

"자현각?"

"예. 어디냐 하면……."

"……."

잠시 뒤 정확한 위치를 확인한 유정은 밝은 미소를 지으며 하운공의 어깨를 토닥이고는 몸을 돌렸다

"하하. 그럼 나중에 봅시다."

"충! 그럼 나중에 뵙겠습니다."

"아아, 거 자세 푸시라니까 그러네. 그럼 전 이만."

"충!"

'아따 목소리 한번 우렁차서 좋다.'

과연 그게 좋은 걸까. 아니었고 그 우렁찬 목소리에 자신을 쳐다보는 주위의 시선이 좋은 유정이었다.

"어험!"

기침은 왜 또 하는지.

자현각에 도착한 유정의 표정은 처음의 밝음에 그늘이 드리워져 있었다.

당설화가 예의 무표정한 얼굴로 입을 열었다.

"아쉽냐."

"아쉽다기보다……."

"그런데."

"그냥, 그렇다는 거지."

'아닌 것 얼굴에 뻔히 드러난다.'

당설화의 생각대로 유정의 얼굴에는 아쉬움이 점점 진해지고 있었다.

그도 그럴 것이 현재 자현각에 머무는 삼봉은 당설화 혼자였기에.

'하~ 모두 자기 집으로 돌아갔구나!'

그랬다. 남궁화련과 제갈서린은 한 달 전에 각자의 세가로 돌아간 상태였다.

그로 인해 고개를 숙이고 있던 유정의 얼굴에서 시간이 지날수록 아쉬움이 사라지며 불만이 들어찼다.

'좀 기다려 주면 어디가 덧나나!'

얼마나 보고 싶었던가. 그런데 없다니 아쉬움만큼 성질이 안 날 수가 없었다.

그러나 이런 성질도 그녀들이 안 가겠다고 울며불며 난리치던 모습을 봤다면 절대 못 냈을 것이다.

오죽하면 평소 아버지 말이라면 껌벅 죽는 남궁화련이 대들다 따귀까지 맞았을까.

그런 사정을 알 리 없는 유정. 그의 양 볼은 툭 튀어나와 있었다.

'역시 여자들이란 이런 건가!'

두 여자가 들었다면 이 또한 억장이 무너졌을 유정의 투정.

보지 못하니 모를 테고 다행이라면 다행이었다.

여하튼 지금 자현각에는 당설화 혼자였고, 기다려 주지 않았다는 서운함 때문이었는지 두 여자에 대한 미련을 생각 외로 빨리 지우는 유정이었다.

그리고 남아 있는 한 여자, 당설화에게 문지방에 걸린 엉덩이를 움직여 그녀 근처로 들이대는 유정이었다.

"그나저나 간만에 보니 더 이쁘다."

낯간지러운 표현을 서슴없이 하는 유정. 이것도 재주라면 재주였다.

그 재주에 무뚝뚝한 당설화라도 기분 나쁠 리는 없었다.

그러나 아직 마음을 표현하는 데 서툰 그녀의 말은 속내와 달랐다.

"더우니 들러붙지 마라."

"헤헤, 가을이구만 뭐가 더워~"

"그래도 덥다."

"에이, 왜 그……."

스르릉!

"…흭!"

소리만 들어도 뭐가 어찌 돌아갈지 그동안의 경험으로 확실히 인지하고 있는 유정의 엉덩이가 어느새 문지방에 걸려 있었다.

이형환위(移形換位). 분명 그 정도로 신기에 가까운 속도였고, 그러고 보면 일신의 강력한 무공을 엄한 데서 자주 발휘하는 유정이었다.

그러거나 말거나 뽑아낸 단검을 검집에 넣으며 말을 하는 당설화였다.

"이제 완전히 온 거냐."

"어? …어, 당분간은 이곳에서 지내야 할 것 같다."

"그 말은 하기로 했다는 거네."

"부단주 말이야?"

"그래."

"하하. 나 아니면 할 사람이 없다고 하도……."

"됐다."

'제길, 말 좀 끝까지 들어주면 어디가 덧나냐!'

자신의 말을 자르는 당설화의 퉁명함에 유정의 볼 살이 터질 듯 부풀어 올랐으나 바람 빠진 풍선마냥 원래대로 돌아가는 건 순식간이었다.

'그래, 얘 혼자 남았는데 웬만한 건 참자!'

달랑 하나 남은 내 여자. 게다가 세 여자 중 가장 자신 뜻대로 안 되는 여자. 괜히 조그만 것에 열 내다가 그녀마저 보기 껄끄러워지면 아쉬운 건 본인이었다.

그래서 살살거리는 유정.

"헤헤, 오후에는 뭐 해? 나랑 놀러 갈까?"

"왜?"

"왜는 간만에 보기도 했고, 너 심심할까 봐 그러지."

"괜찮다."

"에이~ 그러지 말고 같이 가자. 내가 맛있는 거 사줄게."

"됐다."

"정말 안 갈래?"

"그래."

"정말이지?"

"그래."

"마지막으로 정말?"

스르릉!

"……!"

'독한 것!'

이미 문지방에서 일 장 정도 떨어진 곳에 서 있는 유정의 눈에 번쩍이는 햇살을 머금고 있는 당설화의 단검이 비쳤고, 결국 힘없이 발길을 돌리는 유정이었다.

그런 유정의 뒷모습을 바라보는 당설화의 입가엔 다른 사내들에겐 절대 보내지 않는 부드러운 미소가 걸려 있었다.

'잘 왔다.'

무슨 뜻일까. 아마 자신만의 보고 싶었다는 독특한 표현 같았다.

처소로 돌아가는 길인 유정의 얼굴에는 아직도 당설화의 단검에서 느껴지던 싸늘한 축객령에 대한 불퉁한 표정이 서려 있었다.

'쳇! 지 심심할까 봐 놀아주려 했구만. 뭐 싫다면 나도 흥이다.'

그 표정 그대로 턱을 들어 흥흥거리기를 몇 번, 처소에 다다른 유정의 시선에 자신의 처소 앞에서 기웃거리고 있는 젊은 여인이 들어왔다.

그녀도 마침 들어서는 유정을 보았는지 어깨를 좁히며 잰걸음으로 다가왔다.

그 순간 유정의 눈에 이채가 흘렀다.

'호! 이쁘네.'

달걀형의 조그만 얼굴 윤곽. 그 안에 위치한 눈, 코, 입이 미인의 조화를 이루었고, 뒤로 넘긴 삼단 같은 긴 머리는 목 부분에서 한번 똬리를 튼 것이 활달한 인상을 주는 몸매 아담한 미인 처자.

그 짧은 새에 눈앞의 여인을 구석구석 훑어내는 유정의 관찰력이었다.

다가온 여인이 조그만 입으로 꾀꼬리 같은 음성을 전했다.

"저기 유 소협 되십니까?"

'목소리 좋고!'

"…아, 그렇소만."

“이제야 만나뵙는군요.”

“예?”

“아… 오래 기다렸거든요.”

‘뭐야, 날 기다려?’

이유 불문. 자신을 보기 위해 기다렸다는 여인의 말에 유정의 마음이 간만에 들떴다.

그러나 그런 속내를 쉽게 비칠 유정이 아닌지라 최대한 정갈한 자세와 부드러운 표정으로 입을 열었다.

“무슨 일로 절 만나려고 하신 건지?”

“예. 다름이 아니옵고…….”

스윽.

“……?”

말을 하다 말고 자신의 가슴에 손을 얹더니 그 안에서 뭔가를 꺼내 유정에게 건네주는 여인의 행동.

그리고 전해진 봉투를 바라보는 유정.

어찌 이해해야 할까. 설마…….

‘연서(戀書)!’

유정은 그렇게 이해했다.

더해 여인의 다음 행동이 유정의 이해에 확신을 더해줬다.

“그럼, 저는 이만.”

황급히 유정에게 고개 숙여 인사를 하고는 그를 지나쳐 가는 여인의 행동이 바로 그것이었다.

그에 멍하니 손에 들린 종이 봉투를 바라보고 있던 유정은 뒤늦게 그녀를 찾아 몸을 돌렸으나 이미 사라지고 난 뒤였다.

“…….”

스윽.

맑고 시린 하늘. 그 하늘을 바라보는 유정의 눈동자에 파란하늘이 담기고 입가에 시원한 미소가 걸렸다.

“내 평생 연서를 받다니…….”

바람이 분다. 이봉의 부재와 일봉의 팅기기에 한없이 고독해진 유정의 가슴에 새로운 여인이 들어찰 공간을 만들어주는 그런 바람이.

벌써 일각째 낮은 마보 자세를 유지한 채 뒷심을 발휘하고 있는 남궁소였다.

“끄…… 흐~”

이번 역시 안 나온다. 아무리 힘주고 용을 써도 열리지 않는 뒷문의 굳건함.

‘대체 뭘 잘못 먹어서 이런 거냐!’

아침과 점심에 먹었던 음식이 머리를 스치고 지나가나 늘 먹던 찬 그대로였다.

그런데 왜, 왜 이놈의 묵직한 아랫배의 아림은 오늘같이 중요한 날 자신을 이곳에 묶어두는지.

이제 코끝에 맺힌 땀방울의 무게도 무겁게 느껴질 만큼 짜증이 나는 남궁소였다. 그러나 언제고 이렇게 있을 수는 없기에 마지막 힘을 줬다.

“하아압!”

우렁찬 기합 소리가 뒷간 전체를 울리고 필생의 역량을 뒷문에 쏟아 붓는 남궁소였다.

그러나 이번에도 역시 열리지 않았다.

'제기랄! 우선은 갔다 오고 보자.'

어째 생사대적을 앞에 두고 바지를 주섬주섬 추려 입는 듯한 이 기분… 영 꺼림칙했다.

다만 할 일이 있으니 나중을 기약하며 뒷간을 나서는 남궁소였다.

마침 자신과 같은 방향으로 가는 인물이 눈앞을 스쳐 가며 한마디를 던졌다.

"어이, 늦었어."

자신도 알기에 같이 뛰는 남궁소였다.

"예, 갑니다."

정파 최고의 무력 단체 청룡단. 강호상에 그들의 전력은 절정 오십에 일류 백 명으로 웬만한 중소문파 하나쯤은 가볍게 쓸고 지나갈 수 있는 힘을 지니고 있다 알려져 있었다.

그러나 그것도 대외적인 전력일 뿐이지 실질적인 청룡단의 무력에 비하면 한참 모자란 표현이었다.

그 이유는 청룡단의 추가 인원 구성에 맞물려 있었다.

강력한 무력을 지닌 청룡단. 그들에게 대적할 적은 강호상에 거의 없다 해도 과언이 아니었다. 그러다 보니 대부분의 임무에서 압도적인 승리를 거두었고, 단원의 누수 또한 거의 없었다.

그 결과 추가 인원 차출이 한해에 한 명, 그것도 안 뽑는 경우가 많아졌고, 그 결과 현재 청룡단원 중 가장 말단의 경력이 삼 년차였다.

이것이 뜻하는 바는 처음 소속될 때 대외적으로 일류고수로 분류된 백 명의 단원들 모두 삼 년 이상의 경력을 지니고 있다는 것으로 결부

되고, 그들이 아직도 일류고수일 리가 없다는 것으로 이어진다.

즉 그들 대부분, 현재 절정의 초입 또는 넘어서고 있다는 말로 일맥상통한다는 뜻이었다.

이게 현 청룡단의 실제 전투력이었다. 물론 세부적으로야 각자의 무위 수준에 차이는 있겠지만 어쨌든 절정고수 백오십으로 봐도 무방한 전력.

그런 엄청난 전력의 청룡단에 용봉지회전 우승으로 인해 한 달간의 임시 단원을 마치고 오늘부로 정식 구성원이 된 남궁소.

그가 살살 아리는 아랫배를 움켜쥐고 청룡각에 들어섰을 때는 이미 대부분의 단원들이 질서 정연하게 도열한 채 정면을 주시하고 있었다.

'늦은 건가?'

첫날부터 지각인가 하는 긴장감에 아랫배의 통증마저 느낄 새 없이 경직된 몸으로 가장 뒷줄에 서는 남궁소였다.

그러길 반 각 정도 지나자 가장 앞에 모여 있던 다섯 명의 조장들 중 눈가에 열십 자 모양의 검흔이 새겨져 험악한 인상을 풀풀 풍기는 인물이 단상에 올라서고는 주위를 둘러보며 입을 열었다.

"남궁소는 왔는가!"

쩌렁쩌렁하다. 그 웅장한 목소리에 가뜩이나 경직된 몸이 더욱 굳어지는 듯한 기분이 든 남궁소는 크게 심호흡을 한 번 하고는 힘차게 대답을 했다.

"예. 여기 있습니다!"

"앞으로 나오도록!"

"예!"

걸어나간다. 그러는 동안 모든 이목이 자신에게 주목되자 조금 전

심호흡하며 달래놓은 가슴에 또다시 격랑이 이는 남궁소였다.

그것도 잠시 태어날 때부터 만인의 주목을 받고 자라온 그의 자존심이 그 격랑을 집어삼켰다.

'어차피 같은 단원이다. 괜히 위축될 필요는 없지!'

그렇게 마음을 먹으니 저절로 몸의 근육들도 이완을 풀며 경직 상태에서 벗어나자 발걸음도 가벼워졌다.

이윽고 단상 앞에 선 남궁소였고, 초명도(超溟刀)라는 별호를 지닌 일조 조장 하윤이 그에게 용의 형상이 음각된 자단목을 건넸다.

그 끝에는 청색 수실이 하나 매어져 있었다.

"이것은 우리 청룡단원임을 상징하는 호패다."

"감사합니다!"

"이제 남궁소 그대는 정식 청룡단원이 되었다."

"충!"

누가 알려준 구호는 아니나 저절로 나왔다.

그리고 손에 놓인 호패.

'무겁군!'

실제로 무거운 것이 아니리라. 그 명예와 소속감이 주는 무게감에 그리 느껴지게 만든 것이었다.

이 순간 또 한 번 자신의 몸속에 무인의 피가 흐름을 느끼는 남궁소였다.

'아버지! 이제부터 시작입니다. 그리고 언젠가는…….'

무인의 길에 들어서면서부터 정해진 목표. 아니, 정해져 있었다. 강하다는 표현이 무색할 정도로 압도적인 무극의 경지를 지닌 아버지로.

그런 아버지의 경지를 뛰어넘기 위한 초석의 발판이 이곳 청룡단임을 직감하는 남궁소였다.

그와 동시에 그의 눈이 사방에서 자신을 주시하는 단원들의 눈을 마주쳐 갔다.

'나보다 약한 이들이 없다!'

약자의 놀람이 아닌 강자의 대면에 대한 기꺼움. 이들과 함께 하면 최대한 바쁘게 강해질 것이기에.

자신의 처소를 찾은 청룡단원의 방문에 잠시 후 처소를 나오는 유정의 얼굴에는 예의 산들 연애 바람은 온데간데없고 고독한 바람이 들어차 있었다.

'제길! 괜히 좋아했잖아.'

연서. 그런 줄 알았다. 부푼 가슴을 진정하기 위해 찬물로 세수까지 했다.

그리고 방에 들어와 조심스레 펴본 연서. 그러나 첫 글귀에 좌절하고 말았다.

소녀 화련이옵니다.

"……."

왜 그때 뜬금없이 세수한 게 아깝다는 생각이 들었을까.

게다가 자신의 흥분에 뜨거워진 방 안 공기가 급속 냉동되는 것 같은 그 싸늘함.

서신에 쓰여진 남궁화련의 애절한 연풍(戀風)이 아니었다면 아마 얼어 죽지 않았을까.

"킥킥!"

또다시 생각하니 웃음만 나온다.

그 웃음에 앞서 걸음을 옮기던 하운공이 뒤를 돌아다보았다.

"왜 그러십니까?"

"아, 아닙니다. 어서 가지요."

"…예."

살짝 갸웃거린 고개를 다시 정면으로 가져간 하운공은 청룡각으로 유정을 안내하는 걸음을 빨리했다.

그렇게 도착한 청룡각엔 이미 모든 단원들이 모여 있었고, 아직 방 단주는 나오지 않은 듯했다.

"저기 저분들이 오호장 분들이십니다."

"저기 다섯 분 말씀하십니까?"

오 장 밖에 모여 있는 이들을 가리키며 말을 한 하운공의 손짓에 유정의 시선이 그쪽으로 향하며 반문하자 고개를 끄덕이는 하운공이었다.

"예. 저희 청룡단은 삼십 명씩 한 개 조를 이루는데 모두 다섯 개 조로 저분들이 각 조의 조장 분들이십니다."

"예에."

'방 단주님에 비해 그리 차이나지 않는구나.'

초절정에 오른 뒤 한눈에 상대의 무위를 파악하는 눈을 가지게 된 유정이었고, 그 판단에 모자람은 없었다.

그만큼 저들의 무위는 강하고 그런 이들을 이끄는 부단주에… 자신.

"킥킥!"

"왜 그러십니까?"

“아, 아닙니다. 어서 가지요.”

“…예.”

언젠가 했던 대화 내용 같다는 생각에 이번에도 역시 고개를 갸웃거린 하운공이었다.

‘이상하네.’

그 이상함을 뒤로하고 유정을 오호장에게 소개시킨 하운공이 물러나자 서로의 첫 만남을 맞이하는 유정과 오호장이었다.

반면 자신의 손에서 호패가 떨어진 줄도 모르고 멍하니 정면을 주시하고 있는 이가 있었으니 바로 남궁소였다.

‘저, 저놈이 왜 여기에?’

제갈서린의 생환과 함께 드러난 유정의 생사.

죽지 않아 다행이라는 생각을 하기엔 저놈이 자신에게 했던 수많은 악행이 먼저 떠올라 굳이 만날 필요도, 그럴 생각도 없는 남궁소였다.

게다가 무림맹에 오자마자 자기 사문으로 떠났다는 동생의 말에 다시는 만날 일이 없겠지 하고는 머릿속에서 아예 싹 지운 상태였다.

그런데 그 썩을 놈이 갑자기 이곳 청룡각에 나타나더니 곧이어 오호장들과 친한 척 인사를 하지 않는가.

더군다나 상대인 오호장이 오히려 더욱 반가워하는 저 모습은 뭐란 말인가.

갑자기 잊고 있던 아랫배의 통증이 찾아오는 남궁소였고 본능적으로 느껴지는 정체 모를 불안감이 들었다.

‘뭐지, 이 드러운 기분은?’

마치 일 보고 닦을 것을 안 가져왔다는 것을 알아챈 뒤의 땀나는 허무함.

꿀꺽!

자신도 못 느낀 사이 뭉쳐진 타액이 목울대를 타고 넘어가며 그 찐 득한 느낌을 전했다.

그리고 경직된 몸을 지배하던 불안감의 정체가 뒤늦게 도착한 방천 욱을 통해 드러났다.

"앞으로 너희들의 부단주가 되실 유 소협이다!"

'……! …윽!'

놀람을 넘어선 경악. 그에 반응하는 뒷문.

'나왔구나!'

뜨뜻미지근한 느낌에 저절로 얼굴이 일그러지는 남궁소였고 하필이 면 그때 유정과 눈을 마주치기까지 했다.

'제, 제기랄. 나… 나 돌아갈래!'

그 맘 이해가 간다. 단, 남궁소가 알아야 할 청룡단 제일수칙.

입단 뒤 십 년간 의무복무한다.

이것 때문에 그의 바람은 이루어질 수 없었다.

유정 또한 남궁소와 눈이 마주치자 의외라는 표정이었다.

'저놈도 여기에 소속된 거야?'

옆에 서 있는 일조 조장 하윤에게 남궁소를 가리키며 말을 했다.

"저기, 저 사람도 여기 소속입니까?"

"누구? 아 예. 오늘부로 청룡단에 소속된 남궁소라 합니다."

"그래요."

"혹 아는 사이십니까? 불러 드릴까요?"

“아, 아닙니다.”

‘호오~ 저놈도 내 부하라 이거지.’

저절로 미소가 그려진다. 아주 사악한 미소가.

그렇게 뜻하지 않은 만남이 이루어진 곳, 여기는 청룡각이었다.

유정이 무림맹에 도착해 부단주로 취임한 그날. 정무대전의 예선 마지막 날이기도 했다.

총 참가 인원 천여 명. 모두 일류 이상의 무위를 지녔다. 그들의 비무의 장(場). 뜨거울 수밖에 없었다.

거기에 그들이 내뿜는 열기보다 더 뜨거운 눈빛으로 비무대를 주시하는 군중들의 환호와 탄성. 그 안에 섞인 후끈한 열풍(熱風)은 가을이란 계절이 무색하게 무림맹을 다시 여름의 태양 아래로 돌려놓기에 충분했다.

그렇게 뜨거운 한낮의 열기가 지나고 그날 저녁 제갈진천의 처소에는 그와 한 명의 인물이 더 있었다.

“총 오백십이 명입니다.”

적룡단주 장성국이 서류를 건네며 말을 했고, 그걸 받아 드는 제갈진천이 고개를 끄덕였다.

“수고했네.”

이번 정무대전의 전반적인 운영 책임을 맡은 제갈진천. 그 밑으로 수발 업무를 맡은 적룡단.

그들의 주(主) 업무는 혹여나 생길 사고 방지, 요인 경호, 비무 관전을 통한 참가자들의 무위 수준 파악이었다.

그렇게 파악된 예선 통과자들의 무위 수준과 신상명세가 적힌 서류가 제갈진천에게 전해진 것이었다.

샤락.

서적 형태로 이루어진 서류의 책장이 넘어갔고 그에 따라 수십 명의 인물들 신상명세가 제갈진천의 머리에 입력되었다.

그러길 잠시.

"상(上)?"

제갈진천의 입에서 의외라는 듯 한마디가 흘러나왔다.

그러자 장성국이 고개를 내밀어 제갈진천이 보고 있는 서류에 시선을 가져갔다.

"아, 그 친구!"

제갈진천의 고개가 들려졌다.

"아는가?"

"천의검성의 제자 아닙니까?"

'뭐야, 알고 있잖아?'

청룡단 임시 단원 음수빈. 그의 출신은 정파의 결속력을 공고히 하는 데 탁월한 홍보물이었다. 그걸 더 극대화시키는 방법. 바로 정무대전에 참석시키는 일이었다. 그래서 이번 정무대전에 참가할 의향이 없냐고 물어보았고, 본인도 하고 싶다고 해서 흔쾌히 참가시켰다.

그에 정무대전의 열기가 가장 고조될 결승에 짠! 하고 말하려 했다.

'마교의 발호에 천의검성께서 제자를 보내셨습니다' 라고.

분명 분위기 광분. 결속력 꽉 그 자체일 것이다. 그때까지 음수빈의 출신을 알리지 않는 것은 당연했다.

그 정도는 방천욱도 알겠지 하고 특별히 주지를 시키진 않았다.

그런데 벌써 장성국에게 말하다니 의외로 입이 가볍구나 하고 생각하는 제갈진천이었다.

그러나 그걸로 끝이 아니었다.

"다들 알고 있던데요. 저도 단원에게 들었습니다."

화악!

제갈진천의 눈매가 사납게 휘어졌다.

'단원에게 들었을 정도면 이미 다들 알고 있다는 소리 아닌가!'

믿었던 부하의 배신에 치를 떠는 제갈진천이었다.

'방 단주, 내 이번 일 잊지 않겠소!'

미움받았다. 자신은 알란가 모르겠지만.

어쨌든,

"그래, 천의검성의 제자가 맞네. 그런데 상(上)이란 건?"

자신이 본 음수빈. 대략 스물두셋? 그래서 얼핏 이해가 안 간다.

'절정에 들어섰다는 것은 느꼈지만 그 정도였나?'

그런 제갈진천의 의문은 장성국의 다음 말에서 충격을 더했다.

"상대가 파월검 묘랑이었습니다."

"……!"

파월검 묘랑. 서안 일대를 주름잡는 낭인 출신으로 달을 가른다는 별호에서 느껴지듯 절정 중반을 넘어 지금은 끝에 도달해 있을 것으로 추측되는 고수였다.

최소 눈앞에 있는 적룡단주 장성국과 검을 교환함에 무리가 없을 실력자란 말이기도 했다.

그런 고수를 이제 갓 이십을 넘은 음수빈이 이겼다니. 쉬이 믿기지 않는 사실이었다.

게다가,

"십 초도 안 걸렸다고 들었습니다."

"으음!"

신음 소리가 더해진 방 안의 공기가 무거워졌다. 그 무게에 어깨가 저려움을 느끼는 제갈진천이었다.

'장강(長江)의 뒷물결이 앞물결을 밀어낸다 했던가. 이제… 그 아이들의 시대란 말이군.'

서신에 써진 것보다 삼 일 늦게 도착한 유정. 낮에 그를 만나보았다.

보자마자 방천욱의 말이 모자라다는 것을 느꼈다.

'벽을 넘어섰구나!'

벽을 넘어선 자만이 느낄 수 있는 기감(氣感).

몸속에 갈무리된 무형기를 느끼는 기감이었다.

자기 딴에는 감춘다 했지만 제갈진천은 대번에 알아볼 수 있었고 충격 그 자체였다.

아직 그 충격이 가시기도 전에 또 다른 충격을 맛보는 제갈진천이었으니.

'잠들긴 글렀군.'

그래서일까. 서류를 넘기는 손길이 아주 느려졌다.

마치 이걸 아침까지 천천히 봐야겠다는 듯.

실제로도 제갈진천은 그날 잠을 자지 않았다. 다만 너무 충격이 컸는지 앞에 앉은 장성국에게 돌아가라는 말을 안 한 것이 문제라면 문제였다.

'아, 어깨 저려. 대체 언제 보내주시는 거야.'

어느덧 정무대전 본선이 시작된 지도 이틀째를 맞이했다.

유정은 유종, 유한, 더불어 오늘 비무가 있는 유진과 아침 식사를 하고는 방천욱의 호출에 집무실을 찾았다.

"청룡단은 마음에 드는가?"

"글쎄요. 아직 이틀밖에 안 돼서 잘 모르겠습니다."

유정의 대답에는 힘이 없었고, 충분히 이해한다는 표정으로 바라보는 방천욱이었다.

"하기야 그렇겠지. 게다가 단원들 얼굴도 익힐 여유도 없이 바빴으니……."

청룡단 부단주에 취임한 뒤, 요 이틀간 무림맹의 수많은 요인들을 만나고 다닌 유정이었다.

위로는 무림맹의 정점인 맹주를 비롯해 그 밑의 구대장로들, 그리고 회망산에서 본 강신영을 비롯한 외당 식구들과 같은 내당 식구들인 사룡단 등 해서 태어나서 이렇게 짧은 시간 동안 많은 인물들과 인사하기도 처음인 유정이었다.

게다가 인사로 끝이 아니었다. 적어도 무림맹 생활을 하기로 한 이상 그들과의 만남 이후 다음에 쪽팔리지 않으려면 필히 외워야 하는 그들의 별호와 성명들. 비록 무림맹 주요인사록이라는 책자가 전해졌지만 한번 본 얼굴을 책자에 쓰여진 이름에 대입시키며 생각하고 외운다는 게 어디 쉬운 일인가. 결국 이틀간 머리 쥐나도록 외웠고, 아직 반도 외우지 못했지만 그걸로도 충분히 유정의 진을 빼놓을 수 있었고 이렇게 유정의 대답에 힘이 없을 이유가 되기에 충분했다.

더해 유정의 윗머리 부분이 전보다 휑해져 보이기까지 했으니.

그 모습에 안쓰러운 표정을 짓던 방천욱이 은근한 어조로 말을 했다.

“그래서 하는 말이네만. 자네, 휴가 좀 다녀오지 않겠는가?”

“휴가요?”

유정의 눈이 화등잔만 해졌다.

“자네도 알겠지만 지금은 마교와의 분위기가 어수선한 시기 아닌가?”

“그렇지요.”

“이런 시기에 혹여라도 걱정하는 일이 발생한다면 앞으로 청룡단이 쉴 시간이 없을 것 같아서 하는 말이네.”

“그 말씀은 지금 아니면 당분간은 휴가를 쓸 수 없을지도 모른다는 것입니까?”

“그렇네. 그러니 자네만 좋다면 한 열흘간 어디 가서 푹 쉬다 오는 게 어떤가?”

마다할 리가 없는 유정이었다.

하지만,

‘휴가야 좋지만 어디 갈 데가 있어야지.’

그렇다. 유정은 갈 만한 곳이 없었다. 사문 아니면 무림맹이 그가 아는 곳의 전부였다.

게다가 혼자 유람을 떠나자니 고작 열흘 가지고는 이 넓은 중원천지의 명물 한두 곳이나 볼 수 있을까? 볼 것은 많은데 시간이 부족하기에 그쪽으론 아예 생각지 않는 유정이었다.

그래서 휴가란 말에 처음엔 희색이 만연하던 유정의 표정이 점점 어두워지자 방천욱이 입을 열었다.

“왜, 싫은가?”

“싫다기보다, 제가 마땅히 갈 만한 곳이 없어서요.”

“그래?”

빠른 반문. 유정의 대답에 방천욱의 눈에 이채가 흘렀고, 유정에게 얼굴을 들이밀었다.

“그럼, 혹시 자네 안휘성엔 가봤나?”

갑자기 웬 안휘성? 어째 꿍꿍이의 냄새가 났지만 아직 눈치를 못 채는 유정이었다.

“안휘성이요?”

“그래. 이번에 자네도 알겠지만 새로 들어온 단원이 있지 않나?”

‘새로 들어온 단원?!’

“소 단원 말씀하십니까?”

소 단원. 이름이 외자라 발음이 영 뭐하지만 부모가 지어준 이름 고칠 수도 없는 남궁소였다.

“그래. 소 단원도 이번에 휴가를 가게 되었다네. 아마 본가로 간다고 했지?”

“본가요?”

……!

남궁소의 본가. 즉 남궁세가 아니겠는가. 그곳엔

‘화련이가 있지!’

다시 희색이 돌기 시작하는 유정이었다.

“그럼, 이번에 소 단원하고 같이 가란 말씀이십니까?”

“왜, 같이 갈 이유가 필요한가?”

니가 상관이다. 같이 가자면 가야지 어쩌겠냐 하는 방천욱의 저 오만한 표정. 어째 유정에게 가르쳐 주는 듯한 인상이 풀풀 풍겼다.

그리고 이런 건 잘도 눈치채는 유정이었다.

"아닙니다. 제가 가고 싶으면 가는 거지요."

"음."

짧은 대답. 말귀 잘 알아듣는 제자를 칭찬하는 방천욱의 저 표정.

그 안에 숨은 꿍꿍이를 눈치채야 하는데.

'히히. 화련아, 내가 간다.'

물 건너간 유정이었다.

제갈진천의 처소.

"유 부단주가 소 단원과 같이 가기로 했습니다."

방천욱의 말에 가는 미소를 지은 채 마시던 차를 내려놓는 제갈진천이었다.

그 모습에 방천욱이 다시 입을 열었다.

"그런데 굳이 그를 남궁세가에 보낼 필요가 있을까요?"

시키는 일이니 하지만 왜 그래야 하는가에 대해서는 모르기에 물어보는 방천욱이었다.

그런 방천욱의 의구심에 제갈진천이 미소를 지우며 입을 열었다.

"아침에 후인걸이 찾아왔네."

"후인걸이요? 아, 개방의 견후당주 말씀이십니까?"

"그래. 개방의 정보를 책임지는 그가 찾아왔었네."

"그 거지, 아니, 그 사람이 왜 또?"

어제 제갈진천의 처소에 그가 찾아왔고 자신도 같이 있었다.

그가 전한 말.

"마교의 무리들로 보이는 이들이 안휘성에서 포착되었습니다."

얼마나 놀랐던가. 하마터면 상관 앞에서 찻잔을 떨어뜨리는 추태를 보일 뻔한 방천욱이었다.

그리고 이어진 그의 말에 촉각이 곤두섰다.

"동릉 쪽에 위치한 금신보 쪽으로 움직이고 있습니다."

마교의 행동 개시. 그때 떠오른 단어였고, 제갈진천도 마찬가지였는지 곧바로 적룡단의 한 개 조를 파견했다.

사룡단을 파견하는 일. 이례적인 강경 대응이었지만 충분히 그럴 이유가 됨에 방천욱도 결정권은 없으나 동의했다.

또한 사룡단이 파견됨에 걱정을 덜었다. 그만큼 사룡단은 강했고 그것을 증명하고 있는 자신이었기에.

그런데 왜 또 후인걸이 찾아왔단 말인가.

혹시나 하는 걱정이 들어서는 방천욱이었고 그가 걱정하는 것은 아니나 충분히 걱정거리가 될 만한 것을 말해주는 제갈진천이었다.

"그가 말하길 확실하진 않지만 금신보가 전부가 아닐 수도 있다고 하더군."

"……?"

"일단의 무리들 말일세."

"그 말씀은."

"개방의 정보에 의하면 동릉에서 파악한 대략적인 인원에 비해 금신보에 나타난 이들의 수가 적다고 하더군."

"인원을 분산시켰을 가능성이 있다는 말이군요."

"확실하진 않다고 하니 단정 지을 수는 없지만 그럴 가능성도 배제할 수는 없지."

개방의 정보력. 방대한 문도 수만큼이나 세세한 정보 하나 놓치는 일이 없었다. 그들의 눈을 속이며 움직일 수도 있다면 결코 쉬운 상대가 아니라는 제갈진천의 말이다.

방천욱이 바보가 아님에 그런 적이 중소문파를 상대로 움직일 리 없다는 것쯤은 바로 생각해 낼 수 있었고, 그렇다면 답은 하나였다.

안휘성을 대표하는 문파. 바로 남궁세가였기에 조심스레 말을 꺼내는 방천욱이었다.

"그래서 휴가라는 말로 유 부단주를 남궁세가에 보내시는 겁니까?"

"최악을 대비하자는 뜻일세. 그렇다고 확실하지 않은 일에 많은 인원을 투입하기도 뭐하고 해서 말이야."

파악된 상대의 인원수가 적다. 지금 드러난 것은 그것뿐. 그에 먼저 경거망동하는 모습을 보이기는 뭐하고 그렇다고 손을 안 대자니 뭔가 찜찜했다. 그 찜찜함을 풀 휴지로 유정이 정해진 것이었다. 물론 유정이 어디 갈 만한 곳이 없다는 것쯤은 파악한 제갈진천이었고, 주지 않아도 될 휴가를 남궁소에게 주면서까지 그를 끌어들인 것이었다.

결국 자신의 뜻대로 유정은 남궁세가로 가게 되었고, 혹시나 하는 걱정거리에 대한 짐을 어느 정도 덜게 된 제갈진천이었다.

이런 제갈진천의 생각은 유정의 무위에 대한 인정이 모든 것에 앞서 있었기에 가능한 계획임은 두말할 필요도 없었다.

일기당천(一騎當千). 한 사람이 천 명의 몫을 해낸다는 뜻으로 능히 그 한 사람에 유정도 포함된다 생각하는 제갈진천이었다.

한편 뜻밖의 휴가에 날아갈 듯한 기분이 된 유정은 그 길로 자현각으로 걸음을 옮겼다.

그러나 당설화의 처소가 가까워질수록 그의 얼굴엔 그늘이 지기 시작했다.

'이거, 휴가라지만 화련이 보러 가는 건데 뭐라 말하나…….'

어차피 정무대전에 참가하기 때문에 당설화는 같이 갈 수 없는 입장이었다. 그렇다고 곧이곧대로 말했다간 가뜩이나 쌔한 분위기 아예 얼음에 가로막혀 더 이상 다가가기도 힘든 상황이 될 수도 있기에 어느새 당설화의 처소 앞에 당도한 유정은 자신이 왔다는 인기척을 내지 못하고 있었다.

그러길 잠시.

'아! 그러면 되겠구나.'

적절한 변명거리를 생각해 냈는지 그제야 인기척을 내는 유정이었고 방문을 여는 당설화였다.

"아침부터 여긴 웬일이야."

예의 무뚝뚝한 그녀의 목소리에 유정의 눈매가 살짝 일그러졌다.

'으이그, 얼굴은 이쁜 것이 목소리를 저리 하니 남자가 안 따르지.'

그런 여자를 자기 여자임네 하는 유정. 한마디로 누워서 침 뱉는 격이었다.

"할 말이 있어서 왔다."

"뭔데."

"꼭 그런 말투로 물어봐야 하냐?"

“뭐가?”

“아니, 이제 본 지도 얼추 되었는데 좀 더 길게 하면 어떨까 해서.”

“됐다.”

‘아유! 저 성질머리하고는.’

“그래, 그건 니 맘대로 하고 어쨌든 할 말 있어서 온 거니 말하마.”

“……”

“나 내일 떠나.”

“……?”

“안휘성으로.”

‘……!’

순간 당설화의 시선이 흔들렸고, 그걸 보지 못한 유정이었다.

유정도 말을 하고 나서 고개를 숙이고 있었기 때문이다.

‘한 여자 때문에 한 여자와 헤어지자니 맴이 영 그러네.’

일말의 양심이 있기는 한지 마음이 무거워지는 유정이었다.

당설화 역시 마찬가지였고 물어보지 않으려 해도 물어보게 되는 그녀였다.

“거긴 왜?”

“임무.”

“임무?”

“어… 저기, 자세히는 일급비밀이라 말은 못하겠고, 어쨌든 그쪽으로 임무가 내려왔어.”

“……”

“왜 아무 말도 없냐?”

“무슨 말을 듣고 싶은데.”

“아니… 뭐, 꼭 듣고 싶다기보다 그래도…….”

방바닥을 긁어대는 유정이었고, 낙엽이 떨어지는 풍경에 시선을 가져간 당설화가 입을 열었다.

“…화련이 보겠네.”

“어? 아… 임무가 그쪽이다 보니…….”

방바닥을 긁어대던 유정의 손놀림이 더욱 빨라졌다.

당설화 역시 괜한 말을 했다는 후회 섞인 호흡을 내뱉고 있었다.

‘하~ 괜히 꺼냈네.’

알고 있으면서 자꾸 확인하려는 마음.

이제 어렴풋이 그게 무슨 마음인지 알았다. 그런데 또 다른 쪽으로 가버리는 유정이 왠지 보기 싫다.

나오는 목소리가 차가워지는 당설화였다.

“갔다 와라.”

“끝이냐?”

“그래.”

‘쳇! 조심히 다녀오라는 말 한마디 하기가 그렇게 어렵냐!’

어려워서 말 못하는 것이 아니다. 말 못하니 어려운 것이었다.

이런 당설화의 마음을 알 리 없는 유정의 돌아선 어깨가 축 처져 있었다.

그런 유정의 신형이 눈에서 멀어질 때쯤 당설화의 입이 조용히 움직였다.

“몸 조심히. 그리고… 빨리 와라.”

당설화의 처소를 나와 힘없이 걸음을 옮기던 유정은 뒤에서 느껴지는 기척에 몸을 돌렸다.

"동생 아닌가?"

당철이 환한 미소로 다가왔고 그 옆으로 오늘 비무가 있는 당원익 또한 시원한 미소를 지으며 다가왔다.

그리고 뒤쪽에서 천천히 걸어오는 한 인물, 장유승이었다.

당원익이 다가서자마자 유정의 손을 덥석 잡았다.

"하하하. 이제 완전히 오신 겁니까?"

"뭐, 그렇게 됐습니다."

"그럼 이제 계속 같이 있겠군요."

아이처럼 좋아라 하는 당원익. 그도 그럴 것이 자기가 이곳에 온 이유가 유정에게 어떻게든 한 수 배워볼까 해서가 아닌가. 그런데 무림 맹에 오자마자 유정이 사문으로 떠났으니 실로 그 허탈감은 말로 표현할 수 없을 정도로 컸고 배신감마저 느꼈던 당원익이었다.

그러나 이제 그것은 다 잊은 듯 다시 부푼 꿈을 꾸는 당원익이었다.

'그때야 어쩔 수 없었다 치고 이제라도 곁에 있으면서 배워야겠다!'

하나 이번에도 역시 허탈감과 배신감에 치를 떨어야 하는 그의 운명이었으니.

"어디 갔다 오는 겐가?"

장유승의 말에 당원익의 손을 뿌리치며 인사를 건네는 유정이었다.

"설화 좀 만나고 오는 길입니다."

장유승의 눈에 이채가 흘렀다.

'허! 둘이 만났다라…….'

뭘 기대하는 건진 몰라도 아마 조금 전 둘 간의 차가운 기류와는 정반대를 기대하는 듯싶다.

"무슨 일로 설화를 만나고 오는 건가?"

'하! 이거 또 임무라고 해야 하나?'

그래야 한다. 여기서 휴가라고 했다간 당설화에게 걸릴 확률이 높기에.

이래서 바늘 도둑이 소도둑 된다는 속담이 있나 보다.

"다른 일은 아니고 이번에 제게 임무가 떨어져서 당분간 보지 못할 듯하여……."

"임무요?"

얼굴을 들이밀며 유정의 말을 자른 당원익의 눈가에는 당혹스러움이 묻어 나오고 있었다.

"예. 자세히는 말씀 못 드리겠고, 내일부터 안휘성을……."

"얼마나요?"

아까와 같이 말을 자르며 끼어드는 당원익이었고, 당철이 나서서 한마디 하자 찔끔하며 뒤로 물러섰다.

"어허! 동생이 말하고 있질 않는가."

"예? 아! 죄송합니다. 유 소협, 아니, 유 부단주님."

"아닙니다. 그리고 그 님 자는 빼주십시오. 저보다 나이도 많으시고 모르는 사이도 아닌데."

"아닙니다. 전 그렇게 부르는 게 편합니다."

"그러시다면 저야 어쩔 수 없지만……."

고작 한번 물어보고 어쩔 수 없다니 되게 쪼잔한 유정이었다.

그 뒤로도 간단한 주고받음을 전한 뒤 헤어진 그들이었다.

그리고 마지막에 했던 당원익의 한마디가 아직도 귓가에 맴도는 유정이었다.

“몸 조심히 다녀오십시오.”

‘그 소리가 듣고 싶었단 말이다.’

第四章

배 째라!

두둑.

경쾌하나 고통을 동반한 뼈 소리에 남궁일의 손이 펴다 만 허리를 짚었다.

'윽! 이놈의 허리.'

받고 싶진 않으나 그렇다고 자신의 뜻이 반영되지 않는 세월의 선물에 일그러진 인상과 남은 허리를 억지로 펴는 남궁일이었다.

"괜찮으십니까?"

옆에 서서 보고를 하던 홍유의 걱정스런 물음에 무안한 미소를 지으며 펴진 허리를 툭툭 치는 남궁일이었다.

"갑자기 일어서지만 않으면 되는데 자꾸 그걸 까먹는군."

말을 하는 도중 허리를 치던 손이 정면의 허공을 한번 휘젓자 수많은 알갱이들이 연못 수면 위에 떨어졌다.

그러자 먹이를 먹겠다고 사방에서 모여든 잉어들의 치열한 몸싸움
이 이어졌고, 그 모습에 남궁일의 입매가 살며시 찌그러졌다.

"쯧. 뭘 저리도 아귀다툼인지. 어차피 정해져 있는 먹이 사이좋게
나눠 먹으면 될 것을."

"그러니 미물 아니겠습니까."

자신의 혼잣말에 홍유가 넌지시 대답을 건네자 몸을 돌려 그와 시선
을 마주치는 남궁일이었다.

"그 말은 인간 또한 미물이란 소리군."

"예?"

뭔 소린지 모르겠다는 홍유의 반문에 '아무것도 아닐세' 하고는 걸
음을 옮기는 남궁일이었다.

"그건 그렇고 하던 보고는 마저 해야지."

앞서 걷는 남궁일의 말에 홍유가 서둘러 보고를 이었다.

"현재 금신보에서 십여 리 떨어진 곳에 저희 측보다 먼저 도착한 적
룡단이 마교도로 보이는 무리들과 대치 중입니다."

"대치?"

"그게 이상하게도 움직이지 않는답니다."

"움직이지 않는다?"

"예. 그래서 적룡단도 함부로 움직이지 않고 있습니다."

"그건 그렇겠지."

아무리 마교도로 의심되고 설사 그렇다 하더라도 지금 이 시점에서
둘 간의 충돌은 이기고 지고를 떠나 전혀 이득 될 것이 없는 상황이었
다. 그걸 잘 알고 있을 적룡단이기에 저쪽에서 먼저 움직이지 않는 한
절대 먼저 나서지 않을 것이다.

걸음을 멈춘 남궁일의 고개가 하늘을 향했다.

가을이라 하나 정오를 가리키고 있는 중천의 햇빛은 한 손으로 이마를 가리지 않으면 저절로 눈살을 찌푸리게 만들 정도로 따가웠다.

손으로 이마를 가리지 않고 하늘을 바라보는 남궁일의 눈매는 자연히 일그러져 있었다.

더해 나오는 목소리 또한 굴곡져 있었다.

"그건 그렇고 왜 저들이 먼저 도착한 거지."

금신보. 자신들의 전장이다. 더구나 안휘성에 위치해 있다.

한마디로 자신들의 세력과 세력권 안에서 왜 자신들보다 무림맹이 먼저 도착해서 설치고 있냐는 남궁일의 불만이었다.

도와주는 것은 고마우나 그것도 해결할 능력이 있는 본인들임에 남궁일에게 무림맹의 행동은 세가를 무시하는 처사로 보인 것이었다.

홍유의 누구나 예상할 수 있는 뻔한 대답이 이어졌다.

"개방 쪽에서 무림맹 쪽에 먼저 연락을 한 것 같습니다."

"그럼 남정대는 뭘 한 건가!"

남궁세가의 정보대. 그 수장이 자신임에 남궁일의 질책성 물음에 급히 부복을 취하는 홍유였다.

"죄송합니다."

"죄송? 변명의 여지가 없다는 말인가."

"그것이……."

무언가 말을 하고 싶었지만 어차피 결과는 자신들의 정보망이 개방의 그것보다 못함이 확연히 드러났기에 입을 다무는 홍유였다.

거기에 이번 일은 자신들의 안방이라 할 수 있는 안휘성 내의 정보력 싸움에서도 개방에 뒤진 것이니 무슨 변명이 필요할까.

“세 달간 근신하라!”

남궁일의 징계. 현재 그의 형인 남궁휘가 세가에 없으니 그 자리를 대행하고 있는 그의 말은 곧 가주의 말과 같은 권한을 지니고 있었다.

“예!”

자신의 대답에 다시 움직이는 남궁일의 뒷모습을 바라보던 홍유는 그가 처소로 들어서기까지 부복한 자세 그대로 고개를 푹 숙이고 있었다.

하나 인간이란 간사한 동물인지라,

‘하! 무슨 걸음이 저리도 늦으시냐.’

다리 저려 죽는 줄 알았네 하며 일어선 채 목뒤를 꾹꾹 눌러대는 홍유의 엄살. 그리고 이어지는 걱정.

‘이제 세 달간 뭐 하고 지내야 하나.’

세가의 친인이 아닌 이상 어차피 월급 타먹고 사는 인생. 그 인생에 세 달의 공백이 생긴 것이었다. 숙식이야 세가 내에서 한다지만 사람이 잠만 잘 순 없었다.

‘그래. 그동안 장가갈 밑천으로 모아둔 돈이면 얼추절추 세 달간 술이랑 여자 해결은 할 수 있겠지.’

일 년간 모아둔 밑천. 세 달 만에 뿌릴 생각에 남 같으면 아까워서 못 쓸 일이지만 홍유는 전혀 그렇지 않은 듯 즐거운 미소까지 짓고 있었다.

남궁세가에 자신들이 도착할 예정이라는 서신이 전해진 다음날 무림맹을 나선 유정은 정오 무렵 구화산(九華山) 근처를 지나고 있었다.

“야! 절경이 그만이구만.”

으레 자신의 이동 수단으로 정해진 듯 마차 안에서 조그맣게 만들어진 창문을 통해 바깥 풍경을 구경하는 유정의 감탄성이 흘러나왔다. 그에 반해 앞쪽에서는 주변 절경이고 자시고 할 것 없이 연이은 투덜거림이 흘러나오고 있었다.

“제기랄 놈. 지놈이 뭐라고 마차야 마차는. 그리고 난 왜 이걸 몰아야 하는 거야!”

마부를 고용해야 할 일을 유정의 지시에 자신이 몰게 된 남궁소의 투덜거림이었다.

그러자 창문을 통해 고개를 쑥 끄집어낸 유정이 앞쪽을 향해 입을 열었다.

“어이, 소 단원. 지금 뭐라고 했어?”

‘저놈은 귀도 밝아!’

“아니… 아닙니다.”

나이는 자신이 많지만 확실한 지위 체계를 유지하는 청룡단. 아무리 열받는 나이 어린 놈이라도 상관에게 반말은 하극상 그 자체로 간주될 수 있기에 뒤집어지는 속을 간신히 추스르며 존대를 써야 하는 남궁소였다.

그런 남궁소의 속을 시도 때도 없이 뒤집어놓는 장본인의 이죽거림이 이어졌다.

“그래? 난 또 어디서 개가 짖는지 자꾸 깨깽거리는 소리가 들리는 것 같아서. 아니면 말구.”

덜컹!

순간 유정의 말이 끝나기가 무섭게 마차가 크게 휘청거렸고, 그 반응에 하필이면 내민 고개가 창문 모서리에 부딪친 유정이었다.

“악!”

겁나게 아프다. 그런 유정의 아픔을 이번엔 남궁소의 이죽거림이 긁어댔다.

“아이고, 이거 죄송합니다. 웬 돌부리가 저리도 큰지…….”

‘저, 저놈 일부러 그래 놓고!’

심증은 가나 물증이 없다. 그러니 뭐라 하지도 못하고 아릿한 한쪽 머리를 주무를 수밖에 없는 유정이었다.

그러다 잠시 뒤 머리 통증이 좀 줄어든다 싶어지자 다시 고개를 내밀어 질문을 던지는 유정이었다.

“얼마나 더 가면 돼?”

“저녁나절이면 도착할 겁니… 다.”

“어째 끝말이 잘 안 들리네.”

‘썩을 놈!’

“저녁나절이면 도착한다구… 요!”

“이번엔 끝말만 들리는데.”

‘저런 쌍!’

“이봐? 대답 안…….”

덜컹!

“악!”

“아이고, 이번 돌부리는 더 크네.”

‘이런 쌍!’

그 후로도 두 번 정도 더 돌부리를 거치고 나서야 궁시렁궁시렁거리며 마차 안으로 고개를 집어넣는 유정이었다.

안휘성의 소황성(小皇城)이라 불리는 남궁세가. 그 이름에 걸맞게 외견부터 하나의 철옹성을 연상케 할 정도로 높이 일 장에 이르는 외벽으로 세가 전체가 정사각형 모양으로 둘러쳐져 있었다.

그 안에 이백여 채에 이르는 크고 작은 전각들이 미로처럼 세워져 있었고, 그중 가장 중심에 세가의 친인들과 요인들이 기거하는 내원이 자리하고 있었다.

그 내원의 여러 전각 중 화인각의 처마가 살짝 들썩였다.

"하~"

가늘고 무거운 한숨 소리에 옆에서 과일을 깎고 있던 소홍이 과도질을 멈췄다.

"또 그러시네. 요즘 한숨이 부쩍 느신 거 아세요?"

"그래? …하~"

"또!"

"아, 알았어. 그런데 거기 손에서……."

남궁화련의 손이 가리키는 곳에 자신의 엄지손가락을 살짝 베어 물고 있는 과도의 날이 붉은 피를 머금고 있자 소스라치게 놀라는 소홍이었다.

"꺄악! 피! …피다. 어… 어떡해. 꺄~악!"

고작 과도에 살짝 베인 상처 가지고 호들갑도 이런 호들갑이 없었다.

옆에서 심드렁한 표정으로 그 호들갑이 진정되기를 기다리던 남궁화련은 품속에서 매화가 그려진 손수건을 건넸다.

"자."

샥!

빨리도 채간다. 그리고 베인 손가락에서 흐르는 피만 닦아내라 준 것을 아예 손 전체를 감싸 버리는 소홍이었다.

"하아~ 죽는 줄 알았네."

"풋!"

"어머, 뭐예요. 피 본 사람 앞에서 웃으시는 거예요?"

"웃기는 걸 어떡해."

"호오~ 그래요?"

"응."

소홍의 눈이 남궁화련을 흘긴다.

"왜 그렇게 쳐다봐?"

"변하셨어."

"뭐가?"

"그렇잖아요. 전 같으면 저보다 더 난리치실 아가씬데 지금은 전혀 아무렇지도 않다는 듯 아예 절 비웃기까지 하시잖아요."

"내가 그랬나?"

"네. 확실히 그러셨어요."

"그런가……."

소홍의 시선을 벗어나 창밖을 바라보는 남궁화련이었다.

소홍이 말한 대로 전 같으면 아무리 소량의 피라도 보자마자 속이 울렁거리며 자기가 더 난리를 쳤을 것이다. 그런데 지금은 아무렇지도 않다.

'그러고 보니 당문에서의 일 이후로 그런 거 같네…….'

자신을 찾아온 작은 변화. 그것은 기존에 세가 내에서 금지옥엽으로 자란 자신에게 묘독문과의 전투 참여 이후 찾아온 자신의 마음가짐에 있었다.

언제고 누군가가 지켜주는 여자가 아닌 그 뜨겁고 붉은 피를 흘리며 죽어가는 사람들, 그들과 같이 피를 흘릴 수도 흘리게 할 수도 있는 무인이라는 것을 인식한 마음가짐이 그것이었다.

그 작은 변화가 부담스럽게 다가오는 남궁화련. 누군가가 지켜주는 여자로 살고 싶은 소망 때문이었고, 그 누군가는 당연히 유정이었다.

'혜홍이가 잘 전해줬나 모르겠네.'

무림맹을 떠나오면서 아버님을 시중드는 시비에게 유정이 오면 전해주라고 맡겨놓은 연서.

그걸 읽고 자신의 마음을 안다면 조만간 이곳으로 찾아올 거라 굳게 믿는 남궁화련이었다.

"아가씨?"

"……."

"아가씨!"

"…어?"

"누굴 생각하시기에 그런 얼굴을 하고 계세요."

"내, 내 얼굴이 어땠는데?"

"한마디로 음… 사내놈들이 봤다면 그 자리에서 죽어도 여한이 없다고 할 만큼 아련한 그 무언가를 생각하……."

"됐네요."

"어머, 왜 말을 자르고 그러세요. 그러니까 그 무언가가 또 무슨 남정네를 생각……."

"아가씨."

"아이. 자꾸 말 끊으실 거예요!"

“내가 아니고 저기야.”

“……?”

남궁화련의 손가락이 가리키는 곳으로 시선을 돌린 소홍의 귀에 방문 너머에서 전해지는 목소리가 들렸다.

“아가씨, 어르신께서 부르십니다.”

“알았어요. 금방 갈 테니 그리 전하세요.”

“예.”

문밖에서 나는 걸음 소리가 멀어지자 자리에서 일어난 남궁화련은 방문을 열어주는 소홍을 흘기며 눈높이를 맞췄다.

“거봐, 나 아니지?”

“알았어요.”

“어머, 자기가 잘못 알고도 전혀 잘못했다는 목소리가 아니네.”

“아휴~ 알았어요. 제가 잘못 알고 소리 질러 정~말 죄송합니다.”

소홍의 과장된 몸짓에 상큼한 미소를 짓는 남궁화련이었다.

“하여간. 아! 그리고…….”

“알아요. 요 손수건 빨아놓으라구요?”

“역시 소홍이 눈치는 알아줘야 해.”

“그러니까 아가씨 시비로 있죠.”

이번 역시 소홍의 과장된 몸짓이 동반되자 또 한 번 환한 미소로 답을 하며 방문을 나서는 남궁화련이었다.

그런 그녀의 뒷모습을 잠시 바라보던 소홍의 고개가 살며시 끄덕여졌다.

“분명 남자가 생기신 거야. 그게 아니면 절대 그런 눈빛을 가질 수 없지.”

이건 눈치를 넘어 경험으로 알 수 있는 소홍이었다.

어느덧 붉은 석양이 그 화려함의 끝을 산자락에 걸치며 사라지자 남궁세가 곳곳에서 등불이 밝혀지기 시작했다.

그 등불을 시선에 담고 있는 수십 쌍의 눈동자들. 그중 가장 밝게 빛을 내는 눈동자가 끔벅였다.

"상황은?"

"계획대로 진행됐습니다."

무림맹과 남궁세가. 그들의 이목은 현재 금신보에 묶여 있다는 문상필의 말에 칠왕의 시선이 자신들 뒤쪽의 저 멀리 한 지점을 잠깐 직시하고는 다시 정면을 향했다.

"귀찮군."

"예?"

칠왕의 뜬금없는 말에 문상필이 반문을 하자 살며시 고개를 저으며 중얼거리는 칠왕이었다.

"뭐, 자신들 임무에 충실하는 것이니……."

'무슨 말씀을 하시는 거지?'

자신의 반문에 무언가 중얼거리는 칠왕의 모습에 궁금했지만 조용히 명령을 기다리는 문상필이었다.

그러길 잠시 드디어 칠왕의 명령이 떨어졌다.

"너희들은 정확히 반 각 후 따라 들어오도록."

"예!"

대장이 먼저 움직이고 부하가 나중에 따른다. 선뜻 이해가 안 가는 공격 형태일지 몰라도 그래야만 하는 이유가 있기에 사라지는 칠왕의 신형을 말없이 바라보는 문상필이었다.

'반 각이면 충분하시단 말씀이군!'

남궁세가. 그 이름에 걸맞게 적의 침입에 대한 완벽한 방어 체계가 갖추어져 있었다.

우선 세가 내에 세워진 이백여 채의 전각들. 그 위치의 절묘함이 남궁세가를 하나의 거대한 미로로 만들어놓았고, 그 미로 곳곳에 외부의 침입을 감시하는 보초병들 수만 해도 수십에 이르고 있었다.

무작정 쳐들어갔다간 넓디넓은 세가 내에 갇혀 보초병의 눈에 띄는 건 시간문제란 소리였다.

또 운 좋게 미로를 통과, 보초병의 눈을 피해 본당에 들어선다 해도 그것으로 끝이 아니었다.

열 걸음마다 어디에 설치되어 있을지 모를 황음진—진에 갇히면 경고음이 발해지는 진—으로 인해 어차피 싸우는 장소만 바뀔 뿐 내원(內苑)엔 들어서지도 못한 채 경고음에 몰려든 세가의 무인들을 마주하게 되어 있었다.

그렇다면 굳이 땅이 아닌 세가의 전각들 위로 경신술을 사용해 침입한다? 그건 아예 불가능했다.

남궁세가의 모든 전각 지붕 위에도 황음진이 설치되어 있기에.

이런 상황에 여태껏 단 한 번도 외부의 침입으로 인한 그들의 내원 발걸음을 허용한 적 없는 남궁세가였다.

그러나 그런 남궁세가의 내원외침불가도 오늘로서 마지막이 될 것임을 조금도 의심치 않는 문상필이었다.

'방법이 없다면 만들면 된다!'

칠왕의 무위. 그것이 방법을 만들어줄 것이다. 그만의 방법으로.

문개의 시선에 희미한 점으로 보이는 귀령대가 담겨 있었다.

"정말 후 당주님 말씀대로군."

마교로 보이는 일단의 무리가 안휘성에 들어와 동릉 쪽으로 이동했다는 정보를 전한 뒤 후인걸의 또 다른 지시를 받은 문개였고, 오늘 오후에서야 이곳에서 저들의 흔적을 찾은 것이었다.

그런 문개의 안색은 침중해져 있었다.

'여긴 남궁세가와 불과 삼백 장 거리다. 그렇다면 저들의 목표는 역시…….'

침중한 안색으로 인해 목소리 또한 침중하게 흘러나오는 문개였다.

"빨리 전해야 하지 않을까?"

"……."

"어이. 빨리 전해야 하는 거 아니냐고."

"…쩝, 뭐라고?"

"저들이 남궁세가를 목표로… 쩝?"

동료의 말에 이상한 문자가 끼어들었다는 것을 느낀 문개의 고개가 순식간에 옆으로 돌아갔고 그곳엔 자신이 아침에 구걸한 음식을 싹 비운 채 혀로 이빨을 닦고 있는 같은 이결제자 공개가 있었다.

그 순간 남궁세가의 일이고 뭐고 이성을 잃게 되는 문개였다.

"이… 이런 개거지 같은 놈. 그걸 혼자 처먹어!"

"캑! 이, 이거 손 좀 놓고……."

"뭐, 손을 놔!"

"캑! 아, 아니, 난 니가 앞만 보고 있길래… 캑!"

"그게 너 혼자 먹었다는 변명이 되냐? 응?"

문개의 손에 잡힌 공개의 멱살이 위로 올라갈수록 그의 얼굴 또한 더욱 붉어졌다.

"이… 이러다 나… 죽는다."

"죽어라! 거지 밥 뺏어 먹는다는 건 '나 죽여주쇼' 하는 것과 같은 말 아니냐!"

멱살 잡은 손에 살기마저 들어가는 문개였다.

그의 행동에 나 죽네 하며 이거 너무 심한 것 아니냐고 발악하려던 공개였다.

그러나 그 발악보다 먼저 문개의 배에서 나오는 공복의 외침에 차마 입을 열지 못하는 공개였다.

꼬륵, 꼬르르륵!

"들리냐! 배고파 죽겠다고 하는 소리!"

"으… 응."

"그런데 너 혼자 먹어? 그것도 나 혼자 구걸한 음식을!"

목소리에 살기가 물씬 묻어 나오는 문개의 말에 그의 손목을 잡고 있던 두 손을 모아 싹싹 비는 공개였다.

"아… 알았어. 앞으… 켁! 로는 저, 절대 안 그럴게."

"이미 먹은 건!"

"……."

"어쩔 거냐고!"

"…배, 배 째라."

"뭐? 이, 이씨……."

거지의 유일한 협박. 배 째라는데 별수있나. 어쩔 수 없이 공개의 잡은 멱살을 확하고 밀쳐 버리는 문개였다.

“아이쿠!”

“드러운 놈! 거지가 거지한테 배 째라는 말이 나오냐!”

공개의 비명 소리에 문개가 치를 떨며 입을 열었고, 그걸로 부족한지 한마디 덧붙이는 문개였다.

“너… 이번 일 절대 잊지 않을 거다!”

거지의 밥을 뺏어 먹는 것. 부모의 원수와 충분히 동일시되었고, 그것이 거지였다. 상대가 같은 거지여도 변하지 않았다.

문개가 다시 차갑게 입을 열었다.

“얼른 가서 이 사실을 후 당주님께 전해!”

“내… 내가?”

같은 계급. 명령을 내릴 권한은 없다.

그러나 문개의 눈빛에 담긴 살기가 권한을 대신했고 지은 죄가 있어 고개를 끄덕이는 공개였다.

‘그 자식, 밥 한번 뺏어 먹었다고 눈깔에 살기를 담긴……. 쯧!’

그래도 배부르니 자신이 참는다며 주섬주섬 상의를 허리 속으로 챙겨 넣으며 뒤로 돌아서는 공개였다.

그렇게 공개가 떠나고 혼자 정면을 주시하던 문개의 눈에 순간 이채가 흘렀다.

‘……!’

서로 간의 거리 오십 장 정도. 그 거리가 순식간에 압축되는 듯한 느낌과 동시에 급히 나무 뒤로 몸을 숨기는 문개였다.

‘서, 설마 날 본 건가!’

거리가 있어 자신은 점으로밖에 안 보이는 상대. 그러나 정찰조로 근무한 이 년간의 경험이 자신의 눈에 상대의 눈길이 스쳤다고 전해온 것이었다.

콩닥콩닥.

세차게 뛰는 심장 소리가 자신의 귀에 천둥소리처럼 들려왔다.

그러길 잠시 심장의 박동 수가 진정되자 살며시 고개를 내미는 문개였다.

'…없네?'

자신의 눈과 마주쳤을 거라 생각되는 인물의 모습이 사라진 것이었다.

그러나 그 말고 다른 이들은 아직 그 자리를 고수하고 있었기에 별대수롭지 않게 생각하는 문개였다.

그렇게 반 각이 흘렀다.

'뭐 하는 거야?'

자신의 시선에 희미하게 보이는 일단의 무리들이 뭔가를 하는 듯 꾸물꾸물 움직이기 시작했다.

그러길 잠시 그들 중심에서 연기 비슷한 것이 피어오르는 듯하자 있는 힘껏 두 눈을 크게 뜨는 문개였다.

'뭘 태우는 건가? 아닌가?'

연기가 많이 나는 것도 아니어서 저게 진짜 뭘 태워서 나는 연기인지도 확실하지 않은 문개의 시선에 모호함이 서렸다.

'너무 멀어서 뭐 하는 건지 도통 알 수가 없네.'

앞으로 나가 자세히 보고 싶은 마음은 굴뚝같지만 아까 사라진 인물의 눈빛이 뇌리에 남아 용기가 나지 않는 문개였다.

그런 갈등도 잠시 이제 진짜로 자신의 시선에서 사라지기 시작하는 그들이었다.

'이제 움직이는구나!'

자신의 시선에서 모두 사라질 때까지 기다리던 문개는 조심스레 그들이 모여 있던 곳으로 다가갔다.

'도대체 뭘 한 거지?'

출발하기 전 뭔가 꾸물대는 듯했고 곧이어 연기 비슷한 것을 봤다. 그래서 도착한 뒤 사방을 둘러보았으나 마땅히 뭔가 태운 것 같지도 않고 재 또한 남아 있지 않자 자신이 잘못 봤나 하며 궁금증을 접어버리는 문개였다.

'어차피 저들이 가는 곳은 정해져 있으니 굳이 더 이상 따라갈 필요는 없겠지. 그보다……'

정보로 먹고사는 개방. 그 개방의 일원인 자신이 해야 할 가장 큰일은 당연히 정보를 물어오는 것이고 그걸 전해주는 것이었다.

"아~우, 죽겠네……!"

어제 술이 너무 과했나 하는 생각에 목을 돌리던 소규청은 문득 가슴 부위가 뻣뻣해져 옴과 동시에 그대로 암흑에 빠져들었다.

털썩!

뒤로 무너진 그의 앞에 예전부터 서 있던 것처럼 모습을 드러내는 중년인. 바로 칠왕이었다.

"이놈은 지가 죽을 줄 알고 있었나 보군."

남궁세가의 외벽 한 지점에서 내원을 향해 가로막는 모든 것을 없애고 잘라내며 일직선으로 들어온 칠왕이었다.

그 와중에 죽인 보초병만 여덟, 이제 아홉 명이었다. 그리고 수강을 이용해 가로막힌 벽을 부하들이 지나다닐 수 있도록 잘라놓은 것만 네

번. 잘라낸 벽은 다시 원위치시켜 놓았고, 죽은 보초병들의 시신은 미리 준비해 온 시독단으로 그 흔적도 없이 사라지게 만드는 것은 필수였다.

아무리 철통같은 방어막을 자랑하고 있어도 이렇게 무식하다 싶을 정도로 없는 길을 만들어내며 중심부를 향하는 그에겐 무의미한 단단함이었고 그걸 증명하는 칠왕이었다.

푸스스슥!

칠왕의 손에 들린 약병의 약물이 소규청의 시신에 닿자마자 그의 신체가 순식간에 사라졌다. 거기서 발생되는 연기는 칠왕의 손짓에 그의 눈앞에서 생겨난 지름 반 자 크기의 원형 구슬에 압축되듯 모여들었고, 그의 또 다른 손짓에 땅속 깊숙이 파묻혀 버렸다.

이것으로 아홉 번째 완전 범죄를 저지른 범인의 입에서 따분한 음성이 흘러나왔다.

"귀찮군."

그러나 자신에겐 그냥 귀찮은 일일지 모르지만 부하들에게는 내원으로 침입하는 동안의 부질없는 희생을 피할 수 있는 유일한 방법이기에 귀찮아도 할 수밖에 없는 칠왕이었다.

칠왕의 명령이 있고 반 각이 지나자 그 즉시 뒤쪽에 있는 부하들에게 손을 들어 보이는 문상필이었다.

"움직인다!"

그의 명령에 이 열 종대로 늘어선 부하들은 자신이 입고 있던 옷가지를 벗기 시작했다.

그러자 벗어낸 옷 속에 또 다른 검은 옷이 드러났고 가슴 한가운데에는 마교의 삼대전투부대 중 흑마대를 상징하는 흑(黑)이라는 글자가 선명하게 새겨져 있었다.

그렇게 각자 벗은 옷가지들을 한곳에 모으자 문상필이 그 앞에 서서 준비해 놓은 약물을 그 위에 뿌렸고, 희한하게도 연기는 거의 없이 치이이익 하는 소리와 함께 옷가지들이 순식간에 재도 안 남고 사라져 버렸다.

그걸 확인한 뒤 움직이는 문상필의 신형에 부하들 역시 그 뒤를 따랐고 곧이어 그들의 시선에 남궁세가의 외벽이 들어왔다.

문상필의 눈이 좌우를 살폈다.

'저기군!'

밤이라 미리 정해놓지 않았다면 찾아보기 힘들 정도로 조그만 붉은 조각이 황량한 들판에 핀 야생화마냥 외벽 한 지점 사이에 외로이 피어 있었다.

문상필이 조용히 그 앞으로 걸어가자 부하들도 움직였고, 벽 앞에 선 문상필의 양손이 문을 열 듯 벽을 밀기 시작했다.

그러자 나직한 땅 끌림 소리와 함께 진짜로 벽이 뒤로 밀리면서 사람이 지나다닐 정도의 정사각형 통로가 드러나기 시작했다.

그걸 다 밀고 먼저 들어선 문상필이었고 부하들 역시 자신을 따라 들어서기 시작했다.

'허! 정말 깔끔하게도 자르셨네!'

밀린 벽 사이로 부하들이 들어서는 동안 자신이 밀어낸 벽의 두께에 혀를 내두르는 문상필. 그 두께는 어른 두 명이 나란히 선 정도였다.

그러나 언제까지 혀를 내두를 입장이 아닌지라 부하들이 모두 들어 서자 다시 벽을 원위치시켜 놓는 문상필이었다.

‘미리 들킬 소지를 만들 필요는 없겠지.’

그렇게 네 번의 벽 밀기 작업이 이루어지는 동안 주위는 고요했고 그 고요가 자신들의 세가 침입을 전혀 모르고 있음을 말해주고 있었다.

그르르릉!

다시 한 번 땅 끌림 소리를 낸 뒤 들어선 문상필의 시선에 칠왕의 뒷모습과 그 앞에 좌우반경 오십 장은 될 직한 커다란 내원의 앞마당이 들어왔다.

“주위의 상황은?”

“아직 눈치채지 못한 것 같습니다.”

자신의 곁으로 다가오며 최대한 목소리를 죽이며 대답하는 문상필의 모습에 칠왕의 입술이 살짝 일그러졌다.

“여기까지 오고 나니 겁나나.”

그의 비웃음 섞인 조소에 긴장된 눈빛이 역력한 문상필의 시선이 정면을 주시했다.

‘용담호혈!’

계획대로 부하들의 헛된 희생 없이 외원과 본당을 지나쳐 오긴 했으나 지금 자신들이 서 있는 곳은 남궁세가의 내원. 실질적인 세가의 정예 고수들이 그들보다 더 강한 세가 요인들을 경호하고 있는 곳이었다. 그런 곳에 자신들은 적으로 온 것임에 그 긴장의 끈이 끊어질 정도로 팽팽해져 있는 문상필이었다.

그런 자신에게 겁나냐는 칠왕의 물음. 속으로야 ‘그렇습니다’ 라고 대답하고 싶지만 그럴 수 없는 문상필이었다.

“아닙니다. 이미 각오한 일. 련의 대계에 일조하는 일념 하에 이 한 목숨 전혀 아깝지 않습니다.”

“아깝지 않다?”

“예.”

“너희들도 마찬가지인가.”

칠왕의 말에 뒤에 서 있던 귀령대원들의 머리가 동시에 숙여졌다.

그 모습에 입가에 걸린 비웃음을 지우며 진지한 얼굴로 말하는 칠왕이었다.

“다시 한 번 말하겠다. 이것은 생사결전이 아니다. 그러니 적당히 맞상대만 하도록. 그 다음은 내가 알아서 할 것이다.”

괜히 목숨 걸지 말고 내가 중요한 놈들 몇 죽일 동안 떨거지들이나 상대하고 있으라는 칠왕의 말.

일견 자존심 상할 수도 있지만 귀령대원들은 전혀 그렇지 않았다.

칠왕이 말한 그 떨거지들이 자신들과 동수이거나 상수일 확률이 높은 고수 떨거지들이었기 때문이다.

칠왕의 시선이 탁 트인 내원의 앞마당을 주시했다.

“준비해 온 선물로 시작해 볼까.”

그 말을 신호로 문상필의 시선이 자신을 바라보자 귀령 삼조장 항나중의 우수가 하늘을 향해 뻗어 올라갔다.

그러자 이미 많이 해본 솜씨인 듯 삼조 대원 이십 중 네 명의 가슴에서 화섭자가, 나머지 열여섯 명의 손에는 손아귀에 감싸질 만한 크기의 구체가 쥐어져 있었다.

이내 화섭자의 불씨가 구체에 달린 도화선에 불을 붙이자, 항나중의 올라간 우수의 끝이 정면을 향했다.

슉슉슉슉!

어두워진 하늘. 그 위로 약간의 시차를 두고 네 개씩의 불꽃들이 허

공을 날아 내원에 세워진 전각들 지붕 위로 그 충격을 전하기 시작했
고, 그게 시작이었다.
　대(大) 남궁세가의 자존심이 무너짐과 동시에 새로운 영웅을 탄생시
킨 남궁혈사(南宮血事)가…….

第五章
남궁혈사(南宮血事)

금신보 일로 세 달간 근신 처분을 받은 홍유였으나 징계를 받아들임에 휴가라 생각한 그의 입에서 연신 자작 음률이 흘러나오고 있었다.

"요기도 닦고 저기도 닦고 아~ 깨끗이 닦아야 앵앵이가 좋아해~"

손놀림이 부지런하다. 가슴에서 겨드랑이로 그 아래 왕(王) 자가 푹 찍혀져 있는 복근을 지나 더 아래…….

어쨌든 북북 밀어대는 그의 손길에 국숫발만 한 때가 밀려 나왔고, 한참을 그렇게 밀어대고 나서야 하얀 기운이 그의 몸에서 비치기 시작했다.

"이제 다 닦아간다~ 어서 앵앵이에게 가야지~"

그렇게 마지막 때를 밀어가던 홍유의 귀에 굉음이 전해졌다.

꽈꽈꽈꽝!

“……!”

마지막 때를 밀던 손이 저절로 멈춰지고, 뒤이어 들리는 소리에 급히 고개가 위로 들려지는 홍유의 시선에 천장을 뚫고 들어오는 검은 물체가 들어왔다.

와지지직!

“엄마야!”

쿠쿠쿵!

심장이 떨어지는 게 이런 기분일까. 살다 살다 이렇게 놀라보긴 처음인 듯 안색이 때를 민 몸통보다 더 하얗게 질린 홍유의 입에서 시골에서 밭 갈고 계실 엄마가 튀어나왔고, 연이어 터지는 굉음에 반쯤 나간 넋도 놀랐는지 다시 홍유를 찾아와 정신을 차리게 만들었다.

그런 홍유의 시선에 먼지가 가라앉고 자신이 씻던 목간통과 두 자 거리를 두고 땅속에 박혀 있는 전각 기둥이 들어왔다.

‘대… 대체 뭐야!’

뭔지 알려면 움직여야 했고 생각이 끝나자마자 벽에 걸어놓은 겉옷을 대충 몸에 걸치고는 내원 뒤편에 마련된 목간실을 나선 유홍이었다.

“헉!”

밖으로 나온 홍유의 입에서 다급성이 터져 나왔다.

“이… 이건!”

흡사 군대의 화포에 포격이라도 당한 듯 내원을 감싸고 있던 전각들이 여럿 무너져 있었고, 미처 빠져나오지 못한 듯 조그만 몸통으로 전각 전체를 짊어진 채 고통스런 비명성을 토해내는 사람들의 모습에 홍유의 신형이 부르르 떨리기 시작했다.

그걸로 끝이 아니었다.

이번엔 화공이라도 펼쳤는지 여기저기 전각을 태우고 사람들까지 태워 버리는 저 붉은 화마(火魔).

그 화마에 바닥을 뒹굴며 입고 있던 옷을 벗어젖히는 사람들. 그나마 벗기라도 하면 다행이었다. 아이들. 생사의 갈림길에 약자라는 것을 여실히 보여주듯 뜨거운 열기에 온몸이 타 들어갈 동안 비명만 질러대다 그대로 화마에 그 비명마저 태워지고 말았다.

'우… 움직여야 한다!'

생각은 벌써 사람들을 구하고 있는 홍유였다.

하나 우산이 크면 비를 피할 순 있어도 그 비가 주는 차가움을 경험하지 못한다고 했다. 안휘성을 넘어 중원 전체에 펼쳐진 남궁세가라는 거대한 우산으로 인해 이렇다 할 적도 그에 대한 전투 경험도 없었던 홍유에게 생전 처음 보는 눈앞의 아비규환에 대한 대처 방안은 선뜻 움직이지 못하고 가만히 서 있는 것이 고작이었다.

툭!

누군가 자신의 어깨를 쳤고, 그제야 경직된 몸의 근육들이 움직이기 시작했다.

"아, 아가씨!"

홍유의 어깨를 친 이는 바로 남궁화련이었고, 그녀도 이 난리통에 정신없이 처소를 빠져나와 내원 뒤편으로 이동한 것이었다.

다만 그녀가 홍유와 다른 점은 이미 당문에서 이와 비슷한 충격을 겪었고, 그게 면역이란 이름으로 그녀를 움직이게 만든다는 것이었다.

"홍 대주님, 여기서 뭐 하시는 거예요! 빨리 움직이세요!"

"예? …아, 예!"

홍유의 대답에 들을 새도 없다는 듯 쓰러진 사람들 곁으로 다가가는

남궁화련이었고 그녀의 입에서는 내력을 끌어올린 목소리가 계속 흘러
나왔다.

"몸이 성한 사람들은 부상자들을 백약원으로 피신시키세요!"

반복되는 그 목소리에 몇몇이 정신을 차리며 움직였고 그들의 행동
이 전염되듯 그나마 경미한 부상을 입은 사람들까지 저마다 한 명씩
부상자들을 도와 내원 뒤편과 본당 사이에 있는 세가의 약당인 백약원
으로 이동시키기 시작했다.

아직까지도 멍하니 서서 남궁화련의 뒷모습을 바라보고 있는 홍유
의 눈에는 놀람이 서려 있었다.

'아가씨가 원래 저랬나!'

몇 번 봤다. 그때마다 뭐가 그리 부끄러운지 고개를 푹 숙인 채 자신
보다 먼저 인사를 건네며 사라지는 수줍음 많고 아름다운 아가씨.

그것이 자신의 남궁화련에 대한 기존의 인상이었다면 오늘 그녀의
모습은 그 생각을 완전히 뒤집어놓기에 충분했고, 그에 놀란 홍유였다.

그것도 잠시,

"이런! 이 상황에 뭔 잡생각을 하는 거냐! 빨리 사람들을 구해야지!"

이제야 움직이는 그였고 그 뒤에 드리워진 강한 여자의 아름다움이
홍유의 가슴 한복판에 폭 하고 박혀들기 시작했다.

그러한 내원 뒤쪽의 부산한 움직임에 반해 앞쪽의 상황은 전각을 불
태우고 있는 화마의 열기마저도 얼려 버릴 만큼 싸늘한 정적만이 감돌
고 있었다.

대치한 두 무리. 그들이 서로를 향해 내뿜는 지독한 살기 때문이었
다.

"이놈들! 감히 여기가 어디라고……!"

적도를 향한 부하의 살기 어린 외침에 그의 눈앞을 가리는 남궁일의 손.

"자세히 보라."

"……!"

남궁일의 말에 정면에 대치하고 있는 일단의 무리에 다시 시선을 집중시킨 부하의 눈이 급격히 커졌고, 그 즉시 온몸의 피가 식어버리는 느낌에 일순 움찔하기까지 했다.

'마교! 흑마대!'

가슴에 선명히 써져 있는 흑(黑)이라는 글자.

"흑마대인가."

남궁일의 말에 문상필의 가슴에 힘이 들어갔다.

그 모습에 남궁일의 목이 좌우로 꺾이며 시원한 뼈 소리를 동반했다.

상대를 앞에 두고 여유를 부리는 모습. 그럴 만한 남궁일이었다.

비록 세가의 내원에 침입을 받았지만 적들의 수는 팔십 정도. 무시 못할 전력이나 그 정도로 어찌 될 남궁세가가 아니었다. 더해 본인까지 있음에.

그것도 잠시 서서히 차 오르는 분노에 남궁일의 목소리가 무거워졌다.

"금신보도 너희들 짓인가."

이번에도 대답 대신 두 손을 으쓱거리며 긍정을 표하는 문상필이었으나 그 순간 자신을 옭아매는 강력한 기운에 양쪽 어깨에 펼친 두 손을 내리지 못하게 되는 어처구니없는 상황이 발생했다.

‘큭! 뭐… 뭐야!’

“입을 열어 대답하라.”

남궁일의 목소리가 더욱 묵직해져 있었고, 그건 상대를 향해 무형기라는 분노로 표출되고 있었다.

그러나 그 분노를 가볍게 자르는 칠왕이었다.

스각!

“……!”

자신의 정면에서 허공이 갈리는 듯한 비명성이 들리자 그제야 양손의 자유를 되찾은 문상필이었다.

남궁일의 시선이 저절로 칠왕을 향했고, 그 순간 이채를 발했다. 삼십대 중반의 외모에 무기도 지니고 있지 않은 채 한가로이 서 있는 인물.

그를 바라보던 남궁일의 시선에 이채를 지나 섬광이 스쳐 지나갔다.

‘……!’

아무런 기운이 느껴지지 않는다.

아직 완벽하게 초절정의 벽을 넘어서지 못한 남궁일. 그래도 한 발은 내디디고 있었기에 억지를 쓰면 무형기를 발할 정도의 경지까지는 올라 있었다.

그런 자신의 무형기를 무 자르듯 허공에서 손쉽게 잘라 버린 인물의 몸에서 무인의 기운이 전혀 잡히지 않았다.

‘설마!’

설마 하는 순간 남궁휘의 말이 떠오른 남궁일.

"초절정의 경지에 이른 자만이 완벽히 내력을 갈무리할 수 있다."

'……!'

벼락에 맞은 듯한 충격에 휩싸이는 남궁일이었고, 무의식중에 그의 한 발이 뒤로 물러나 있었다.

그러자 그의 바로 뒤쪽에 서 있던 세가의 이대무력이라 할 수 있는 남천대 소속 무인인 송현우가 한 발짝 앞으로 나섰다.

"괜찮으십니까?"

송현우의 말에 자신의 실책을 깨달은 남궁일은 급히 신색을 정리하고는 다시 칠왕을 바라보았다.

"자네가 흑마대주인가."

남궁일의 말에 칠왕의 콧잔등에 주름이 잡혔다.

'여유인가, 아니면 중원무인들은 다들 이런 건가.'

적을 앞에다 두고 정체를 알아서 뭐 할 것인가. 혹시 예의? 언제 죽을지 모르는데 예의가 필요할까. 저절로 짜증이 일기 시작하는 칠왕이었다.

"남궁세가를 너무 높이 봤군."

"뭣이라!"

송현우의 외침에 칠왕의 시선이 그를 향했고 곧이어 비릿한 미소가 입가에 걸렸다.

"너부터."

칠왕의 입에서 나른하기까지 한 목소리가 흘러나왔고 그의 우수, 정확히는 검지 끝이 송현우의 이마를 가리켰다.

그 순간 들리는 파공성.

쐐액!

"큭!"

털썩!

"……!"

아무도 막지도 보지 못한 칠왕의 공격에 짧은 비명만을 남기고 뒤로 넘어간 송현우. 즉사였고 그게 시작이었다.

"이… 이런 개새끼들!"

"모두 죽여라!"

챠자자장!

발악성과 함께 순식간에 뽑히는 남궁세가의 검. 귀령대원들 역시 자신들의 무기를 뽑아 들었고 그걸 기해 서로 간의 거리가 급격히 좁아들었다.

곧이어 검끼리 또는 검과 도가 아니면 처음 보는 기형 무기들끼리의 충돌음이 세가의 내원 곳곳에 그 충격파를 전하기 시작했다.

그 충돌의 중심에 서 있는 두 사람.

칠왕의 시선이 정면에 서 있는 남궁일을 향했다.

"이래야 정상이지."

"정상? 마교 놈들은 너처럼 미친놈들만 모여 있나 보구나."

"미친놈이라……."

칠왕의 중얼거림에 이은 그의 미소가 자신을 향해 섬뜩함을 전하자 그 기분을 태워 버릴 듯한 엄청난 기세가 남궁일의 몸에서 뿜어져 나왔다.

"미친놈들에게는 이게 약이지!"

남궁일의 신형이 흔들렸다 싶은 순간 그의 검이 칠왕의 허리 어림에 살기 어린 예광을 비추고 있었다.

그 순간 칠왕의 좌수에서도 빛이 번쩍였다.

푸캉!

"……!"

미허신보(彌虛神步)의 보법이 가미된 자신의 검이 막히자 일순 자신의 검에 실린 예광의 파편이 주변을 환하게 비췄고 그 빛이 가시기도 전에 다시 검을 휘두르는 남궁일이었다.

쐐애애액—

암기에서나 나올 법한 파공음. 그 정도로 남궁일의 검은 빨랐다.

그러나 그런 남궁일의 검은 번번이 적의 무기에 가로막혔고, 어느새 오 합, 십 합, 이십 합을 넘기는 공수 교환이 이루어지고 있었다.

쩡! 쩌정!

몇 번의 충돌음이 더 있고, 남궁일의 신형이 뒤로 움직여 서로 간의 거리를 이 장 간격으로 벌렸다.

스윽!

'땀!'

얼마 만에 흘려보는지도 모르겠다. 상대의 무기도 그제야 눈에 들어온 남궁일이었다.

'륜!'

중앙은 열십 자로 되어 있었고 그 교차점을 잡고 있는 칠왕의 우수(右手).

남궁일이 검을 가슴에 세웠다.

"이 검은 세가의 보물 중 하나지."

명검. 그 강도에 있어 한낱 륜이란 무기로 막을 성질이 아니라는 뜻이었다.

칠왕이 륜을 빙글빙글 돌리며 말을 받았다.

"이것도 보기와 달리 합금이라서……."

단순한 합금이 아닐 터. 그러나 무기 자랑에 열 올릴 칠왕이 아니었다.

"이번엔 내가 먼저 가지."

칠왕의 륜이 회전을 멈췄다.

남궁일 또한 상대의 공격에 대비해 검을 쥔 손에 힘을 가하기 시작했다.

쉬익!

'……!'

투캉!

'……!'

남궁일의 시선이 경악에 물들었고 아직 칠왕의 신형은 그 자리 그대로였다.

그렇다고 움직이지 않은 것은 아니었다. 이미 한차례의 공방이 이어진 상태였다.

"호! 이걸 막는군."

일섬보(一閃步). 빛보다 빠른 한 걸음을 내디딜 수 있다 하여 붙여진 칠왕의 독문보법이었고, 오로지 한 걸음이 시작에서 전부였다.

그만큼 불필요한 방위를 제외한 일직선의 순순한 빠르기만을 적용한 일섬보. 그 한 걸음에 가미된 자신의 공격을 막은 남궁일에게 감탄사를 내뱉는 칠왕이었다.

그러나 정작 당사자인 남궁일은 상대의 감탄사를 순수하게 받아들

일 수 없었다.

무언가 다가왔다 싶어 무의식중에 검을 뻗었고 운이 좋아 상대의 공격을 막은 것이기에…….

'두 번째도 막을 수 있을까?'

검을 잡은 손이 마음속 부정(不淨)으로 떨리기 시작하는 남궁일이었다.

"큭!"

남궁일의 허리가 급격히 뒤로 꺾이며 찰나의 시차를 두고 칠왕의 륜이 그 사이를 지나갔다.

그러나 그 사나운 경풍마저 피하지는 못한 듯 허리 어림에 어느새 붉은 핏줄기가 옷가지를 적시고 있었다.

"헉… 헉!"

거친 숨결을 내뱉는 남궁일의 모습은 상당히 초췌해 있었고 온몸에는 이미 크고 작은 적화(赤花)가 여기저기 피어 있었다.

그런 남궁일과 달리 처음 신색 그대로 간간이 부하들의 격전에 시선을 두기까지 하며 여유를 보이는 칠왕이었다.

'잘하고 있군!'

인원수에 있어 절대적인 열세를 보이는 부하들. 자신의 말대로 수비 위주로 대응하자 직접적인 인명 피해는 몇 없어 보였다. 대등하진 않으나 밀리지 않고 있는 귀령대였다.

칠왕의 륜이 다시 회전을 시작했다.

"이쯤 해서 당신과의 대결은 마무리해야겠어."

죽이겠다는 말. 남궁일은 그렇게 들었고 침음성을 내뱉으며 마지막 힘을 짜내기 시작했다.

그러나 칠왕의 뜻은 전혀 그렇지 않았다.

정마전쟁. 그 단초를 제공하는 것은 자신들이나 그걸 실질적으로 일으키는 데 필요한 것은 바로 남궁일의 발언권이었기에 그를 죽일 생각은 애초에 없었다.

결국 그 발언권에 더욱더 힘을 실어주기 위해 이제부터 세가의 요인들을 죽이겠다는 말이었다.

그 속사정을 알 리 없는 남궁일이었고, 그의 마지막까지 쥐어짠 내력이 상대의 공격에 대비하고 있었다.

'이 정도까지 차이가 날 줄은…….'

초절정의 벽에 한 걸음을 걸쳤다 생각했다. 남은 한 걸음 역시 조만간 넘으리라 생각했다.

그래서 상대가 벽을 넘었다는 직감을 하고도 어느 정도 버틸 줄 알았다.

아니, 상대의 나이에 비해 훨씬 많을 자신의 풍부한 실전 경험을 더하면 평수 정도는 이룰 줄 알았다.

그러나 사십여 합이 지난 지금 평수를 이루게 해주리라 생각했던 자신의 풍부한 실전 경험은 다른 뜻을 전해왔다.

상대는 전력이 아니라고. 더해 전력을 다한다면 십 초… 오 초도 버티기 힘들다고.

벽 하나를 둔 참담한 실력 차이. 절망감이 찾아왔다. 그러나 검을 들어야 한다. 그게 현 남궁세가를 책임지는 자신의 의무였다.

그런 남궁일의 마지막 진력까지 짜낸 내력이 갑자기 상대를 잃어버렸다.

칠왕이 등을 보였고, 그 순간 그의 모습이 사라졌기 때문이었다.

"어… 어디로!"

남궁일의 눈이 사방을 훑었고, 잠시 뒤 찢어지는 비명성에 그의 두 눈이 부릅떠졌다.

"화… 환아!"

자신의 막내아들. 위로 딸만 셋이기에 어렵게 낳은 아들에 대한 남궁일의 각별한 정은 세가 내에서도 아주 유명했다. 그런 아들이 일 년 전 남천대에 소속되어 나날이 실력이 향상됨에 그걸 보는 낙으로 남은 인생을 즐기던 남궁일의 눈에 허공을 날고 있는 아들의 머리가 들어온 것이었다.

그 아래 칠왕이 서 있었다.

"이… 이런… 개새끼!"

평소 성질은 급하나 욕을 하지 않기로 유명한 남궁일의 입에서 시정 잡배의 욕이 튀어나올 정도였으니 그 충격이 얼마나 큰지 말로 못할 정도였고, 그 즉시 그의 신형이 칠왕을 향해 폭사되었다.

그러나 남궁일이 도착하기도 전에 사라지는 칠왕의 신형.

이미 머리를 잃은 아들의 목에선 피분수가 일고 있었다. 곧이어 잘린 머리를 급히 수습한 남궁일의 피맺힌 절규가 밤하늘에 울려 퍼졌다.

"개 같은 새끼! 어디냐! 당장 찢어발겨 버리겠다!"

그 기세가 너무 흉흉했을까. 주위의 모든 싸움이 일시 정지했고, 그 틈에도 칠왕의 살수는 계속되었다.

"컥!"

이번엔 문상필을 압박하던 남천대주 호불위였다.

그도 엄연히 절정의 중반을 넘어선 고수. 그러나 갑자기 자신의 뒤에 모습을 드러낸 초절정고수의 살수를 막을 순 없었다.

칠왕이 문상필을 바라보았다.

"이대로 일각만 유지해라!"

그 안에 상황을 종료시키겠다는 말.

문상필의 고개가 세차게 끄덕여졌다.

그사이 칠왕은 사라졌고 충성을 다한 문상필의 대답이 여운을 남기고 있었다.

"예!"

반면 남궁세가의 또 다른 무력 부대인 남화대의 수장 공필의 입에서는 칠왕의 살수에 연신 진을 짜라는 명령이 터져 나오고 있었다.

"우측은 남화진을! 좌측은 남천진을 펼쳐라!"

그에 각기 적게는 이십에서 많게는 백에 이르는 세가 무인들이 진법을 펼치며 칠왕의 살수에 대비하기 시작했다.

그러나 그들의 대비는 무위로 돌아갈 수밖에 없었다.

애초에 세가 무인들이 목적이 아닌 바 진을 피해 다니며 요인들만 죽이는 칠왕이었기 때문이다.

그렇게 시간이 흐를수록 점점 더 손속이 악랄해지는 칠왕의 살행은 세가 무인들의 실력으로는 도저히 막을 수도 피할 수도 없었다.

다시 한 번 초절정고수의 벽이 얼마나 높고 넓은지 서로 간에 감정은 다르겠지만 뼈저리게 느낀다는 것만은 공감할 수 있는 세가 무인들과 귀령대였다.

한편 칠왕의 살수가 시작되기 일각 전 세가에 도착한 유정과 남궁소였다.

“우와! 정말 으리으리하구만!”

마차에서 내리며 연이은 감탄사를 날리는 유정이었다.

남궁소 역시 마부석에서 내려서며 유정의 감탄에 어깨를 으쓱거렸다.

“뭐 이 정도 가지고. 안에 들어가면 더욱더 대단하오.”

은근슬쩍 두리뭉실 반 존대어를 사용하는 남궁소였다.

그에 똥개도 제집 앞에서는 반은 먹고 들어간다고 했으니까 하는 생각에 그러려니 하는 유정이었다.

마차에서 내려선 둘 중 남궁소가 닫혀 있는 정문을 향해 자신의 도착을 알렸다.

“여봐라.”

“……”

“아무도 없느냐.”

“……”

두 번을 불러도 반응이 없다. 이런 적이 없기에 일견 황당한 남궁소였고 곧 목소리를 높였다.

“여봐라! 어서 문을 열어라!”

“……”

‘이놈들이 대체 어딜 간 거야!’

짜증이 인다. 옆에서 실실 쪼개는 유정이 있으니 더욱 그러했다.

자연 나오는 목소리가 더욱 커졌고 기어이 대문에 발길질을 하기 시작한 남궁소였다.

“이놈들아! 내가 왔다니까! 어서 문을 못 열겠느냐!”

그렇게 한참이 지나고서야 제집 대문을 부서져라 꽝꽝대던 남궁소의 발길질이 멈췄다.

'혹시 무슨 일 생긴 거 아니야?'

정말 이런 적이 없었기에 슬쩍 들어차는 걱정 때문이었다.

그것도 잠시 감히 어느 누가 본 가에 해코지를 할까 하는 자부심이 그 걱정을 눌러 버렸고 다시 시작되는 남궁소의 발길질이었다.

"내가 왔다니까! 어서 문을 열어라!"

반면 쭈그려 앉은 채 연신 발길질을 해대는 남궁소의 모습을 지켜보는 유정의 눈에는 '저놈이 정말 여기 소문주가 맞나' 하는 의심의 기색이 역력했고, 그 눈빛에 발길질을 멈추며 눈알을 부라리는 남궁소였다.

"그 눈빛은 뭐지! …요."

차라리 '뭐요' 했으면 반 존대어라도 될 것을 열받은 나머지 무작정 나간 반말에 어쩔 수 없이 요 자를 붙이는 남궁소의 인상은 잔뜩 찌그러져 있었다.

그런 남궁소의 모습에 '내가 뭐' 하는 표정으로 맞대응하던 유정의 귀에 바람결에 실려오는 미세한 병장기 소리가 포착됐다.

'……?'

유정은 몸을 일으키며 대문 쪽으로 걸어갔다.

그러자 괜스레 뒤로 주춤하는 남궁소였고 곧이어 대문 위로 올라서는 유정이었다.

"뭐 하는 거요?"

"쉿!"

자신의 물음에 손가락을 입술에 갖다 붙이는 유정의 행동에 남궁소의 눈이 다시 부라려지며 같이 대문 위로 올라섰다.

“…….”

밤이라 그런지 세가를 밝히는 등불 말고는 아무것도 안 보인다. 그래서 왜 올라온 거야 하는 시선을 유정에게 돌리던 남궁소의 눈에 저 멀리 한 지점을 밝히는 붉은 뭔가가 들어왔다.

그 순간 유정의 입이 열렸다.

“안 좋은 일이 생긴 것 같다.”

그 말을 끝냄과 동시에 유정의 신형이 그 붉은 뭔가를 향해 쏘아졌고 남궁소도 황급히 그 뒤를 따랐다.

한 걸음에 전각 두세 채를 넘어버리는 유정. 그에 반해 한 번에 한 채씩 넘어가는 남궁소. 그 발길에 황음진이 계속 발동하며 경고음을 발생시켰다.

그런 경고음에도 아무도 막는 이가 없다는 게 남궁소의 마음을 무겁게 했고, 더 마음을 무겁게 하는 것.

‘대체 저 붉은 것은 뭐고 저놈의 저 신법은 뭐란 말인가!’

의문과 황당함. 다행히 의문 쪽은 곧 풀렸다.

‘불길!’

이제는 전각의 대부분을 태워 버려 많이 줄어든 붉은 화마가 남궁소의 시선에 들어온 것이었다.

거기에 간간이 들려오는 함성 소리와 병장기의 충돌음. 그보다 더 간간이 들려오는 비명성.

모든 것이 안 좋은 일이 발생한 것 같다는 유정의 말을 뒷받침해 주고 있었다.

이미 내원에 도착한 유정의 시선에도 의문이 들어차 있었다.

‘뭐가 어찌 된 거야!’

수많은 전각들은 대부분 검게 그을려 무너져 있었고 그 잔해 밑에 깔려 있는 사람들을 구하는 손길. 그 주위로 여기저기 널려 있는 검게 타 들어간 시체들. 아직 아비규환에서 빠져나오지 못한 내원의 광경에 어느덧 의문을 지나 걱정이 들어차는 유정이었다.

'화련아!'

남궁소와의 동행에서 얻은 정보로 이곳이 세가의 친인들이 사는 내원임을 짐작한 유정의 눈이 신속히 주변을 훑었다.

'어디 있냐. 어디… 어디……!'

찾았다. 그 순간 유정이 움직였다.

"어, 어. 넘어간다!"

누군가의 외침과 동시에 화마에 그 지지력을 잃어버린 전각 한 채가 무너지기 시작했다.

그러자 그 주위에 있던 사람들의 대피가 이어졌고 그 옆의 전각에서 다급한 말이 쏟아져 나왔다.

"이제 여기도 얼마 안 있으면 무너질 겁니다! 그러니 어서……."

검게 그을린 얼굴. 먹물에 담근 듯 새까맣게 변해 있는 남궁화련의 양손. 그녀의 다급성 밑으로 이름도 모르는 시비가 전각 기둥에 깔려 가는 신음성을 흘리고 있었다.

그녀의 양손은 각각 남궁화련과 또 다른 하인의 손에 잡혀져 있었고 그 위로 세 명의 사람들이 낑낑대며 기둥을 들어올리려고 안간힘을 쓰고 있었다.

그러나 세 명의 힘으로 어찌하긴 너무 크고 무거운 기둥. 시비의 눈에 서서히 체념의 빛이 흐르기 시작했다.

“아… 아가씨, 전 이제 됐습니다. 그러니 어… 어서 피하세요. 잘못하……."

“그만! 살고 싶다면 말할 힘도 아끼거라.”

시비의 말을 자르는 남궁화련이었지만 그녀도 알고 있었다. 자신들이 있는 전각 또한 조금씩 기울기 시작했고 조만간 무너질 것임을.

끼이이잉!

드디어 전각의 마지막 지지대가 신음성을 발하자 아까 그 사람인진 몰라도 같은 외침이 흘러나왔다.

“어, 어. 넘어간다!”

‘틀린 건가!’

남궁화련의 눈에 너무 속상한 감정과 체념의 빛이 동시에 흘렀다.

그 순간, 누군가 그녀의 앞에 나타났고 그의 손에 의해 그토록 무겁게 시비의 몸과 자신의 마음을 짓누르던 기둥이 펑 하는 소리와 함께 저편으로 날아가 버렸다.

그게 전각의 무너지는 속도에 가감을 더했지만 이미 남궁화련과 바닥에 깔려 있던 시비의 몸은 갑자기 나타난 인물의 양쪽 옆구리에 끼어져 그 자리를 빠져나오고 있었다.

그리고 찰나의 시간을 두고 무너지는 전각.

쿠쿠쿠쿵!

실로 눈 깜짝할 사이에 벌어진 생사의 갈림길이었다.

“음!”

시비의 입에서 고통스런 신음이 흘러나오자 급히 그녀를 바닥에 내려놓은 인물은 그 즉시 그녀의 수혈을 짚으며 주위에 있던 한 남자를 가리켰다.

"고통이 심할 것 같아 수혈을 짚었으니 어서 빨리 의원에게 보내시오!"

그의 말에 곁으로 다가온 남자는 시비를 조심스레 안아 들고는 내원 뒤쪽으로 움직였다.

남궁화련의 심장은 터질 듯 뛰고 있었다.

'서… 설마.'

그 설마가 역시 사람을 잡아먹었고 시비를 보낸 뒤 돌아서는 인물은 바로 유정이었다.

"그쪽은 괜찮으십니까?"

마치 모르는 사람 대하듯 물어본다. 그에 남궁화련이 갈피를 못 잡고 우물거리자 다시 물어보는 유정.

"혹 말을 못하시오?"

"아, 아니… 그게……."

조금 전까지만 해도 그렇게 당찬 모습으로 사람을 구하고 또는 구하라고 명령하더니 왜 유정 앞에서는 이리 작아지는 남궁화련인지.

다행히 그 모습마저 사랑스러웠기에 더 이상의 장난기가 이어지지 않는 유정이었다.

그의 손이 숙여진 채 우물거리고 있는 남궁화련의 뺨을 쓰다듬었다.

"에이~ 뭘 장난을 못해."

그 말에 남궁화련의 얼굴이 들려지며 곧이어 닭똥 같은 눈물을 흘리기 시작했다.

"여… 역시, 가가 맞으시군요. 흑… 흑흑."

"어~ 울긴 왜 울어. 나 유정 맞아. 그러니 울지 마."

"흑흑. 자꾸 눈물이……."

"하~ 어째 요즘 들어 자꾸 화련이 눈에서 눈물만 흘리게 만드네."

당문에서 만날 때, 무림맹에서 헤어질 때, 이제 또 세가에서 만나자 마자 울리게 만들었으니 맞는 말이었다.

그렇게 유정의 품 안에서 뭐가 그리 서러운지 한참을 더 우는 그녀였다.

비단 너무 그리웠던 유정과의 만남에 행복해서 울다 보니 그동안 제 갈서린과의 일까지 생각나 더 서러워진 남궁화련이었다.

그러고 나서야 고개를 삐죽 올리는 남궁화련의 모습에 유정의 웃음보가 터져 버렸다.

"풋! 어, 얼굴이……."

"왜… 왜요. 얼굴이……!"

동경을 안 봐도 감으로 알 수 있었다. 자신의 얼굴이 검게 그을렸을 거란 걸. 거기에 눈물이 사정없이 범벅되었으니 그 모습이 가관이리라.

남궁화련의 몸이 황급히 유정에게서 떨어지며 연신 소매로 얼굴을 닦기 시작했다.

유정은 그녀의 따스한 체온이 아쉬운 듯 쩝 하며 입맛을 다시며 미소를 건넸다.

"그래도 이뻐. 그러니 너무 그렇게 닦지 마. 혹시 때 나오면 어떡해."

하여간 상황을 가리지 않고 발동하는 유정의 장난질이었다.

그나마 남궁화련이니 한번 흘기는 것으로 끝나지 당설화였다면 그 즉시 '스르릉' 이었다.

어쨌든 어느 정도 얼굴 정리가 되었다 싶었는지 다시 고개를 돌려 유정 곁으로 다가온 남궁화련이었다.

"그런데 여긴 어떻게 오셨어요?"

"어, 휴가."

"휴가요?"

"응. 이유는 모르겠는데 어쨌든 주는 거니 당장에 이곳으로 왔지. 화련이 보고 싶어서."

다시 한 번 말하지만 이놈의 철판 언어 구사력은 타고났다고 볼 수밖에 없었다.

더해 직방으로 먹히니…….

그렇게 이곳으로 온 이유, 무림맹에서 연서를 본 사연, 마지막으로 남궁소까지 같이 왔다는 말로 짤막하나마 연인 해후를 마친 둘이었다.

"그건 그렇고 여긴 왜 이런 거야?"

그의 질문에 남궁화련이 손바닥을 마주쳤다.

"어머! 그리고 보니 제가 너무 좋아서… 그게 적이 쳐들어왔어요."

이미 병장기 소리와 주변 광경에 예상된 일. 그러나 이곳이 남궁세가이기에 설마 적들에게 밀리기야 하겠어 하는 마음에 남궁화련과의 해후 시간을 아깝게 여기지 않은 유정이었다.

그러나 남궁화련의 말에 심각성을 발견한 유정이었다.

"넌 여기서 가만히, 아니, 처소로 돌아가 있어."

"가보시게요?"

"당연하지. 여긴 화련이 네가 사는 곳이잖아. 내가 가만히 있을 수 없지!"

정파인이라서가 아니라 남궁화련이 사는 곳이라는 이유로 적을 맞이할 사명감을 갖다니.

그래도 그 사명감에 한 여자가 좋아서 얼굴을 붉히니 그걸로 족한 유정이었다.

그렇게 유정이 움직였고, 드디어 남궁혈사에 우뚝 선 영웅 탄생의 첫걸음이었다.

반면 유정에 비해 뒤늦게 내원에 도착한 남궁소였으나 그보다 먼저 충돌 지점에 도착해 있었다.

동생에 대한 걱정도 컸지만 소문주라는 자리가 주는 의무감에 사(私)보다 공(公)을 우선시한 남궁소였고, 그 결과 지금 그의 눈은 반쯤 튀어나와 있었다.

"마… 말도 안 돼!"

말이 안 되는 상황. 바로 숙부의 처참한 몰골과 그리 만들었을 거라 짐작되는 중년인 때문이었다.

남궁일이 누군가. 자신이 속한 청룡단 단주인 방천욱보다도 더 강한 무인이요, 더 나아가 아버지가 속한 절대십사천을 제외한 중원무인들 중 최소 이십위권 안에 꼽히는 절대강자였다.

그런 남궁일을 검도 제대로 들지 못할 정도로 처참하게 만든 이가 고작 자신보다 몇 살 더 먹어 보이지 않는 중년인임에 남궁소의 충격은 배가 되어 있었다.

또한 충격에 황당함이 더해졌다.

'사라졌다!'

자신의 숙부와 뭔가 얘기를 주고받더니 숙부가 검을 들고 내력을 모으는 사이 갑자기 사라진 중년인.

'어… 어디야!'

찢어질 정도로 눈을 떠봤지만 전혀 찾을 수 없다. 애초에 남궁소의 눈으로는 중년인의 움직임을 따라갈 수 없었다.

그렇게 시작된 그의 살수. 그 첫 번째 희생자는 자신의 사촌 동생이며 남궁일에게는 하나뿐인 아들이었다.

"이… 이런… 개새끼!"

처음 들어보는 남궁일의 욕설. 이해가 간다. 자신도 지금 같은 욕을 하고 있기에.

그러나 자신의 힘으로는 어찌해 볼 수도 어찌할 엄두도 못 내게 만드는 중년인의 살수에 하나하나 꺼져 가는 생명의 불씨를 향해 망연자실한 시선만 전하는 게 고작인 남궁소였다.

세가 무인들 역시 마찬가지였다. 누군가의 목소리에 진이 펼쳐졌지만 중년인의 살수를 막진 못했다.

'도… 도저히 막을 수 없다!'

온몸을 뒤덮는 패배감. 그에 따르는 절망감에 다리가 풀려 버린 남궁소의 신형이 바닥에 주저앉으려 할 때였다.

쉬익!

"……!"

무언가 자신의 우측을 스쳐 지나갔고 뒤이어 익숙한 목소리와 등이 보였다.

"비켜!"

유정이었고 그의 검에서 검기의 선이 발출됨과 동시에 멍하니 서 있던 강홍전의 눈앞에서 화악 하고 빛무리가 번졌다.

쩌엉!

"윽!"

자신 앞에서 일어난 충격파에 강홍전의 신형이 이 장 뒤로 날라갔고 그가 있던 자리엔 유정의 묵검이 칠왕의 룬을 막고 있었다.

칠왕의 시선에 자신의 살수를 막은 이에 대한 불쾌감이 스쳐 지나갔다.

그도 잠시, 그의 입이 열렸다.

"이제 일어났나."

세가의 무인이라 생각하고 뒤늦게 나온 것에 대한 말이었으나 알아들을 리 없는 유정이었다.

"자야 할 시간에 그쪽은 일어나나 보지?"

알아들을 수 없기는 마찬가지인 칠왕이었기에 슬쩍 코웃음을 건네며 신형을 뒤로 물렀다.

그에 따라가지 않고 말하는 유정이었다.

"누구지?"

"나 말인가?"

"너희들."

"마교의 흑마대와 그 대주입니다."

자신의 이 장 뒤에 서 있는 세가 무인의 대답에 유정의 시선에 이채가 일었다.

"마교? 아, 그러고 보니 가슴에 그 글자가 흑마대란 뜻이군."

칠왕은 그저 엷은 미소를 짓고 있을 뿐 유정의 말에 별다른 행동을 취하지 않았다.

"그럼 천마대하고는 같은 소속인가?"

"같지만 각자의 부대로 천마대가 더 상위에 있습니다."

이번 역시 세가 무인의 대답이었고, 자신의 턱을 긁는 칠왕이었다.

"그렇다는군."

"남 얘기 하는 것 같은 얼굴인데."

"그래 보이나? 뭐, 그렇다면 어쩔 수 없지. 그보다……."

칠왕의 손이 턱에서 내려왔다.

"막으러 왔으면 막아야지."

슈아아앙!

언제 던져진지도 모르게 유정의 어깨를 갈라오는 칠왕의 륜. 대비하고 있었다는 듯 신형을 반보 뒤로 물리며 검을 들어 막는 유정이었다.

쩌쩌정!

불꽃이 튄다. 회전이 가미된 륜이기에 검에 부딪치자 불꽃을 만들었고, 그대로 칠왕에게 돌아간 륜은 곧이어 무시무시한 경력을 담고 다시 회전을 시작했다.

그사이 선공을 취하는 유정이었다.

쐐애애액!

검에 갈리는 공기의 파공음.

직선으로 뻗어가는 유정의 검에 칠왕의 륜이 맞부딪쳐 갔고 팍 하는 불꽃이 일었다.

그 불꽃이 사라지기도 전에 유정의 검이 칠왕의 요혈을 노리며 유연한 검끝을 들이댔다.

"빠르군!"

어디서 들어본 말. 순간 공옥민의 얼굴이 스쳐 간 유정의 눈이 반짝였다.

'잘 있으려나.'

짧은 안부. 그걸로 됐고 서서히 검에 내력을 집중시키는 유정이었다.

슈리리릭! 투카카캉!

검과 륜의 충돌음. 그보다 더 강력한 충격파에 이미 둘의 주위에 있던 세가 무인들은 오 장 뒤로 물러나 있었다.

"차앗!"

검기를 머금은 유정의 검이 손에서 벗어났다.

슈아아앙!

어깨를 스치고 지나가는 검력을 급히 반대쪽으로 한 발 물러서며 해소시킨 칠왕의 손이 빠르게 륜을 회전시켰고 그 즉시 유정을 갈라왔다.

그 순간 누군가의 입에서 경악성이 흘러나왔다.

"이기어검!"

카카카캉!

어느새 정면을 향해 있던 칠왕의 륜은 등 뒤를 보호하고 있었고 되돌아온 검을 다시 잡은 유정의 입가에 가늘지만 뿌듯한 미소가 감돌았다.

'역시……'

처음 해본 어검발출. 뜻대로 잘됐다. 다만 그 기분을 즐길 여유가 없는 게 아쉬울 뿐이었다.

"나도 해볼까."

칠왕의 말이 끝남과 동시에 륜의 회전음이 주변 공기를 몰아붙이며 사나운 경력이 줄기줄기 유정을 향해 쏘아졌다.

피리리릭! 카캉!

검에 부딪친 경력을 해소할 틈도 없이 비껴 나간 륜이 다시 자신의 하체를 지남철로 아는 듯 빠르게 되돌아오자 짧은 숨을 들이마시며 공중으로 신형을 띄운 유정이었다.

슈아아앙!

륜을 감싼 경력의 꼬리가 발바닥을 훑고 지나가자 뜨끔한 기운에 유정의 입매가 살짝 일그러졌다.

'높이 뛸걸!'

후회는 아무리 빨라도 늦는 법. 칠왕의 공세가 이어졌다.

'……!'

상체가 늘어나며 하체가 쫓아오지 못할 정도로 빠르게 신형을 접근시키는 칠왕의 모습에 유정의 눈이 번쩍 떠졌다.

"일섬보!"

남궁일의 걱정 어린 외침. 그러나 공옥민의 천마보를 경험한 유정에게 칠왕의 일섬보는 보법 축에도 들지 못했고 이미 칠왕의 공세를 막음과 동시에 반격까지 하고 있었다.

쩌쩡! 슈리리릭!

유정의 검에 검기가 일렁이고 칠왕 역시 자신의 공세에 전혀 기죽지 않고 반격까지 하는 유정의 검에 쉴 새 없이 륜을 돌리고 있었다.

그런 둘의 충돌의 여파가 아직 무너지지 않고 간신히 버티고 있던 전각들의 매몰 속도에 부채질을 했다. 곧이어 하나둘 무너지는 전각의 매몰음에 세가 무인들의 귀가 얼얼할 정도였다.

쩌쩌쩌정!

다시 한 번 마주친 두 사람 사이에서 무시무시한 충돌음과 동시에 압력이 발출됐다.

슈아아앙!

일진광풍. 그 광풍에 내원은 서서히 황폐해져 가고 있었다.

반면 반쯤 넋이 나간 표정으로 유정과 칠왕의 결투를 바라보던 남궁일의 입에서 사무치는 그리움이 흘러나오고 있었다.

"환… 환아."

그렇게 자신하던 무(武)에서 철저한 무력감을 느꼈다. 그리고 이어진 아들의 죽음. 그 모든 것을 한순간에 선사한 중년인을 상대로 대등한 격전을 펼치고 있는 유정의 모습에서 저리 되기를 갈망했던 죽은 아들의 모습이 겹치자 애절한 목소리가 흘러나오는 남궁일이었다.

곧이어 그의 양손에 들린 아들의 머리에 사무치는 슬픔이 흘러내리기 시작했다.

"허, 허… 허어어엉!"

남들이 보면 꼴사나운 노인의 울음보. 하나 아무도 그리 생각하지 않았고 세가 무인들의 가슴에 그 애절한 부정의 울음소리가 각인될수록 적에 대한 원한만이 차곡차곡 쌓이고 있었다.

그걸 누구보다 바란 귀령대주 문상필이었으나 지금 그의 얼굴엔 잔뜩 찌그러진 주름으로 인해 목적 달성의 기쁨을 누릴 만한 공간이 없어 보였다.

'저놈은 대체 누구야!'

이제 몇몇의 요인들만 더 죽이고 자신들은 슬쩍 물러나면 되었다. 그럼 지들끼리 알아서 치고받을 테니까.

그렇게 다 짜놓은 판이었는데 갑자기 들이닥친 저놈. 얼핏 이제 갓 스물을 넘기기나 했을라나.

그 어린 놈이 자신 같은 고수 몇십이 덤벼도 옷자락 하나 건드리지 못할 정도로 강한 칠왕을 상대로 대등한 싸움을 벌이고 있으니…….

심장 박동 수가 갑자기 빨라지며 혈압이 상승하는 문상필. 그의 높은 언성이 튀어나왔다.

"야! 저놈 누구야!"

물어보나 대답이 없다.

다시 물어보려던 찰나 누군가 모기만 한 목소리를 띄엄띄엄 전해왔다.

"저기… 혹시……."

그런 부하의 목소리가 짜증을 부채질하자 혈압 상승이 빨라지는 듯 목 언저리가 시뻘게진 문상필의 일갈이 터져 나왔다.

"붙여서 말해!"

"예! 저기 혹시 이번에 새로 들어왔다는……."

—청룡단!

"아, 무림맹의 청룡단 부단주가 아닐까요?"

동료의 전음에 말을 마친 귀령대원의 추측에 자신의 아랫입술을 잘근잘근 씹기 시작하는 문상필이었다.

이것 또한 그만의 버릇인 듯 그의 머리가 하나의 정보를 조합하기 시작했다.

'당문과 묘독문의 혈전으로 청룡단 부단주 사망… 마욱을 한 수에 격퇴시킨 이십대 초반의 무인… 그놈을 저놈이라 하면.'

말은 된다. 그러나 또 다른 정보에 의하면 청룡단의 남궁세가 파견은 없었다.

'혹, 저놈만 왔다면…….'

그럴 가능성도 있다.

어느새 문상필의 아랫입술 한쪽이 새살을 드러내고 있었다.

'그런데 왜 저놈 하나만 왔지?

자신들의 행보가 발각되었다면 응당 청룡단 전체, 적어도 열맷 명은

왔어야지 왜 한 명만 왔을까 하는 게 걸리는 문상필이었다.

그러나 그 걸림도 조만간 뛰어넘는 문상필이었다.

'하기야 저 정도 무위라면…….'

칠왕과 격전을 벌일 정도의 무위. 그 하나로 충분하다.

일기당천. 제갈진천의 뜻을 문상필이 이해하는 순간이었다.

와호장룡(臥虎藏龍)이라. 유정의 갑작스런 출현이 그러했고 그의 무위가 입증하고 있었다.

'강호에 숨은 기인이사가 사막의 모래알만큼 많다더니!'

팔 할의 공력을 끌어올리고도 상대를 압도하지 못하자 조금 전까지 온몸에 두르고 있던 여유가 모래성 무너지듯 스르르 사라져 가는 칠왕이었다.

더해 상대는 검에만 능숙한 것이 아니었다. 간간이 자신의 륜에 부딪쳐 오는 검을 두고 빈손으로 장력을 뻗어옴에 몇 번이나 식겁했던가.

게다가 이 날카로운 파공음.

쐐애액!

검명(劍鳴)이 아니었다. 유정의 오른발이 칠왕의 턱을 차올리며 공간을 가르는 소리였다.

'큭!'

다급성을 삼키며 고개를 젖힌 칠왕의 시선에 차가운 달빛이 들어왔고 동시에 목 언저리가 싸늘해져 왔다.

카카캉!

급히 들어올린 륜에 유정의 검력이 손등을 타고 어깨에 저림을 이끌어내자, 그 반동을 이용해 초반에 한번을 제외하곤 처음으로 신형을 뒤로 물리게 되는 칠왕이었다.

'허!'

감탄 섞인 한숨이 저절로 흘러나왔고 곧이어 번쩍 하는 빛무리가 칠왕의 눈동자에 틀어박혔다.

'검강!'

유정의 검에서 뻗어 나온 어른 팔뚝만 한 검강이 칠왕을 향해 폭사된 것이었다.

이에 피할 새도 없이 륜을 들어 막는 칠왕이었으나 너무 정면에서 막은 덕에 그 충격을 모두 해소해 내지 못했다.

"큭!"

입술을 비집고 나오는 비릿한 혈향.

'정말 가지가지 하는군!'

입술에 걸린 핏물을 이빨로 거둬들이며 싸늘한 눈동자를 정면에 고정시키는 칠왕이었다.

그러나 이미 그곳에 유정은 없었다.

'……?'

륜을 잡은 손에 땀이 맺혔고 그 위로 지나가는 바람에 흡사 매서운 겨울 추위를 맞은 듯 움츠러들었다.

'오싹하군!'

얼마 만에 느껴보는 긴장감인지 모를 지금 상황에 칠왕의 입술이 얇아지기 시작했다.

그에 반해 칠왕과의 대결에서 사문에서 익히 권, 장, 각법을 하나하나 풀어내며 그사이 더욱더 몸에 익히는 유정이었다.

그렇게 공세를 이어가던 유정은 자신의 암영퇴(暗影腿)에 칠왕이 물러서자 그 즉시 묵검을 들어올려 검강을 날렸다.

예전 같으면 여기서 상대의 반응을 보고 다음 공세를 이어갔을 유정이었으나 그 촌각의 기다림이 상대에 따라 얼마나 위험한 시간인지 공옥민과 결투에서 뼈저리게 경험한 그였기에, 그 즉시 팔괘의 방위 중 사의 방위를 밟으며 칠왕의 등 뒤로 이동했다.

선수에 의한 공세, 그 공세의 유연한 연결에 의한 승기(勝氣). 그 수순을 이제는 확실히 터득한 유정이었다.

그러나 여기서 또 한 번 삐끗하는 유정이었으니.

'태극장!'

누가 뭐라 해도 유정의 주(主)는 검공이요, 부(副)가 권장각이다. 그러나 이전 잠깐의 '부' 사용에 상대의 방어 체계가 흐트러지는 재미를 맛본 것이 화근이 되어 주를 사용할 시점에 부를 사용한 것이었다.

그로 인해 검이 들린 우수가 아닌 좌수가 칠왕의 등을 향했고 그 미세한 어색함이 칠왕의 수세에 여유를 만들어주었다.

퍼벙!

'큭!'

류에 부딪친 장력에 손이 불에 데인 듯 뜨거워오자 유정의 어깨가 획 돌아갔고 그게 문제였다.

슈아아앙!

류의 회전. 그 회전의 경력에 붉은 기운이 넘실대며 유정의 몸을 가를 듯 쏘아졌고 하나가 아니었다.

두 개가 한 쌍인 류. 칠왕이 전력을 다하기 시작했다는 방증이었다.

게다가 첫 번째 류에는 파력(破力)을, 두 번째 류에는 암력(暗力)을 실어 날린 칠왕의 공격에 첫 번째는 이전과 같이 막았으나 두 번째 륜은 그 실린 암력에 의해 속도는 느리나 은밀함은 배가 되어 있어 자신의 가슴 언저리 지척까지 다가올 동안 모르고 있다가 기겁을 하며 신형을 뒤로 날림과 동시에 무작정 종으로 검을 휘두르는 유정이었다.

'큭! 두 개잖아!'

쩌정!

간신히 막긴 막았으나 이 장 뒤쪽으로 착지한 유정의 입술 사이로 한줄기 가는 혈선이 그려졌고 안색마저 약간 창백해져 있었다.

가벼운 내상. 돌볼 틈도 없이 칠왕의 파상적인 공세가 이어졌다.

쩌쩌정! 피리리릭!

두 개의 륜. 각기 유정의 방어의 사각을 집요하게 노렸고 더해 하나는 이기어륜으로 허공에서, 다른 하나는 칠왕의 손에서 유정의 앞뒤를 동시에 공격해 오기도 했다.

정말 개 발에 땀나듯 이리저리 피하고 막으며 때로는 허공을 날아다니며 칠왕의 공격을 막기에 바쁜 유정.

이래서 첩은 들여도 조강지처는 버리지 말라는 말이 있었다.

어느덧 둘의 대결은 백 초를 넘어가기 시작했고 다행히 수세를 모면한 유정이었다.

그렇다 해도 우세를 점하진 못했고 공수의 평행을 이루는 정도였다.

슈아아악!

다시 한 번 충돌에 의한 경력이 광풍을 만들었고 그 외각에서 또 다른 혈풍을 만들고 있는 남궁일의 옷자락을 펄럭였다.

그 끝 자락에 묻어 있던 혈향까지도.

"모두 주살하라!"

남궁일의 목소리에 원한의 악기(惡氣)가 하늘을 찔렀고 그 기세는 그대로 귀령대원 한 명의 목을 자르고 있었다.

남궁휘가 없는 세가의 주인. 그 의무감이 아들의 죽음에 넋 놓고 있던 자신을 일으켜 세웠고 유정의 모습에 눈물을 뒤로하고 다시 검을 든 남궁일.

그 즉시 세가 무인들을 정비시켜 귀령대와의 혈전에 들어갔고 그의 검을 막을 자, 칠왕과 유정을 제외하고는 아무도 없었다.

"크아아악!"

귀령대원의 입에서 터진 처절한 비명성이 밤하늘을 갈랐고 그 갈린 틈 사이로 여지없이 모습을 드러내는 남궁일의 모습은 본연의 절대강자 그 자체였다.

그에 상대하고 있던 세가 무인을 버려두고 남궁일의 등 뒤로 악독한 살기를 뿌리는 문상필이었다.

남궁일 역시 등 뒤로 다가오는 문상필의 살기에 신형을 회전시키며 검을 마주쳐 갔다.

카카카캉!

귀를 찢을 듯한 금속성이 둘 사이에 울려 퍼졌고 맞물린 문상필의 호조를 힘차게 밀어내는 남궁일의 기합성이 금속성을 집어삼켰다.

"이얍!"

내력에서 밀리는 문상필의 호조가 달을 가를 듯 어깨 위로 올라갔고 그의 텅 빈 가슴팍으로 남궁일의 검기가 쏘아졌다.

"큭!"

급히 신형을 옆으로 돌리며 검기를 피한 문상필의 입에서 다급성이 흘러나왔고 바로 뒤에서 그 다급성에 호응하는 비명성이 흘러나왔다.

"크앗!"

허리부터 두 동강 난 신형. 바로 문상필이 피한 검기를 고스란히 자신의 육신으로 받아낸 귀령대원의 생애 마지막 모습과 외침이었다.

그런 부하의 죽음에 자신의 머리를 스쳐 지나가는 한 놈의 영상. 문상필의 입에서 분노 섞인 욕설이 흘러나왔다.

"이런 씨발! 개 같은 놈의 새끼!"

유정의 출현으로 인해 뭔가 틀어지긴 했으나 이미 소기의 목적은 달성되었기에 그저 차분히 칠왕의 무위를 감상하며 유정의 죽음을 마지막으로 빠져나갈 생각이었다.

그러나 십 초, 이십 초, 삼십 초가 넘어갈 동안 결판이 안 나는 둘의 대결에 서서히 불안해지기 시작했고 기어이 오십 초가 넘어갈 때쯤 그 불안은 원한과 악기(惡氣)로 무장된 세가 무인들의 공세로 나타났다.

그래도 괜찮을 줄 알았다. 이미 한번 막았고 이번 역시 방어 위주로 시간을 끌면 적어도 밀리진 않을 테니까.

하나 자신의 판단은 완전한 오판, 아니, 육판도 모자랄 지경이었다.

남궁일. 칠왕에게는 고양이 앞의 쥐였으나 자신들에겐 고양이 앞의 사자였다.

결국 아무도 막지 못하는 그의 살검에 열이 넘는 귀령대원들의 목숨이 순식간에 사라졌고, 자신마저 위태한 지경에 이르자 이 모든 것의 원흉인 유정에 대한 욕이 안 나올래야 안 나올 수가 없는 문상필이었다.

하나 더 이상의 욕할 시간적 여유도 없이 남궁일의 검에 검광이 번

뜩이자 급히 입을 다물며 호조를 마주쳐 가는 문상필이었고 그의 두 눈엔 하나둘 핏발이 늘어나기 시작했다.

그 핏발과 이유는 다르나 혈전에 참가하지 못한 채 남궁일이 맡긴 동생의 머리를 들고 있는 남궁소의 눈에도 충혈의 기운이 나타나고 있었다.

이곳에 와서 여태껏 한 번도 눈을 깜박이지 못한 신체 반응이었고 당연히 유정의 엄청난 무위 때문이었다.

"어… 어찌 저럴 수가 있단 말인가!"

수도 없이 내뱉은 자문(自問).

"분명 그때 본 실력은 나보다 아래였는데!"

이 역시 몇 번째 나온 자답(自答)이었다.

용봉지회. 그때 본 유정의 실력은 분명 자신보다 한 수 아래였고 회망산에서 본 그의 짧은 한 수에 놀라긴 했으나 자신에 미치지 못한다는 것에 의심은 없었다. 그러나 지금 유정의 실력은 자신이 어떻다 할 정도를 넘어서 그렇게 넘어서고 싶어하던 아버지의 모습을 떠올리게 만들 정도였다.

"아… 아버지, 어떻게 이해해야 합니까!"

같은 나이대도 아닌 자신보다 열 살 가까이 어린 유정의 압도적인 무위에 이곳에 없는 아버지에게 물어보는 남궁소의 얼굴에는 짙은 회의가 걸려 있었다.

이십 년이 넘게 달려온 무(武)의 길. 출신의 범상함에 남들보다 그 끝이 짧은 길에 안주하지 않고 끊임없이 노력했다. 그렇게 달려온 결과 길의 삼분지 일 정도라 생각되는 청룡단에 도착했다.

그 길에 갑자기 부단주네 뭐네 하며 유정이 끼어들었으나 신경 쓰지 않았다.

어차피 힘이 없는 자리. 무시하면 됐고 조만간 길 밖으로 이탈될 것이라 믿었기에.

그러나 이제 그 힘을 가지고, 아니, 넘치는 힘을 가지고 자신이 그토록 갈망하고 도착하려던 길 끝에서 아버지와 같이 서 있는 유정의 성취에, 이십 년이 넘게 뛰어온 자신의 무(武)의 길이 좁아지며 사라지는 느낌에 짙은 비애감을 느끼는 남궁소였다.

어느새 손에 들린 사촌 동생의 목에서 흘러나오던 핏물이 응고를 시작했으나 남궁소의 감각은 그걸 알아채지 못하고 있었다.

그때 남궁화련의 다급한 목소리가 남궁소의 감각을 일깨웠다.

"오라버니!"

"……? 헉!"

정면을 향해 날아오는 무시무시한 강기의 압력에 남궁소의 입에서 신음성이 나오는 동시에 그의 신형이 황급히 바닥을 굴렀다.

슈아아앙! 써걱! 콰콰콰쾅!

그렇게 피한 강기는 남궁소의 신형 일 장 옆으로 지나가며 뒤편 전각 하나를 반으로 가르고 나서도 그 힘이 다하지 않았는지 몇 개의 소전각과 세가 곳곳에 심어져 있는 수목들을 가르고 나서야 그 파괴성을 잠재웠다.

강륜!

칠왕의 륜에서 강기로 이루어진 륜 모양의 강륜이 유정을 향해 쏘아졌고 그걸 비껴 막은 유정의 검에 방향을 달리한 결과였다.

남궁화련이 허겁지겁 남궁소에게 다가왔다.

"오라버니! 괜찮으세요!"

“어… 그래, 괜찮다.”

힘없는 대답에 얼빠진 얼굴. 그런 남궁소의 모습을 처음 본 남궁화련의 걱정 어린 목소리가 이어졌다.

“오라버니, 여기 계시지 말고 뒤쪽으로 가요.”

동생의 말에 가슴팍에 감싸고 있던 남궁환의 머리를 더욱 감싸는 남궁소.

“아… 아니다. 난 여기 있어야 한다.”

“무슨 소리세요. 여기 너무 위험해요. 그러니…….”

“아니야!”

동생의 말을 자르는 남궁소의 언성이 찢어졌다.

“난 여기 있어야 한다! 그리고…….”

봐야 한다. 유정의 싸움을.

차마 그 말을 입 밖으로 내뱉지 못하는 남궁소였다.

강륜을 피한 후 피부로 느꼈다. 저런 공격을 막고 싸우는 유정의 무위가 얼마나 엄청난 것인지. 그에 그 움직임 하나라도 배워야겠다는 의지가 남궁소의 정신을 일깨웠고 그것이 명가(名家)의 힘이었다.

스스로의 모자람을 인정하고 배우는 자세. 물론 넘을 수 있다는 자신감이 밑바탕 되어 있기에 고개를 숙이지만 창피하진 않다.

다만 그 상대가 유정임에 차마 입 밖으로 꺼내지 못하는 남궁소였다.

남궁소의 눈동자에 유정의 잔상이 지나갔다.

“넌 동생을 데리고 피해 있거라.”

차분해진 오라버니의 목소리에 안도감도 잠시, 그가 내민 남궁환의 머리에 급히 한 손으로 입을 막아가는 남궁화련이었다.

‘……!’

자신보다 한 살 어린, 언제나 누나 누나 하며 살갑게 굴던 동생. 그 아이의 감기지 않은 눈을 마주하는 남궁화련의 눈에 어느새 눈물이 고이고 있었다.

“울지 마라… 복수가 끝난 뒤에도 늦지 않으니.”

남궁소의 말에 흐느낌을 줄이며 남궁환의 머리를 인도받은 남궁화련은 고개를 숙인 채 힘없이 발걸음을 뒤쪽으로 옮겼고 홀로 남은 남궁소의 시선은 정면의 싸움을 주시했다.

‘언제고 너를 넘을 것이다!’

목표 변경. 아버지에서 유정으로.

비록 자신의 시력으론 간신히 충돌 후에 남기는 잔상만을 어렴풋이 볼 수 있는 유정의 움직임이었지만 그게 오히려 남궁소의 의지를 불태우고 있었다.

칠왕의 륜에서 연이은 강륜이 쏟아졌고 그 파괴력이 짙어질수록 내면에 담긴 초조함도 깊어지고 있었다.

‘밀리는군!’

자신이 아닌 부하들. 남궁일의 살검을 막을 자가 없었다.

문상필이 간신히 막고 있으나 풍전등화요, 언제 걸릴지 모를 두 집 살림처럼 아슬아슬함에 막다른 곳까지 몰려 있었다.

그렇게 유정과의 사투 중 찰나의 여유에 곁눈질로 주변 상황을 파악한 칠왕의 눈에 초조함이 깃든 것이었다.

결국 방법은 하나. 다시 자신이 나서면 되는데…….

슈아아앙!

유정의 검강이 자신의 어깨를 향해 폭사됨에 륜을 들어 궤도를 바꾸길 잠시 그사이 자신의 등 뒤로 신형을 움직인 유정의 연이은 공격에 칠왕의 신형이 백팔십도 회전하며 륜을 휘둘렀다.

쩌쩌쩌쩡!

손아귀가 찢어질 듯 욱신거린다. 그 욱신거림을 돌볼 틈도 없이 다시 사라진 유정의 신형에 쌍륜을 들어 앞가슴을 보호하는 칠왕의 시선에 초조함을 지나 답답함이 깃들었다.

'도무지 나설 틈을 안 주는군!'

결국 이게 문제였다.

더구나 이놈은 지치지도 않는지 마주쳐 갈수록 더욱 강해지는 충격파의 강도에 눈살을 찌푸리길 몇 번인가.

그렇다고 자신 또한 전력을 다하지 않는 것도 아닌데 도대체가 끝이 안 보인다.

백중지세. 자존심은 상하지만 현재 자신과 유정의 성취도였고 그게 또 깊은 상념을 만들어냈다.

'어떻게 저 나이에 이런 실력을 보일 수 있단 말인가!'

유정과 싸우든 그걸 구경하든 모든 이들이 갖는 공통된 의문에 칠왕도 피해갈 수 없었다.

그런 의문과 부하들의 상황 등 여러모로 신경 써야 할 부분이 많은 칠왕과 달리 이 대결에 모든 역량을 쏟아 부으며 한 단계 발전해 가는 유정이었다.

'정말 강하다!'

공옥민이 이러할까. 아니, 그보다 조금 더 강한 것 같다. 무엇보다 자신의 모든 공격에 더하지도 부족하지도 않게 대응해 오는 적절한 방어력. 더해 방어 뒤에 이어지는 사각의 틈을 노린 반격의 치밀함과 시점 파악은 공옥민에 비해 확실히 한 수 위였다.

다만 이런 모든 자체 판단의 밑바탕엔 예전에 비해 자신의 실력이 늘어났다는 자기미화가 깔려 있었다.

유정의 검에 다시 한 번 강기가 휩싸였고 하나밖에 없는 절초를 시전하기 시작했다.

'이건 어떻게 막을까?

묵혼선강. 공옥민은 허벌나게 피해 다니다 자신의 실수로 간신히 목숨을 구걸했다.

유정이 생각하는 그때 상황이었고, 공옥민이 알았다면 당장에 천마보를 시전해 유정의 아구창을 날려 버렸을 것이다.

어쨌든 유정의 묵검을 감싸던 강기가 자신 팔뚝만 한 선으로 늘어나며 칠왕을 향해 쏘아졌다.

그런 유정의 공격에 칠왕은 체력을 생각해 맞받아치지 않고 회피를 선택했다.

쉬이잉!

옆구리 한 자 거리를 두고 스쳐 가는 유정의 검강을 바라보는 칠왕의 눈에 살짝 짜증이 묻어났다.

검강이 강력하긴 하나 자신의 수준에 오른 무인에겐 피하면 그만이었고, 이렇게 피한 뒤 자신 또한 강륜을 날린들 그 또한 유정이 피하면 된다. 결국 시간만 소비할 뿐 아무런 소득 없이 부하들의 목숨만 하나둘 줄어들 거란 생각에 짜증이 일어난 것이었다.

그렇다고 자신의 절기를 사용할 수도 없기에 짜증이 배가되는 칠왕이었다.

파멸대환륜!

칠왕의 성명절기로 지금은 사라졌지만 백 년 전만 해도 중원무림을 호시탐탐 노리던 사라신교의 후인만이 익힐 수 있는 무공이었다. 다만 마공과는 그 궤를 달리하는 천축무공임에 이미 자신들을 완전히 흑마대라 오해하고 있는 이 상황에서 그 절기를 사용했다간, 당장에 남궁일이 알아볼 가능성이 컸다. 그는 그럴 만한 강호의 식견을 가지고 있었고 그 즉시 련의 대계가 물거품이 된다는 것을 잘 알기에 주저하게 되는 칠왕이었다.

혹여 유정의 죽음이란 보상이 확실하다면 시전해 볼 수도 있었다. 그를 죽인 뒤 계획 변경이야 어쩔 순 없지만 파멸대환륜을 알아본 남궁일을 죽이면 되니까.

그러나 보장이 없었다.

'피해는 확실하나 목숨까지는 알 수 없다!'

상대의 죽음이 불확실한 절기 사용. 이게 결정적인 요인이었다.

그래서 답답했고 속이 타 들어가는 칠왕에게 기겁을 더하는 유정이었다.

'……!'

강기가 따라온다.

'뭐… 큭!'

기겁성을 발할 여유도 없이 급히 신형을 움직이는 칠왕이었고 유정의 신형도 그를 따라 움직였다.

'초반은 같군!'

공옥민 또한 저러했다.

그러나 다른 것 하나, 공옥민과 같은 운(運)을 바라긴 힘들어 보였다.

‘내력의 움직임은 원활하다. 여기서 협객을 지나 소화…….’

혈을 통해 뻗어나간 내력을 다시 거둬들이길 반복하는 유정의 중얼거림이 이어질수록 칠왕의 등골에 식은땀은 배가 되고 있었다.

어느새 반 각을 지나 일각 동안 등골을 적신 식은땀은 칠왕의 등 전체를 축축하게 만들었고, 그의 얼굴에는 어이없는 충격만이 잔뜩 서려 있었다.

‘어, 어떻게 이럴 수가…….’

자신도 급격한 내력 저하를 감수한다면 반 각 동안은 강륜을 유지한 채 적을 공격할 수 있었다.

그렇지만 결단코 지금처럼 일각이 넘어갈 동안 유지할 수는 없었고 그럴 사람은 아마도…….

‘련주님을 제외하고는.’

자신의 주군. 절대무력을 지닌 련주의 무위라면 유지할 거라 생각하지만 그 또한 저놈처럼 빙글빙글 입술을 쪼개며 시전하진 못할 것이다. 아니, 안 할 것이다.

‘이런 개 같은!’

욕이 절로 나온다. 하나 욕도 살아 있어야 할 수 있는 법. 피하기에 급급한 칠왕이었다.

게다가 피하는 것 하나만도 절대 쉬운 일이 아니다.

상대의 신법. 분명 무당의 제운종이었고 천하제일을 다투는 신법이었다.

결국 상대와의 거리를 벌리기가 어려웠고 강기막을 형성할 시간적 여유가 생기지 않는 칠왕이었다.

그저 뭐 빠지게 뛰며 피하는 게 지금 상황에서는 그의 유일한 방법이었다.

쏴아아악!

다시 한 번 유정의 묵혼선강에 허공을 감싸던 공기가 타 들어가며 비명성을 터뜨렸다.

그에 칠왕의 신형이 전각에 올라서자마자 사라졌고 그 잔상을 가르는 묵혼선강에 의해 전각 하나가 사선으로 이등분됐다.

슈가각! 쿠콰콰쾅!

무너지는 전각 사이로 밤하늘을 뒤덮는 먼지가 발생되었고 그 호쾌한 파괴성에 이미 혈전을 멈춘 채 멍하니 서 있는 세가 무인과 귀령대였다.

바로 옆에 적이 있다. 그러나 아무도 검을 들지 않았고 막을 생각도 없었다.

그만큼 지금 유정의 경이로운 공격 형태는 사람들의 뇌리에 적아(敵我)를 분별시키는 사고를 정지시킬 만큼 깊이 각인되고 있었다.

"저… 저럴 수도 있나!"

세가 무인의 말에 어이없게도 귀령대원의 대답이 흘러나왔다.

"보… 보고 있잖아."

한 편의 촌극처럼 이 상황에 정신을 못 차리긴 대장들도 마찬가지였다.

"저것이 바로 중원무림의 저력이란 말인가!"

구파일방과 오대세가로 대변되는 중원무림. 그 저력을 얕보진 않았으나 이제 갓 약관을 넘어 보이는 제자를 저렇게까지 키워냄에 치를 떨 수밖에 없는 문상필이었다.

더해 저런 인물이 얼마나 더 있을지 모를 잠룡중원.

련의 중원무림에 대한 정보를 다시 한 번 면밀히 검토해 달라는 보고의 필요성을 느끼는 문상필이었다.

남궁소 역시 자신이 기존에 생각했던 나이에 비례한 무의 성취도에 정면으로 반하는 유정의 성취에 충격을 넘어 경외의 시선을 보내고 있었다.

"묵검에 혼이 깃들어 그 혼이 밤하늘을 가르니 진정 무당에 신검이 나타났구나!"

유정의 신법을 못 알아볼 만큼 어리석지 않은 남궁일이었고 그의 말은 유정이 원하든 원하지 않든 그토록 얻고 싶어했던 별호로 이어졌다.

묵혼신검!

새로운 정파무인들의 영웅이요, 정파 최고의 후기지수들로 대변되던 오룡이 찬밥이 되는 순간이었다.

그렇게 모든 무인들이 유정의 무위에 감탄과 경이의 시선을 보내는 동안 단 한 명 처음의 시선을 그대로 유지하고 있는 이가 있었다.

"높아져라! 높아지는 만큼 너를 넘어서는 내 노력은 배가 될 것이고 그만큼 나는 강해질 것이다!"

이미 유정의 성취를 인정함에 더 이상 놀랄 것도 없다. 그 높은 벽을 넘어서는 노력만 기울이면 된다.

그럼 언제고 같은 위치에 설 테고 그때 다시 고개를 들어 유정의 눈을 마주 보려는 남궁소였다.

절대강자에 절대강자의 시선으로……

치직!

기어이 유정의 묵혼선강에 옷자락이 흔적도 없이 날아갔고 옆구리가 후끈해져 오는 감각에 칠왕의 이마에서 땀 한 방울이 콧날을 가로지르며 흘러내렸다. 그게 지금 그의 막다른 상황을 대변해 주는 듯했다.

'이대로는 안 된다!'

자신을 지겹게 따라다니는 강기의 선에 근 이각이 다 되도록 온 신경을 곤추세우며 절정의 신법을 시전한 덕에 체력과 내력이 바닥을 드러내기 시작한 것이었다.

그에 자연히 따라오는 신법 속도의 저하.

반면 유정의 신법 속도는 처음과 동일했고 이대로 가다간 강기의 선에 변변한 방어막도 펼칠 틈 없이 몸이 두 동강 나는 것은 시간문제였다.

아무리 초절정고수여도 방어막을 두르지 못한 육체는 피육(皮肉)에 불과했기에.

타계 방법을 생각 안 한 것은 아니다. 그러나 아무리 좋은 방법이 있으면 뭐 하나, 그걸 실행할 시간적 여유가 없는데.

서서히 가빠오는 숨에 칠왕의 안색은 침통해져 있었다.

그런 그에게 공옥민과는 그 방법이 다르나 비슷한 운이 찾아왔다.

슈아아앙!

강기의 선을 피하며 전각 위로 신법을 발휘한 칠왕이었고 여지없이 그 전각 또한 이등분되었다.

그러나 하필이면 그 전각 너머에 남궁화련이 있었고 아직 부상자들을 모두 이동시키지 못함에 마지막까지 남아 있던 그녀의 희생정신이 칠왕에게 운을 가져다준 것이었다.

그와 달리 남궁화련의 입에선 자신의 두 눈 앞을 가로막으며 무너지는 전각에 저절로 비명성이 터져 나왔다.

"까아아악!"

비명성일지라도 그 목소리의 주인을 알아챈 유정. 그 즉시 강기의 선을 거둬들이며 신형을 날렸다.

꽈꽈꽈꽝!

지축을 울리는 파괴음에 또다시 먼지가 하늘을 뒤덮었다.

그 하늘 아래 자신의 가슴에 머리를 파묻고 있는 남궁화련의 몸이 떨리고 있자 그녀의 머리를 부드럽게 쓰다듬는 유정이었다.

"괜찮아?"

유정의 목소리와 손짓에 잠시 진정하는 듯 크게 숨을 들이쉰 남궁화련은 유정의 허리를 더욱 세게 끌어안았다.

"무… 무서웠어요."

"괜찮아. 내가 있는데 뭐가 무서워."

"그래도."

"에이~ 나 무시해?"

"아… 아니, 그게 아니고."

"그래, 그러니까 화련이는 나만 믿으면 돼!"

"…예."

어째 조금 전 긴박했던 상황을 상당히 가볍게 만드는 대화 내용이었으나 둘이 좋으면 그만이었다.

남궁화련을 내려놓은 유정의 시선에 내원과 본당을 가로지르는 벽 위에 올라서 있는 칠왕의 모습이 들어왔다.

"하! 조금만 더 하면 잡을 수 있었는데."

아쉬움이 묻어 나오는 유정의 중얼거림에 그 먼 거리에 있으면서도 똑똑히 들리는 칠왕의 얼굴이 완전히 일그러졌다.

차라리 이럴 땐 초절정고수의 청력을 지닌 것에 후회가 드는 그였지만 어쩌겠는가. 다 들리고 사실이 그러했으니 뭐라 반박하기도 자존심이 상하는 것을.

그렇다고 다시 붙어? 물론 유정의 묵혼선강을 대비하는 것은 당연했다.

그러나 그것이 없어도 이미 겪어본 유정의 무위는 자신과 평수를 이루고 있었기에 머리를 젓는 칠왕이었다.

'어차피 목적은 달성되었다. 괜한 시간 낭비하며 부하들의 피해를 늘릴 필요는 없겠지!'

결심과 동시에 그의 전음이 문상필에게 전해졌다.

─이쯤 하고 돌아간다.

문상필 역시 뒤늦은 후퇴를 누구보다 반겼고 곧바로 부하들에게 신호를 보냈다.

그 신호에 빠르게 전장을 이탈하는 귀령대원들이었고 그 모습에 남궁일이 황급히 소리를 질렀다.

"적들이 도망간다! 한 놈도 빠져나가지 못……!"

쿠쿠쿠쿵!

엄청난 파열음과 동시에 일보(一步) 뒤로 밀린 남궁일의 입에서 침음성이 흘러나왔고 곧이어 머리 위로 떨어지는 흙비에 정면을 바라본 그의 입에서 경악성이 흘러나왔다.

"헛!"

자신의 일 장 앞에서 푹 꺼져 버린 땅. 넓이 반 장에 길이만도 오 장에 가까웠다.

깊이 또한 서 있는 자리에서 끝을 알 수 없을 정도로 패어 있었으니.

"따라오지 마라!"

칠왕의 단호한 목소리였고 그의 우수에 허공을 유영하던 하나의 륜이 가볍게 착지했다.

강륜. 그 엄청난 파괴력을 직접 목도하는 남궁일의 눈에 다시 한 번 유정의 무위에 대한 감탄이 일었다.

'이런 것을 막은 것인가!'

감탄도 잠시 자신의 곁으로 다가온 유정의 목소리가 전해졌다.

"어쩌실 겁니까."

끝까지 따라가겠느냐 하는 유정의 물음에 그를 잠시 바라보는 남궁일이었다.

'이 아이가 있으니 가능은 하겠지만… 부하들의 희생이 너무 크다!'

마음이야 당장에라도 아들의 복수를 하고 싶지만 그 복수에 세가 무인들의 수많은 목숨을 담보로 추격전을 벌이기엔 본인이 맡은 자리가 너무 무거웠고 그 자리에 대한 의무를 생각해야 했다.

세가 무인들의 안전. 그것이 먼저란 뜻이었다.

"아닐세. 이리된 거 이미 적들을 추격해 봐야 뭐 하겠는가."

고개를 저으며 말을 하는 남궁일의 모습에 유정의 시선이 칠왕을 응시했다.

"언제고 다시 만나면 그때는."

"둘 중 하나는 죽겠지."

유정의 말에 칠왕이 마무리를 했고 그걸 기점으로 귀령대의 후퇴가 모두 이루어졌다.

가장 늦게까지 머물러 있던 칠왕의 신형도 곧 사라지며 그의 전음이 유정에게 전해졌다.

─내가 일곱 번째다.

칠왕의 전음에 무슨 뜻인지 골똘히 생각하는 유정이었으나 어차피 다시 만날 때 물어보면 될 일, 안 만나면 그걸로 그만이라는 생각에 도달하는 건 순식간이었다.

그렇게 남궁세가의 수많은 요인들이 명을 달리하고 새로운 영웅을 탄생시킨 남궁혈사의 밤은 동료들의 시신을 수습하는 세가 무인들의 무거운 침묵 속에 그 어둠을 더해갔다.

멍청한 놈!

여명이 밝아오자 간밤에 있었던 혈사(血事)의 현실감이 더욱 더 적나라하게 드러났다.

불길에 무너지고 타 들어간 전각들. 그중 몇 개의 전각은 절반의 형체를 유지한 채 서 있었으나 그것이 더욱 비참함을 더했고 그 비참함은 이른 아침부터 손을 놀리는 세가 무인들의 마음을 절망감으로 짓누르고 있었다.

"하! 여기가 정말 내가 먹고 자던 곳인가!"

무너진 전각 앞에 서 있던 세가 무인의 탄식조가 흘러나왔으나 아무도 받아주는 이가 없었다.

같은 마음. 확인해 봐야 속만 쓰리기에.

내원의 건물이 모두 파괴된 지금 유정의 처소는 본당의 한곳으로 정해져 있었다.

"후우우우~"

길게 내뱉는 숨에 운기행공을 마친 유정의 눈이 살며시 뜨여졌다.

"이제 좀 괜찮군."

어제 입은 내상이 가볍다 해도 처음 당해보는 내상이기에 처소를 배정받은 직후 운기행공에 들어간 유정. 혹시나 해서 일어나자마자 다시 한 번 운기행공에 들어갔고 그러고 나니 만족이다.

유정의 손이 턱을 괴어갔다.

"그나저나 남은 휴가를 어찌 보낸다."

기껏 휴가라고 왔더니만 오자마자 싸움에 휘말렸고, 자신이 봐도 남궁세가의 피해는 만만치 않았다.

이런 상황에 '나 휴가요' 해봤자 놀아줄 남궁화련도, 그걸 바랄 자신도 아니었다.

그렇다고 가만히 죽치고 앉아서 시간을 보내자니 방 단주의 말대로 지금 아니면 쉴 시간도 없을 거란 생각에 뭔가 하긴 해야 하는데, 막상 그러자니 눈치가 보이고 아무튼 아침부터 머리에 쥐나는 유정이었다.

그렇게 고개를 푹 숙인 채 어떻게 보내야 하나를 고심하던 유정의 귀에 인기척이 감지됐고 곧이어 문밖에서 부르는 소리가 들렸다.

"일어나셨습니까."

"아 예. 들어오……!"

들려온 목소리가 귀에 익어 말을 멈춘 유정이었고 방문을 열자 그곳엔 남궁소가 서 있었다.

"아침부터 소 단원이 여긴 웬일인가?"

유정의 물음에 남궁소의 고개가 살짝 숙여졌다.

"숙부님께서 찾으십니다."

"숙부님? …그보다 말투가, 머리는 왜 또 숙이는 거야?"

뭔가 이상하다 싶더니만 남궁소의 어투는 어제와 달리 완전한 존대로 바뀌어 있었고 저 공손한 태도까지.

정작 본인은 아무것도 아니라는 듯 입을 열었다.

"제 상관이십니다."

남궁소의 말에 그럼 전에는 아니었냐 하고 쏘아붙이려던 유정이었지만 그보단 이유가 궁금했다.

"갑자기 이러는 이유가 뭐야? 어제만 해도 이러지 않았잖아?"

"앞으로 그럴 일 없을 겁니다."

"그러니까 그 이유가 뭐냐고?"

"이유는 없습니다."

없을 리가 없다. 단지 자존심에 말 못할 뿐이다.

'내가 목표로 정한 인물을 나 스스로 무시한다는 것은 내가 나를 무시하는 것과 같다!'

그 목표가 사사로이 최악의 감정을 가지고 있는 유정일지라도 본인이 정한 목표. 그 정도는 감수할 수 있었다.

그렇게 몸을 낮추기로 어제 생각했고 바로 실천하는 남궁소. 그만큼 멀리 뛸 준비를 마쳤다. 그게 유정에게 닿을진 모르겠지만.

그런 남궁소의 속내를 알 리 없는 유정이었지만 이유가 없다는데 아침부터 닦달할 수 없고 해서 그냥 넘어가기로 했다.

"나야 불편한 건 없지만 정말, 계속 그럴 거야?"

"예."

"허! 살다 보니 별일도 다 있네."

“가시지요.”

“어? …아, 숙부님이 찾으신다고 했지?”

“숙부님 아니십니다.”

“어? …아!”

‘쫀쫀하긴. 그럼 뭐라 불러!’

유정의 속 투정을 알기라도 했을까.

“내원주님이십니다.”

남궁소의 말에 눈치 하나는 좋네 하며 고개를 끄덕이는 유정이었다.

“그래, 내원주님이 찾으신다니 가보세.”

“예.”

“어느 쪽?”

“이쪽입니다.”

“먼저 앞장서게.”

“예.”

“자꾸 그렇게 딱딱하게 대답할 거야?”

“상관이십니다.”

“참 나!”

남궁소의 존대는 좋으나 뭔가 재밌는 장난감 하나를 잃어버린 느낌에 유정의 고개가 절레절레 흔들리며 남궁소의 뒤를 따라갔다.

그렇게 도착한 남궁일의 처소 또한 내원의 사정으로 인해 기존의 백원각에서 본당의 청안각으로 옮겨져 있었다.

“들어가시지요.”

남궁소의 말에 너는 안 들어가? 하는 표정을 보낸 유정.

“전 할 일이 있습니다. 그럼.”

‘허! 사람이 변하면 일찍 죽는다는데 이거, 조만간 초상 치르는 거 아닌지 몰라.’

남궁소의 뒷모습을 잠시 바라보며 장례식에 참석해야 되나 말아야 하나 하는 쓸데없는 걱정을 잠시 한 유정은 곧 청안각 안으로 들어섰다.

‘햐! 한 사람이, 아니, 가족까지 해도 다섯 정도일 텐데 이렇게 넓은 방에서 잠이 오기나 하나!’

좌우 이백 평에 가까운 크기의 실내. 그 안을 장식하는 갖가지 가구나 벽화, 바닥에 깔려 있는 대리석까지 모든 게 초호화판이었다. 왠지, 없이 산 유정에겐 거부감이 드는 풍경이었다.

반면 오늘부터 아들을 포함한 죽은 세가 무인들의 장례 준비며 피해 상황 파악 등 개인 감정조차 추스를 여유 없이 바쁠 남궁일. 이때가 아니면 유정에게 고마움을 전할 틈이 없을 거라 생각한 그는 유정이 들어서자 반갑게 맞이했다.

“자, 이쪽으로 앉게나.”

남궁일의 말에 유정이 자리에 앉자 시비가 곁으로 다가와 차를 따라주고는 그의 뒤쪽에 시립했다.

‘왜 뒤에 서 있지?’

궁금증이 일었지만 없는 놈 티 날까 봐 물어보지 않는 유정이었다.

그 뒤 사문 어른들의 안부를 묻는 남궁일의 말에 유정이 적당히 인사를 전했다.

그러는 동안 찻잔에서 피어나던 김이 줄어들자 뒤에 서 있던 시비가 얼른 앞으로 나서며 새로운 찻물로 갈아주었다.

그제야 왜 뒤에 서 있는 것인지 이해를 한 유정이었다.

‘오늘 여러 번 놀라고 기죽네.’

남궁소의 행동 변화에 놀라고 청안각의 호화스런 실내에 기죽은 유정. 다시 한 번 호사스런 대접에 ‘이런 게 바로 귀족의 삶이구나’ 하는 생각이 들자 문득 그의 머리에 세 여자가 스쳐 지나갔다.

‘그러고 보니 셋 다 오대세가잖아! 그럼 모두 이런 삶을 살았다는 말인데…….’

유정의 눈에 고심의 흔적이 넘치고 있었다.

‘얼마를 벌어야 다 먹여 살릴 수 있을까?

세 명을 먹여 살린 돈. 계산이 안 되자 눈앞이 깜깜해지는 유정이었다.

‘그렇다고 남자가 처가에 손 벌릴 수도 없고… 하! 깝깝하구만.’

참, 씨잘대기없는 생각 무지하게 하는 유정이었다.

그걸 아는지 모르는지 남궁일의 눈은 유정을 유심히 살피고 있었다.

‘그냥 볼 때는 평범한데…….’

얼굴, 신체, 기개, 뭐 하나 특출해 보이는 것은 없다. 그러나 그 엄청난 무위를 목격한 남궁일에겐 그 평범함 또한 비범해 보였다.

‘하기야, 평범 속에 진리(眞理) 있다 하질 않는가.’

손에 들린 찻잔을 내려놓으며 말을 건네는 남궁일이었다.

“조카 말로는 청룡단 부단주라던데.”

남궁소에게 심부름을 시키기 전 유정의 기본 정보와 이곳에 온 목적 등을 물어본 남궁일이었다.

그의 말에 아직도 내 여자들 먹여 살리기 걱정을 하던 유정이 급히 생각을 멈추며 입을 열었다.

“과분한 자리에 부족하나마 열심히 하고 있습니다.”

“허허. 부족하다니. 이미 자네의 무위는 나뿐만 아니라 세가 무인들
도 감탄할 정도인데 너무 겸손한 말일세.”

“과찬이십니다.”

“아닐세. 아마 내일쯤이면 전 강호에 자네의 명성을 모르는 이가 없
을 거야.”

남궁일의 말은 당연했고 시기와 상황이 맞물려 그 무게를 더했다.

이유인즉 마교의 발호 움직임에 대비한 무림맹의 정무대전이 열리
고 있는 현 강호 상황. 정마대전을 준비해야 했고 실제로도 그 수순의
초입에 들어서 있는 이런 시기에 남궁세가에 마교의 흑마대 난입은 그
수순을 돌이킬 수 없게 만드는 사건이고 충격이었다.

더해 그 내면은 더욱 충격적이다. 흑마대 팔십 인, 그중 흑마대주 하
나에 의해 철저히 유린당한 남궁세가. 남궁일도 막지 못했다. 아니, 건
드리지도 못했다는 게 정확한 표현이리라. 아무리 철검 남궁휘가 없는
남궁세가라 하더라도 절대 용서할 수 없는 패배와 피해였고 복구할 수
없는 자존심의 하락이었다.

이런 상황에 소위 하늘에서 뚝 떨어지듯 갑자기 나타난 유정. 그의
활약은 실로 화려했고 찬란해 자칫 상대의 마음먹기에 따라 멸문지화
를 당할 위기에 놓였던 남궁세가를 구했다. 거기에 흑마대주와의 결투
에서 우위를 점했다는 점. 충분히 명성을 날릴 만했고 그럴 자격이 넘
쳐났다.

‘난세는 영웅을 부른다 했던가!’

천장을 바라보는 남궁일의 눈에 서글픔이 밀려왔다.

‘환이가 저리되길 얼마나 바랐던가!’

죽은 아들과 유정의 모습이 겹친다. 그로 인해 눈가에 저절로 고이

는 눈물을 숨기기 위해 고개를 든 남궁일의 턱이 미세하게 떨리고 있었다.

아직 남궁일의 아들이 죽었다는 것을 모르는 유정은 그의 행동에 왜 그런가 싶었지만 물어볼 분위기가 아닌지라 조용히 차를 한 모금 마셨다.

그러면서 남궁일의 말을 음미하기 시작했다.

'내일 이후면 내 명성이 강호 전역에……'

히죽!

'……!'

지금 자신도 모르게 입술이 들린 것 같아 황급히 남궁일의 눈치를 살피는 유정이었다.

'뭐냐! 남은 초상집이구만 니놈 명성이 올라간다는 말에 웃어!'

스스로 질책을 하는 유정이었고 그사이 남궁일의 입에서 중얼거림이 흘러나왔다.

"묵혼에 혼이 깃들어 무당에 신검이 나타났구나."

'묵혼에 혼이… 뭐시?'

자신의 중얼거림에 유정이 시선을 맞추며 그게 무슨 말인지, 하는 모호의 기운을 보내자 가벼운 미소를 짓는 남궁일이었다.

"어제 자네의 모습에 나도 모르게 흘러나온 말일세."

정확한 뜻은 모르겠으나 자신을 칭찬한 말이라는 것 정도는 알아챈 유정의 머리가 가볍게 숙여졌다.

"과분한 말씀이십니다."

"아니네. 분명 그리 보였어. 그리고……"

말을 줄인 남궁일의 시선이 유정을 직시했다.

“별호도 정해졌을 것이네.”

“……!”

남궁일의 별호란 말에 눈이 번쩍 뜨인 유정 시선에 곧이어 의구심이 자리했다.

‘내가 정하는 게 아니었나?’

아직도 ‘자신의 별호는 자신이’라고 알고 있는 유정. 그래서 ‘그거 남들이 정하는 거였어요?’ 하고 반문하려 했으나 다행히 방문을 열고 들어오는 이에 의해서 무식이 탄로나진 않았다.

“숙부님, 식사하셔……?”

남궁화련이었고 뜻밖의 손님에 말을 멈췄다.

“이곳엔 어인 일로?”

방문을 닫으며 다가오는 남궁화련의 질문에 환환 미소로 답하는 유정이었다.

“내원주님이 부르셔서 왔지.”

“그래, 내가 불렀다.”

“숙부님이요?”

“허허. 왜, 부르면 안 되느냐?”

“아니, 그건 아니지만…….”

남궁화련의 어색한 반응에 남궁일의 시선이 유정을 향했다.

“어떻게 아는 사인가?”

살며시 가늘어진 남궁일의 눈.

“용봉지회에서 알게 되었습니다.”

“용봉지회? …아, 그래. 그렇겠군. 그래도…….”

너무 친해 보이는 말투와 대화. 서로 바라보는 눈빛도 수상하다.

더욱더 가늘어지는 남궁일의 시선이 이번엔 남궁화련을 향했다.

그런 숙부의 눈빛에 뭐가 그리 부끄러운지 두 손을 모아 꼼지락거리는 남궁화련이었다.

"그게……."

"좋아하는 사이입니다."

'……!'

언젠가부터 하나 정도는 확실히 해둬야 하지 않을까 생각하고 있었기에, 준비한 것은 아니나 상황이 맞아떨어지자 즉각 말한 유정이었다.

더불어 어차피 할 바엔 조강지처 격이라 할 수 있는 남궁화련이 먼저다 하고 생각했었기에 막힘 또한 없었다.

유정의 말에 남궁화련과 남궁일의 시선이 동시에 그를 주목했다.

"이미 서로의 마음을 확인했습니다."

단호함까지 서린 그의 말에 남궁화련의 눈에 감동이, 남궁일의 입에서는 가벼운 한숨이 흘러나왔다.

"허……."

싫은 것은 아니다. 저 나이에 저 정도 무위. 출신 역시 무당파. 어느 하나 모자라지 않은 조카 사윗감이다.

하나 저 정도 무위로 키웠다는 건 무당에서 작정을 하고 키웠다는 말이다. 즉 진산제자일 확률이 높다. 그 점이 걸려 한숨이 나온 것이었다.

남궁소에게 유정이 속가제자라는 것까지는 듣지 못한 남궁일.

그의 안 사도 될 걱정 사기가 시작됐다.

"사문 어르신들도 알고 계신가?"

혼인을 한다면 사문의 법도에 어긋나는 것이고 산을 내려오려면 자신이 얻은 무공을 모두 내놓아야 한다.

무공 폐지. 그것도 사문에서 봐줘야 그 정도지 그 자리에서 목숨을 내놓으라 해도 뭐라 할 말도 사람도 없었다.

이렇게 안 사도 될 걱정을 사서 걱정하는 남궁일의 물음에 유정의 대답은 간결했다.

"모르십니다."

당연했다. 말할 틈도 할 생각도 지금까지 없었기에.

반면 유정의 간결한 대답에 걱정에 황당을 더하는 남궁일이었다.

'그럼, 아무런 생각도 없이 그저 좋으니까 사귄다는 말인가?

나오는 목소리가 높아지는 남궁일이었다.

"그 말은 이후에도 사문 어르신께 알릴 생각이 없다는 건가!"

갑자기 높아진 남궁일의 어조에 유정이 놀라기도 전에 남궁화련이 먼저 나섰다.

"가가께서 그런 말씀은 안 하셨잖아요."

"가가! 어허……."

남궁일의 목이 뒤로 젖혀지며 한 손이 목뒤를 지탱했다.

'이 일을 어찌한단 말이냐! 형님께서 아시기라도 하는 날엔…….'

아무리 유정이 강하다 하여도 남궁휘에 비할 바가 아니다라는 게 남궁일의 판단.

그 판단은 남궁휘의 성격으로 이어졌다.

'그 불같은 성격에.'

감히 결혼도 못하는 것이 내 딸을 가지고 놀아! 라는 남궁휘의 호통이 들려오는 것 같은 남궁일.

'갖은 고통을 준 뒤 죽이시겠지!'

정말 안 사도 될 걱정, 이제 그 걱정 바구니가 넘치려 하는 남궁일이
었다.

그러나 여기서 끝. 유정의 중얼거림에 다행히 넘치진 않았다.

"어차피 산을 내려올 때가 되긴 했는데⋯⋯."

뚜둑!

꺾일 듯 제자리로 돌아오는 목에서 나는 소리였고 남궁일의 입에서
침이 튀었다.

"어차피 내려와? 무슨 말이지!"

"에? ⋯아, 다름이 아니라 제가 속가제자인지라 언제고 사문에 남아
있을 수⋯⋯."

만은 없는 입장이다라고 말하려 했지만 그 틈에 얼굴을 들이밀며 끼
어드는 남궁일이었다.

"속가제자! 그럼 진산제자가 아니란 말인가?"

"예⋯ 뭐, 그렇습니다만."

"⋯하하, 하하하하!"

실내가 떠나갈 듯한 그의 웃음소리에 남궁화련의 손이 급히 귀를 막
았고 유정 역시 인상을 살짝 찌푸렸다.

'성격 변화가 상당히 심하시네.'

그 성격 변화에 지대한 양념을 친 게 본인임을 알 리 없는 유정이었
다.

한참을 웃고 난 남궁일은 자신의 행동이 너무 과했다 싶었는지 겸연
쩍은 표정을 짓고는 차를 한 모금 마셨다.

"이거, 내가 못난 모습을 보였군."

'아시니 다행입니다. 재 보세요. 안색까지 파리해졌네.'

유정의 눈짓에 남궁일의 시선이 남궁화련을 향했고 그녀의 안색은 유정 말대로 파리한 느낌을 주고 있었다.

"미안하구나. 내가 그만, 너무 좋은 나머지."

"아닙니다. 그런데 뭐가 좋으셔서?"

막상 남궁화련이 물어보자 대답할 말이 궁색해지는 남궁일이었다.

'사서 걱정한 걸 말하자니 좀 그렇군.'

당연 쪽팔린다. 그냥 이럴 땐 못 들은 척 딴말하는 게 진리였다.

"식사 때문에 왔다고 했지?"

"예? …예."

"나가서 먹을 거냐?"

"아니… 여기서 드시려면 준비를……."

"아니다. 나가서 먹자꾸나. 어차피 사람도 부족할 텐데 일일이 준비해 올 것까진 없지."

뒤에 서 있는 시비는 널널해서 서 있나 하는 생각에 유정이 노려보았지만 그 눈빛도 모른 척하는 남궁일이었다.

"자, 나가자꾸나. 자네도 같이 나가지. 어험!"

유정의 대답도 들을 사이 없이 어느새 방문을 열며 기침 한번 하고 그대로 나서는 남궁일.

그 뒷모습에 가벼운 실소를 날리며 따라나서는 유정이었다.

"우리도 먹으러 가자."

남궁일의 딴짓에 살짝 멍해 있던 남궁화련은 유정의 목소리에 정신을 수습하고는 다소곳하게 대답을 했다.

"예, 가가."

"굳이 그렇게 뒤에 안 붙여도 되는데."

"싫어요, 가가."

처음 만날 때보다 안면이 많이 두꺼워진 남궁화련. 그게 싫지 않은 유정.

슥!

'……!'

"잡고 가도 되지?"

"…예."

"이번엔 가가라고 안 해?"

"예……! 아니, 가가."

"킥!"

"비웃으시는 거예요?"

"아니~ 내가 왜 화련일 비웃어. 가가~"

귓속말하듯 얼굴을 갖다 대며 가가를 늘이는 유정의 목소리에 볼 살까지 빨개진 남궁화련의 눈에 응징의 빛이 흘렀다.

"아얏!"

"그러니까 왜 놀려요?"

"그렇다고 생살을 뜯어내면 어떡해!"

"뜯어내긴요. 살짝 긁기만 했지."

"피나잖아!"

"피는 무슨 피요. 살짝 부어오른 걸 가지고."

"그래도 아파."

"그럼 호~라도 해줘요?"

"응. 요기."

"애기 같아."

“귀엽잖아. 히~”

유정의 웃음을 마지막으로 방문이 닫혔다.

“…갔냐?”

“그런 것 같은데.”

“푸하! 뭐 그런 닭살들이 다 있냐.”

“그러니까. 난 팔 전체, 아니, 목까지 소름이.”

“나도 마찬가지야. 아무튼 정말 닭살이다 얘.”

아직 방 안에 있던 시비들. 그녀들은 다 봤고 치를 떨었다. 그리고 딱 그만큼 부러운 청춘이었다.

청안각을 나선 유정과 남궁화련은 느린 걸음으로 본당에 위치한 식당으로 걸음을 옮기는 중이었고 이미 남궁일은 저 멀리 앞서 걷고 있었지만 굳이 따라붙지 않았다.

이유는 조금이라도 더 오래 손을 맞잡은 채 걷고 싶었기 때문이다.

유정의 눈에 약간은 그렇지만 절대 싫지 않은 곤혹스러움이 잡혀 있었다.

‘어째 너무 적극적인 거 아닌가?’

자신의 팔뚝을 슬쩍슬쩍 스쳐 가는 부드러운 촉감. 정확히는 남궁화련의 우측 가슴에 의한 촉감과 어느새 팔짱을 끼고 있는 그녀 본인의 성격을 생각하면 대담하다 할 수 있는 행동 때문이었다.

이러한 유정의 싫지 않은 곤혹스러움에 대담한 행동과 별개로 남궁화련의 머릿속은 복잡했다.

‘이렇게 행복해도 되나?’

세가를 찾아온 불행. 사람만 수십이 죽었고 가까이는 사촌 동생이 죽었다.

　분명 마음이 찢어질 듯 아프고 무겁다. 그러나 그와 별개로 마음속 고통을 밀어내며 둥지를 트는 이 행복감. 유정의 돌발적인 발언에 의해서였다.

　'좋아하는 사이입니다.'

　들은 지 반 각도 안 된 말이지만 세상에 태어나 이렇게 많이 되뇌어 본 말이 없을 정도였다.

　그만큼 지금의 행복을 스스로 음미한다는 것이었고, 그걸 계속 확인하는 자신의 행동에 동시에 찾아온 두 가지 상반된 감정으로 인해 머릿속이 복잡해진 남궁화련이었다.

　그녀의 시선이 유정을 올려다보았다.

　'그래도 정해야겠지!'

　감정의 우선순위. 물론 밀려난다 해도 사라지거나 느끼지 못하는 것은 아니다. 더해 굳이 정하지 않아도 된다. 쉬운 말로 유정과 있을 때 웃고 없을 때 울면 된다.

　하나 그리되면 자신을 찾아온 두 가지 감정에 어느 하나 최선을 다할 수 없다는 생각에 최소한의 우선순위를 두기로 한 남궁화련이었다.

　그녀의 생각을 아는지 모르는지 자신을 올려다보는 남궁화련을 향해 이쁘다는 미소를 보내는 유정이었고 그걸로 정해졌다.

　'이 사람이 먼저다!'

　남궁화련의 얼굴에 행복한 미소가 그려졌고 그걸로 됐다. 지금은 행복이 먼저라고.

　그렇게 서로를 마주 보며 웃기를 몇 번, 식당 앞에 도착한 둘은 팔짱 해제와 동시에 아쉬운 미소를 주고받았다.

“가깝네.”

“…….”

자신의 말에 무언의 긍정을 표시한 남궁화련의 모습에 유정은 자신들이 걸어온 길을 돌아다보며 입을 열었다.

“다시 갔다 올까?”

유정의 말에 순간 홍조가 깃든 양 볼을 숙이며 부끄러워하는 남궁화련이었으나 이번에도 역시 무언의 긍정을 표했고 그 즉시 유정의 팔 사이로 들어가는 그녀의 한쪽 팔이었다.

그리고 걸음을 옮기는 두 사람. 물론 식당이 아닌 청안각 쪽이었다.

식당에 먼저 들어선 남궁일은 앞에 놓인 밥상을 멀거니 바라보고 있었다.

“허… 국 다 식어가는데 왜 이리들 안 오나.”

도착한 지 일각이 지났다. 문득 자신의 걸음이 너무 빨랐나 하는 생각도 했지만 그러기엔 청안각과 식당과의 거리가 너무 짧다. 기어서 와도 벌써 왔어야 할 시각.

“혹, 다른 데로 갔나?”

식당은 이곳 말고도 본당에 한곳 더 있었고 외당을 합치면 총 다섯 개의 식당이 있었기에 혹여 자신이 온 곳이 아닌 다른 곳으로 갔나 하는 생각까지 하기에 이른 남궁일이었다.

그래도 미련이 남아 일각을 더 기다리고서야 수저를 들었다.

“정말 다른 곳으로 갔나 보군. 그럼…….”

할 일은 하나. 식은 국에 밥 말아먹기였다. 물론 혼자서.

그렇게 외따로이 식사를 마친 남궁일이 식당을 나선 뒤 반 각이 지나서야 들어서는 유정과 남궁화련이었다.

"어, 안 계시네?"

유정의 말에 식당을 둘러보는 남궁화련이었다.

"이곳 말고 다른 곳으로 가셨나 본데요."

"다른 곳도 있어?"

"예. 아마 그쪽으로 가신 듯한데… 어쩌죠?"

남궁화련의 물음에 잠시 생각을 하던 유정은 고개를 저었다.

"그냥 여기서 먹자."

"그럼 숙부님은."

"설마 혼자 드시기야 하겠어?"

"그래도."

"나 배고파~"

배를 통통 치며 말하는 유정의 모습에 잠시 고민을 하는 남궁화련이었으나 곧 고개를 끄덕였다.

"그래요. 여기서 먹어요. 어차피 숙부님도 저희가 안 오면 알아서 드시겠지요."

벌써 알아서 먹었다. 그것도 간만에 식은 국에 밥 말아서. 더해 그건 둘째 치고라도 왜 이 두 닭살들은 자신들이 근 이각이 넘도록 남궁일을 기다리게 했다는 점은 생각도 안 하는 걸까. 사랑하면 시간 개념도 없어지나 보다.

여하튼 닭살 연인의 아침 식사와 혈사의 뒷수습이 시작된 남궁세가였고, 그 뒤로 이틀이 지난 뒤 중원은 들끓기 시작했다.

발 없는 말이 천 리를 간다 했던가. 그 말을 입증하듯 안장 위에 남궁혈사를 태운 소문은 이틀 만에 중원 전역을 누비며 사해 곳곳에 엄청난 충격을 전해준 뒤 이곳 무림맹에 머물고 있었다.

제갈진천의 처소.

"이 사람인가?"

"예. 현장에 있던 방도입니다."

제갈진천의 물음에 후인걸의 대답이 이어졌고 그 옆에 앉아 있던 문개가 떨리는 목소리로 입을 열었다.

"개, 개방의… 이결제자… 문개라 하옵니다."

절대십사천. 그 이름에 주눅 든 것이 역력한 표정과 목소리에 후인걸의 입매가 올라갔다.

'멍청한 놈!'

아무리 절대십사천의 앞이라 해도 직속상관 앞에서 상대에게 저리 바싹 움츠린 모습은 작게는 자신의 위신을, 크게는 방의 위신을 깎아내리는 행동이기에 불편할 수밖에 없는 후인걸이었다.

그걸 눈치 못 챌 제갈진천이 아니었다.

'불편하겠지.'

예전 같으면 그러거나 말거나다. 그러나 지금 상황에서 정보의 중요성은 이루 말할 수 없이 크다. 혹여 후인걸의 기분에 따라 정보의 누락이 발생할 수도 있기에 상대의 위신을 적당히 세워줄 필요성이 있었다.

더불어 그래야만 하는 또 다른 이유.

'남궁 장로.'

같은 절대십사천의 일인인 남궁휘. 그가 소식을 듣자마자 안휘성이 아닌 이곳으로 오고 있기 때문이었다.

그 내면엔 당연히.

'전면전을 주장할 테지. 그리고……'

아무리 남궁세가며 이번엔 본인이 있다 해도 상대는 마교다. 단독으론 절대 복수할 수 없다는 사실 또한 잘 알고 있을 그였기에 안휘성이 아닌 이곳으로 오는 것이리라. 무림맹이란 창을 빌리기 위해.

물론 빌려줄 수야 있다. 아니, 그러기 위해 존재하는 무림맹 아닌가. 하나 빌려주는 그 시기가 문제였다.

'아직 정무대전도 끝나지 않은 이 마당에 아무런 준비 없이 무작정 전쟁을 선포할 순 없지 않은가!'

정파와 마교의 전쟁. 동네 애들 싸움이 아니다. 한번 선포하면 그걸로 끝, 물릴 수 없다는 말. 그것이 강호였다.

이런 중차대한 일을 제대로 준비도 되지 않은 채 복수라는 일념 하나로 벌이자니 너무 부담이 크고 마땅히 승리를 보장할 수 없음에 주저하게 되는 제갈진천이었다.

'최소 정무대전이 끝나고 전쟁에 필요한 조직 체계를 갖춘 뒤에도 늦지 않다!'

본인이 생각하는 최소한의 전쟁 준비 시간은 적어도 육 개월에서 일 년 정도.

그러나 기다려 줄 남궁휘가 아니었다. 그 안에 무슨 일이 있어도 최단시간 내에 다른 장로들의 찬성을 얻어낼 것이고 마지막으로 자신의 찬성을 요구할 것이다. 명분이 없으니 찬성을 안 할 수 없다.

그렇게 얻은 구대장로와 자신의 전원 찬성에 맹주의 반대는 말이 안 되고 그걸로 전쟁이다.

그래서 지금, 앞에 있는 이들의 정보가 중요하다. 최소한의 시간을 벌기 위한 명분을 얻어내야 하기에. 더해 그 내면에 자리잡고 있는 마교의 석연치 않은 행동이 제갈진천의 신경을 끊임없이 자극하고 있었다.

'아무리 음태성이라 해도 이렇게까지 급하게 움직일 이유가 없지 않은가!'

어차피 마교의 준동은 여러 곳에서 파악되었고 발호가 이어질 것은 예상된 일. 하나 아무리 성격 급한 음태성이라 할지라도 이렇게까지 대담하게, 그리고 급하게 움직일 필요성은 전혀 없었다. 그들도 자신들과 마찬가지로 최소한의 전쟁 준비 시간이 필요할 것이기에.

더군다나 남궁세가를 목표로 삼은 일. 가장 석연치 않은 부분이었다.

'남궁세가를 친다면 그 즉시 전면전이라는 걸 예상 못할 정도로 음태성이 멍청할까?'

말도 안 되는 생각. 그럴 정도면 내분을 승리로 이끌어 교주 자리에 앉아 있지도 못할 것이다.

또 하나 석연치 않은 점이 더 있었다.

'흑마대가 그렇게 강한가? 게다가 팔십 정도라 하지 않았는가.'

이미 후인걸에게 들어서 알고 있는 정보 중 하나. 남궁세가를 친 흑마대의 인원이 팔십 명 정도라는 것이었다. 과연 그 인원으로 아무리 남궁휘가 없는 남궁세가라 하더라도 그렇게까지 피해를 줄 수 있냐는 점이었다.

얘기로는 자신이 코 풀 휴지로 보낸 유정이 아니었다면 멸문지화를 당해도 이상할 것이 없었다는데.

'분명 뭔가가 있어!'

그래서 더욱 중요한 이 자리였고 조그만 의심점이라도 발견해 내야 했다.

그 발견을 명분 삼아 남궁휘의 주장을 막고 석연치 않은 점을 해소하기 위해서.

이런 모든 상황들이 조합되어 아침부터 성격에 맞지 않는 입에 발린 화술을 구가하는 제갈진천이었고 후인걸의 입매가 제자리로 돌아와서야 입술에 침을 바르는 제갈진천이었다.

그 뒤로 시작된 문개의 그 당시 상황 설명에 잠시 후 제갈진천의 눈에 이채가 흘렀다.

"잠깐! 태웠다고?"

한창 상황 설명에 열을 올리던 문개는 자신의 말을 자른 제갈진천의 물음에 입속에 고인 침을 삼키며 입을 열었다.

"예. 멀어서 자세히 보진 않았으나 분명 연기 같은 것을 보았던 것 같습니다. 아! 그러고 보니 그전에 단체로 뭔가를 꾸물거린 듯했습니다."

'꾸물?'

자신의 언어 선택에 제갈진천의 눈에 의문이 들어차자 급히 주석을 다는 문개였다.

"그게… 이것 역시 멀어서 자세히 보진 않았으나 지금 생각해 보니 단체로 옷을 벗은 것 같기도 하고……."

'옷을 벗어?'

확실하진 않다 하나 현재로선 문개의 말에 조합을 해내야 하는 제갈진천.

"자네 말은 단체로 옷을 벗어서 그걸 태웠다는 말이군."

"그게… 아마도 그런 것 같기도 하고 아무튼 그 비슷한 상황이었던 같습니다."

“그럼 그들이 옷을 벗었다 치면 그 안에 또 다른 옷을 입고 있었다는 말이군.”

“그… 그렇겠지요.”

혹시나 자신의 불확실한 말이 너무 과장되는 게 아닌가 싶어 덜컥 겁이 난 문개의 대답에 힘이 없어지자 부드러운 미소로 그의 긴장을 풀어주는 제갈진천이었다.

“걱정하지 말게. 하나의 가정(假定)일 뿐이니까.”

자신의 말과 미소에 가벼운 한숨을 내뱉으며 안도하는 기색을 보이는 문개의 모습에 겉과 달리 머릿속은 복잡하게 돌아가고 있는 제갈진천이었다.

‘옷을 벗어서 태웠다. 그 안에 흑마대의 무복을 입고 있었고…….’

상대의 행동에 이유가 없진 않았다. 아무래도 정체를 숨겨야 하는 입장에서는 기본적인 조치가 외관의 변화에 있었기에.

다만 여기서 이상한 점은.

‘굳이 태워서 없애야 할 뭔가가 있었나?’

제갈진천은 미소를 거두며 입을 열었다.

“혹 잔해를 발견한 것이 있나?”

“잔해라시면?”

“태운 것 말일세.”

“그게, 아무것도 없었습니다.”

“아무것도 없어?”

“예. 저도 그 점이 이상해서 주변을 샅샅이 훑어보았지만 아무것도 없었습니다. 아마…….”

태운 게 아닐지도 모른다는 말을 하려던 문개였으나 제갈진천의 다음 질문에 자연스레 말하게 되었다.

"연기가 났다 하질 않았는가?"

"그, 그렇지요. 그런데 그 연기도 뭘 태웠다고 보기엔 너무 적게 난 것 같기도 하고……."

'연기가 적다? 그럼 옷을 태웠다고 보기엔 어렵다는 말이군. 즉 옷을 벗었다는 말 또한…….'

자신의 말대로 하나의 가정인 채 머무르려는 의문점에 목뒤 언저리가 뻐근해져 오는 제갈진천이었다.

'허! 뭔가가 있을 듯한데 손에 잡히지 않는구나.'

정리가 되질 않자 자연히 질문이 멈췄고 대답 또한 할 필요가 없어지자 잠시간의 정적이 흘렀다.

'……!'

그러길 잠시, 복잡한 실타래처럼 엉킨 머릿속을 스쳐 가는 섬광에 목뒤를 주무르며 숙여졌던 고개를 확 들어올리는 제갈진천이었다.

"연기가 적다고 했나?"

"예. 뭘 태웠다고 보기엔 적었으나 분명 연기 같은 것을 본 것 같습니다."

문개의 말에 제갈진천의 머릿속이 다시 한 번 실타래를 풀어놓기 시작했다.

'태웠다고 보기엔 적은 연기. 잔해도 없었다. 그렇다면……!'

실타래를 풀어가던 제갈진천의 머릿속에 순간 한 가지 단어가 떠올랐다.

'시화단!'

암살을 주목적으로 살아가는 살수들에겐 꼭 필요한 소지품이 있는

데 그중 하나가 바로 시화단이었다.

이것의 쓰임새는 살행 후 추적을 따돌리기 위해 자신이 머물던 자리에 사용되었던 갖가지 소모품들을 녹이는 데 있었다. 또한 녹이는 도중에도 그 연기가 적어 추적자들에게 파악될 가능성이 적다는 점과 그 흔적이 전혀 남지 않는다는 장점에 살수들에게는 필수 소모품이었다.

물론 쇳덩이나 성분 자체가 녹이기 힘든 것으로 되어 있는 소지품은 무리겠지만 옷가지 정도라면.

'충분히 녹일 수 있겠지!'

실타래가 풀리자 하나의 축이 세워졌다.

'입고 있던 옷을 벗어 시화단으로 그 옷을 녹였다!'

얼핏 남들이 들으면 태우나 녹이나 흔적을 없애는 행동은 같지 않느냐 하겠지만 그 행동 자체가 마교의 수법이 아니라는 점이 중요한 것이었다.

마교에도 그 오랜 역사에 걸맞게 정통성이라는 것이 존재하며 그에 변하지 않는 율법이 정해져 있다. 바로 힘에 의해 힘을 지배한다는 것이었고 그만큼 힘을 숭상하는 집단이다.

그런데 무력의 정점이라 할 수 있는 삼대전투부대 중 하나가 살수들이나 사용하는 약물을 사용했다? 분명 어폐가 있었다. 또 하나 어차피 드러낼 정체, 꼭 그렇게까지 흔적을 지울 필요가 있었을까 하는 것이었다.

물론 이 모든 자신의 생각은 하나의 가정 위에 세워진 축으로 언제 무너질지 몰랐지만 우선은 이걸로 충분했다.

남궁휘의 전면전 주장에 자신의 가정을 내세워 조사를 핑계로 얻을 수 있는 시간.

‘최소 한 달은 벌겠지!’

그 안에 또 명분을 찾아내면 된다. 그렇게 시간을 벌어 기본적인 준비를 마친 후에야 남궁휘의 손을 들어주리라 맘먹는 제갈진천이었다.

잠시 후 제갈진천의 처소를 나온 후인걸의 눈빛에는 질책성 기운이 서려 있었다.

“왜 말 안 했지?”

“……?”

후인걸의 물음에 ‘뭘요?’ 하는 시선으로 그를 바라보던 문개는 상관의 눈빛에 서린 질책에 뭔진 모르지만 우선은 죄지은 표정을 지었다.

실제로도 죄를 지었다는 걸 아는 데에는 그리 시간이 걸리지 않았다.

“꾸물!”

“……?”

“왜 옷을 벗었다는 말은 보고하지 않았느냔 말이다!”

“그, 그게 말하다 보니 생각이 나서. 게다가 확실하지도 않고 해서…….”

“그럼, 나한테 말할 때는 주절거린 것이냐!”

“아, 아닙니다.”

“아니라면 왜 말하지 않았느냐!”

당연히 생각이 안 나니 말 안 했고 생각이 난 시점이 제갈진천 앞이라 말했을 뿐인 문개였으나 그게 죄가 되는 개방이었다.

“멍청한 놈! 최소 천 냥의 값어치가 있는 정보를 공짜로 주다니!”

후인걸의 말대로 옷을 벗었던 것 같다는 말에 실타래를 풀어간 제갈진천이었기에 그 한마디의 값어치는 천 냥이 아깝지 않을 것이었다.

마땅히 정보를 팔아 방을 운영하는 개방의 입장에서는 문개의 보고되지 않은 정보 누출에 눈먼 천 냥만 날린 셈이었다.

후인걸의 걸음이 빨라졌고 무림맹 정문을 나서고 있었다.

그 뒤로 자신의 죄를 알게 된 문개가 힘없이 고개를 숙인 채 따라나섰고 후인걸의 입에서 청천벽력이 내리치자 그 자리에서 굳어버린 문개였다.

"삼 일간 비럭질 금지!"

거지에게 비럭질 금지란 굶으란 소리였고 그것도 삼 일간이란다.

이보다 거지에게 무서운 벌은 없었고 그 배고픔에 벌써부터 뱃가죽이 등에 달라붙기 시작하는 문개였다.

'제길, 내가 뭐 말하기 싫어서 안 했나!'

그래도 어쩌랴. 지은 죄 무거우니 쫄쫄 굶어야 했고 그나마 한 끼는 먹을 수 있어 다행이었다.

'공개, 그놈이 내 것 뺏어 먹었으니 이번에 뺏어 먹어야겠다!'

같은 시각, 아침 구걸에 성공한 공개의 얼굴엔 뿌듯함보다 불안감이 들어차 있었다.

"어째 구걸하고도 뭔가 불안하네."

알 수 없었다. 자신이 구걸한 밥이 그날 문개의 뱃속으로 들어갈지를. 그리고 알았을 때도 막지 못했다.

그 또한 지은 죄가 있었기에.

그날 오후 남궁휘의 무림맹 도착과 동시에 그의 방문을 받은 제갈진천은 아침에 미리 만들어놓았던 명분을 내세워 예상대로 한 달간의 시간을 벌었다.

그리고 백룡단주 지한기를 불러들였다.

"부르셨습니까?"

"어서 오게나."

읽고 있던 서류를 덮으며 지한기를 맞이한 제갈진천은 앉으라는 손짓을 한 뒤 입을 열었다.

"어찌 되었나?"

불러놓고 물어본다. 하지만 이미 예상된 상황이기에 미리 준비해 온 보고를 시작하는 지한기였다.

"이미 알려진 대로 유 부단주와 흑마대주 간의 결투가 있었던 것은 아실 겁니다."

남궁혈사의 대미를 장식한 유정과 흑마대주 간의 결투. 그 경천동지할 무력의 충돌은 이미 중원 전역에 모르는 이가 없을 정도였다.

더해 그 충돌의 중심에 우뚝 선 유정의 명성 또한 새로운 영웅 탄생을 고대하던 중원무림에 단비가 되어 사해 각지에 퍼졌고, 이미 묵혼신검이란 별호는 정파의 수많은 후기지수들에게 새로운 우상이요, 목표가 되어 있었다.

게다가 이제 갓 약관을 넘었다는 그의 나이와 무당파라는 출신 또한 그의 명성에 날개가 되어 절대십사천으로 가려지던 중원 하늘에 새로운 하늘을 열고 있었다.

정말이지 근 사십 년간 천검 이효상 대협을 제외하고 단기간 내에 이렇게 빠른 속도로 명성을 날린 이는 유정이 유일할 정도였다.

'묵혼신검이라…….'

유정의 별호를 뇌까리는 제갈진천의 얼굴엔 묘한 미소가 그려져 있었다.

‘그러고 보니 무당 속가제자라 했었지.’

딸을 가진 세상 모든 아버지들의 공통적인 생각 중 하나. 바로 딸아이의 남편으로 최고의 남자를 붙여주고 싶어하는 마음이었다.

그리고 지금 유정은 누가 뭐래도 최고의 신랑감이었다. 참고로 그전엔 남궁소를 생각했던 제갈진천이었다.

그런 둘 중 누가 더, 하는 지금 상황에 맞지 않는 딴생각이 잠시 이어졌고 지한기가 그 생각을 멈추게 만들었다.

“저기, 보고를 마저 할까요?”

“…아, 내가 잠시 딴생각을 했군. 험.”

헛기침을 하는 제갈진천의 모습에 지한기가 살짝 고개를 젓고는 보고를 이었다.

“그 결투에서 드러난 사실 중 하나는 두 사람의 무위가 생각 외로 높았다는 점이었습니다.”

“그렇겠지. 남궁일 그 사람도 막지 못했다고 하니…….”

“그리고 흑마대주의 병기는 륜이었다 합니다.”

“륜?”

“예. 쌍륜을 사용했다 합니다.”

“쌍륜이라. 특이한 병기를 사용하는군.”

아직까지 모습을 드러낸 적이 없는 흑마대. 이번이 처음이었기에 그들의 정보 또한 전무하다 볼 수 있었다. 그래서 흑마대주의 병기에 대해 특이한 점은 발견했으나 의심을 갖지 않는 제갈진천이었다.

그렇게 소문으로 알려진 것보다는 조금 더 자세한 보고가 지한기의 입에서 흘러나왔고 이제 정작 중요한 보고를 할 시간이었다.

"백룡단원 두 명이 사라졌습니다."

"두 명? 그 말은 스무 곳 중 한곳을 지키고 있던 조가 사라졌다는 말이군."

혹시나 해서 유정을 남궁세가로 보낸 제갈진천. 그걸로도 모자라 유정 모르게 그가 떠나고 한 시진 뒤 지한기를 포함한 백룡단원 사십 명을 파견했다. 더 보내고 싶었지만 확실한 것이 아니기에 아무리 군사의 직위에 있다 하더라도 그의 권한으론 그 정도 인원이 최대였다.

그렇게 보낸 백룡단원들은 혹시나 있을 남궁세가의 침입에 절대 가담하거나 도움을 줄 생각 없이 오직 하나의 명령에만 충실하면 되었다. 세가에 침입한 적들이 안휘성을 빠져나가 도주할 곳이라 생각되는 스무 곳의 관문에 미리 매복해 있는 것이었다.

막말로 세가의 침입이 없으면 그대로 날 새다가 돌아오면 되는 임무였다.

결국 적들은 남궁세가를 침입한 뒤 새벽에 세가를 빠져나왔고 스무 곳의 관문에 매복해 있던 한 개 조가 그들을 발견한 것이었다.

그러나 발견한 백룡단원 두 명이 사라졌다는 지한기의 말에 제갈진천의 이마에 주름이 지어졌다.

지한기가 조심스레 입을 열었다.

"분명 따라붙지 말라는 명령도 함께 내렸습니다."

발견해도 따라붙지 말라는 명령을 받는 백룡단원들. 그냥 숨어서 그들이 지나가는 것을 보기만 하면 되기에 사라질 이유가 없었다. 있다면 오직 하나 적들 또한 백룡단원들을 발견했다는 말로, 즉 죽었을 가능성이 크다는 말이었다.

주름진 이마를 손가락 하나로 펴가던 제갈진천이 지한기를 바라보았다.

"시체는?"

"이상하게도 흔적을 찾을 수가 없었습니다."

찾을 수가 없어서 혹시나 죽지 않았나 하고 기대를 했으나 살아 있다면 이틀 동안 연락이 없을 단원들이 아니기에 가슴은 아프나 이미 기대를 버린 지한기였다.

그런 지한기의 아픔을 알지만 마땅히 달랠 말이 없으니 표현할 수도 없기에 그저 착잡한 미소로 그를 바라보는 제갈진천이었다.

그러나 그런 착잡한 미소 속에서도 머리는 돌아가고 있었다.

'흔적을 찾을 수 없었다. 그럼 이번에도 시화단을 썼다는 말인데……'

자신이 알고 있는 시화단은 사람의 살은 녹일 수 있어도 뼈까지 녹일 수는 없었다.

'시화단이 아니란 말이군. 그럼 옷가지를 녹인 것도 시화단이 아닐 가능성이 크다는 말인데……'

쓰임새는 같으나 뼈도 녹일 수 있는 강력한 약물.

'사람의 뼈를 녹이는 약물이라. 독이라면 가능……!'

제갈진천의 눈이 갑자기 커졌다.

'그래! 사람의 뼈를 녹일 정도면 독이라고 봐야 한다.'

독이라는 결론에 도달한 제갈진천은 급히 지한기를 향해 입을 열었다.

"혹, 단원들이 사라진 자리의 흙을 보았는가?"

"흙이라 하시면……."

"바닥 말일세. 혹 검게 변해 있다던가 하지 않았는가?"

“글쎄요. 연락이 안 돼서 가본 시각이 새벽인지라…….”

어두워서 알 수가 없었다는 지한기의 대답에 제갈진천은 급히 자리에서 일어났다.

“지금 즉시 백룡단원 두 명을 보내 사라진 단원이 있었던 자리의 흙을 퍼오도록 하게!”

제갈진천의 갑작스런 행동에 왜 이러시나 하는 생각이 들었지만 내려진 명령에 충실하는 것이 부하 된 도리였다.

“알겠습니다.”

대답 후 방문을 나서는 지한기의 뒷모습을 바라보는 제갈진천의 얼굴에는 무언가 실마리를 잡았다는 흥분이 걸려 있었다.

‘정체가 드러난 상황에 도주하면서 단원들을 발견했다면 그냥 죽이면 끝인 것을 굳이 독을 사용하면서까지 흔적을 지운다? 분명 껄끄러운 뭔가가 있어!’

물론 도주로를 파악당하지 않기 위해서 그럴 수도 있지만 그 정도로 흑마대주가 멍청하진 않을 것이다. 적어도 매복해 있다는 것은 그곳만이 아니라는 것쯤은 알 테고 그럼 모두를 죽이지 않는 한 어차피 자신들이 그곳을 지나쳤다는 것은 알려질 수밖에 없었다.

굳이 흔적을 지우는 귀찮음을 감수할 필요가 없다는 말이었다.

그렇기에 자신의 생각대로 진짜 독을 사용했다면 그건 필시 정체가 발각된 것 말고도 무언가 숨기는 게 있다는 말이었다.

그런 생각에 뭐 마려운 강아지마냥 방 안을 서성이던 제갈진천의 신형이 갑자기 멈춰 섰다.

‘아차! 정작 중요한 것을 물어보지 않았구나!’

사라진 부하들이 매복해 있던 곳이 어디냐 하는 것이었다. 그들을 보낸 이유가 적들의 도주로를 파악하기 위한 것임에.

부랴나케 방문을 열고 지한기를 따라잡는 제갈진천이었다.

지한기도 뒤쪽에서 무시무시한 기세로 접근하는 제갈진천의 신형에 살짝 고개를 옆으로 돌리고 눈은 반쯤 감은 상태로 입을 열었다.

"무… 무슨 더 하실 말씀이라도?"

절대 겁먹은 건 아니다. 다만… 쫄았을 뿐이다.

제갈진천 또한 자신이 너무 경망스러워 보인 것 같아 스스로도 민망했는지 크게 헛기침을 하며 지한기의 시선을 피했다.

"큼… 다름이 아니라 정작 중요한 것을 보고받지 못해서 그러네."

보고할 시간도 안 주고 급히 내보낸 게 본인이면서도 차마 상관 된 입장에 약세를 보일 순 없었다.

어쨌든 그런 제갈진천의 말에 처음엔 어리둥절했으나 곧 그 뜻을 알아챈 지한기가 고개를 숙이며 말했다.

"그러고 보니 제가 말씀을 안 드렸군요. 죄송합니다."

"아닐세. 그래, 어디였나?"

"동춘입니다."

"동춘?"

"예."

반문을 하는 제갈진천의 머리에 안휘성의 대략적인 지도가 펼쳐졌고 지한기가 대답하는 짧은 사이에 적들의 도주로가 그려져 있었다.

'동춘이라면 강서를 거쳐 이곳으로 지나친다는 말 아닌가!'

물론 좀 더 아래쪽일 수도 있다.

'그렇다 해도 강서에서 광동을 거친다는 말인데…….'

안휘성에서 마교가 있는 곳으로 가려면 감병이나 화곡을 지나쳐 하남과 산동 쪽으로 도주를 하는 것이 기본이다. 하지만 조금 전 제갈진천의 머리에 떠오른 성(省)들을 지나치는 도주로는 완전히 반대쪽이었다.

'일부러 돌아가나?'

자신의 생각에 곧바로 머리를 젓는 제갈진천.

'거리만 해도 족히 두 배다. 흔적을 지우는 치밀함을 보일 정도에 일부러 추적을 오래 당할 필요가 있을까?'

점점 껄끄러워지는 게 많아지는 제갈진천이었다.

또한 후인걸을 불러들여 적들의 추적을 맡길 생각을 했다.

지한기 역시 더 이상의 보고 내용이 없자 인사를 한 후 명령을 이행하려 발걸음을 옮겼다.

第七章
과거의 향기(1)

하루에 한 끼도 어려울 정도로 가난했다. 그래도 배고프지 않았고 또한 행복했다.

세상 그 어떤 여인보다 아름다운 어머니와 그녀의 사랑을 받는 나. 그리고 독특한 향기를 지닌 그 사람.

이런 셋의 삶에 배고픔은 육체의 고통을 줄지언정 마음의 행복까지 뺏어가진 못했다.

그러던 어느 날 그 향기가 사라졌다. 그때부터 어머니의 아름다움은 퇴색되어 갔고 그만큼 사랑도 옅어졌다. 난… 배가 고팠다.

그 향기를 기다렸다. 다시 어머니에게 아름다움과 사랑을, 나에겐 배고프지 않게 해주길.

결국 그 향기는 날 찾아오지 않았다. 어머니에게도…….

파라라락!

이불이 거세게 젖혀지며 그 사이를 비집고 들어오는 햇살과 이마에 배인 식은땀의 축축함에 일호의 눈살이 찌푸려졌다.

'또… 그날이 가까워져 오는가.'

언제나 이맘때면 자신을 찾아와 그날이 지나면 사라지는 악몽.

다행히 이제는 거의 드러난 악몽의 원인에 전보다 견딜 만했다.

몸을 일으킨 일호는 방문을 열고 상쾌한 아침 바람에 식은땀을 말리며 눈을 감았다.

'기다려도 오지 않았던 그 향기… 이제는 직접 찾아가 없앨 날도 머지않았다.'

어제만 해도 발 디딜 틈 없이 붐비던 맹(盟) 내의 풍경은 정무대전의 결승을 끝으로 하루 사이에 그 뜨거운 열기가 사라지며 서늘한 기운마저 풍기고 있었다.

일호의 걸음은 오랜만에 한산한 길을 걷는 여유에 평소보다 느린 듯 발소리의 간격이 멀었지만 곧 도착할 곳에 들어섰다.

"왔나?"

마당에 나와 하늘을 바라보고 있었는지 자신이 들어서자 시선을 내리는 음수빈의 목소리에 일호의 걸음이 멈춰졌다.

"식사는 했나?"

"……."

"얼굴을 보아하니 간밤에 잠을 설친 듯한데 식사를 했을 것 같지는 않고."

"……."

"잠시만 기다리게."

이미 익숙한 듯 일호의 대답이 없어도 자기 혼자 잘도 주절거리는 음수빈이었고 그의 반말에도 아랑곳하지 않고 가만히 서 있는 일호였다.

잠시 후 적색 장삼의 옷으로 갈아입고 방을 나서는 음수빈의 얼굴엔 가벼운 미소가 그려져 있었다.

"난 이 색깔이 제일 맘에 든단 말이야."

자신 앞으로 걸어오며 옷 색깔의 품평을 하는 음수빈의 말에 이번에도 역시 무응답으로 일관하며 그의 뒤쪽으로 돌아서는 일호였다.

그런 일호의 행동에 어쩔 수 없는 사람이라는 듯 고개를 갸웃거리는 음수빈이었고 이내 식당 쪽으로 걸음을 옮겼다.

그렇게 앞서 걷던 음수빈에게서 낮은 목소리가 흘러나왔다.

"요즘 들리는 소문 자네도 들었겠지?"

그의 물음에 남궁혈사의 소문을 생각해 내는 일호였고, 그렇거나 말거나 말을 잇는 음수빈이었다.

"아무래도 이상한 놈들이 끼어든 것 같아."

"……."

말을 하진 않았지만 음수빈의 생각에 동의하는 일호였다.

'그 녀석이 연락을 안 했다는 건 그럴 만한 일이거나 안 했다는 것 둘 중 하나겠지.'

혈마대주 광효성. 지난 십 년간 자신의 성격상 많은 말은 나누지 않았으나 그나마 가장 자주 만난 사이이며 자신이 신뢰하는 몇 안 되는 인물 중 하나였다. 광효성 역시 그런 일호의 생각을 알기에 항상 혼자 떠들면서도 일호의 곁에 있었고, 어찌 보면 그를 따른다고도 볼 수 있었다.

그런 그가 삼호, 이제는 흑마대주가 되었을 오세적의 남궁세가 출동을 자신에게 전하지 않을 리가 없었다. 더해 오세적 역시도 광효성만큼은 아니더라도 자신이 신뢰하는 인물들 중 하나이기에 그걸 아는 그가 광효성을 통해 자신에게 아무런 언질이 없을 리도 없었다.

즉, 움직이지 않았다고 보는 게 정확한 판단이리라.

반면 음수빈에게는 음태성이 준비해 준 정보망이 따로 있어 일호보다는 더욱더 확실한 정보를 얻을 수 있었다.

'조부님께서는 아무런 연락도 주지 않으셨다. 그렇다면 한 가지.'

자신이 말한 대로 다른 세력이 교의 흉내를 내며 남궁세가를 쳤다는 것.

'그렇게 해서 그들이 볼 이득은……'

한 걸음에 하나의 예상이 지나가고 여섯 걸음을 옮기자 확신이 들어선 음수빈이었다.

'어부지리를 노리는 것 빼고는 그렇게 할 이유가 없겠지.'

무림맹의 정보와 마교의 정보를 모두 얻을 수 있는 음수빈. 그의 짧은 고민은 아직까지 실마리만 잡고 있는 제갈진천을 훨씬 앞서고 있었다.

더해 완전히 달아나는 음수빈이었다.

'남궁세가를 멸문지화로 이끌 정도라 들었다. 현재 그럴 능력이 있는 곳은 같은 정파의 구파일방과 사대세가, 그리고 우리들뿐.'

그 외를 제외한 그 어떤 세력도 남궁세가를 저리 만들 수 없다는 생각에 음수빈의 머리에는 어느새 사막이 그려져 있었다.

'세외 무력의 한곳일 가능성이 크겠군.'

이래서 정보의 중요성은 피력할수록 주둥이만 아플 뿐이었다.

게다가 음수빈이 이런 생각을 할 시점이면 음태성은 이미 다음 상황에 대한 진도가 나가고 있을 가능성이 컸다. 이래저래 뒤처지는 제갈진천의 앞날에 발바닥에 땀이 마를 날이 없어 보였다.

어느덧 식당 앞에 다다른 음수빈의 머리에는 남궁혈사의 대미가 그려져 있었다.

'부단주라고 했던가?'

자신이 몸담을 청룡단. 현재 임시 단원이지만 아마 정무대전의 우승으로 인해 조만간 조장 정도로 승격될 것이라 예상하고 있는 음수빈이었다. 어차피 청룡단도 무력 단체. 무엇보다 무력이 우선이었고 그럴만한 무력을 보여준 바 당연한 대접일 것이다.

다만 그렇더라도 그 부단주라는 놈 밑이라는 것은 변함이 없었다.

'나보다 어린 놈이라 들었는데……'

청룡단 조장 자리도 불만으로 만드는 이유였다. 하지만 그 불만도 조만간 사라질 것이라 믿는 음수빈이었다.

'내가 더 강하다는 걸 입증하면 되겠지.'

방천욱이야 맹 내의 입지나 강호상의 명성이 있어 이길 자신이 있음에도 함부로 대하지 못하는 인물이지만 자신보다 어리다는 부단주. 그 놈에게까지 굽실거릴 생각은 추호도 없었다.

그 방법 또한 지금 생각해 냈다.

'비무가 좋겠군!'

왜 항상 나 삐닥한 놈이다 싶은 놈들은 죄다 비무를 생각하는지 모르겠지만 음수빈 역시 그 방법을 택하는 건 당연해 보였다.

어쨌든 본인의 생각에 주석을 다는 음수빈이었다.

'이긴다고 해도 부단주의 자리에 앉는다는 보장은 없지만 적어도 그

어린 놈에게 눈치를 볼 일은 없겠지. 어쩌면 지가 알아서 자리를 내놓을 수도 있고…….'

"크크큭."

이미 그 부단주란 놈의 불쌍한 몰골이 눈앞에 선하게 그려지는 듯 낮은 웃음을 터뜨리는 음수빈이었다.

그러나 세상만사가 다 내 뜻대로 된다면 무슨 재미로 살겠는가. 그 세상 재미가 이제 곧 음수빈을 찾아가려 하고 있었다.

진한 마기를 풍기는 이의 정면에 앉은 광효성의 한쪽 눈살은 잔뜩 찌푸려져 있었다.

'이 녀석은 점점 마기가 짙어지는군.'

십 년간 음태성 밑에서 각자의 절기를 익힘에 대부분 마공으로 이루어진 마교의 무공 특성상 마기를 풍기는 것은 당연했다.

그리고 마기의 극성을 달리는 청혈마라장(靑血魔羅掌)을 익히고 있는 삼호였기에 어찌 보면 본인의 의지와 상관없이 풍기는 마기라고도 볼 수 있었다.

그걸 알면서도 그게 싫은지 찌푸려진 광효성의 눈살에 삐딱한 표정으로 입을 여는 오세적이었다.

"그렇게 싫으면 오지 마라!"

직위는 광효성이 한 단계 높으나 그게 오세적에게 반말을 못할 이유는 되지 않았다. 광효성 본인 역시 당연하게 생각했다.

광효성의 입에서 오세적의 말을 씹는 푸념이 흘러나왔다.

"모처럼 만에 얼굴 좀 보러 왔더니 대접이 이래서야."

"……?"

“달랑 물 한잔이 뭐냐? 차도 아니고.”

“나 원래 차 안 마신다.”

“어이구, 그러서? 그래서 찾아온 손님도 안 마시는 게 당연하구?”

“따지려고 찾아왔나?”

“그러려고 온 건 아닌데 저절로 따지게 된다. 어쩔래?”

광효성의 말에 오세적의 눈 색깔이 청록색을 띠어갔다.

“어쭈, 청안공도 익히고 있었어?”

청안공. 극성을 익히면 눈 색깔이 완전히 청색을 띠며 그 시선에 상대의 사지를 움직이지 못하게 만드는 마교에 몇 없는 사술 중 하나였다.

특별히 강력한 무공은 아니었으나 쓸모는 있었기에 오세적은 청혈마라장을 익히며 부수적으로 익히고 있었다.

그런 자신의 구성(九成)에 다다른 청안공에도 눈빛 하나 흔들리지 않는 광효성의 시선에 살짝 고갯짓을 하는 오세적이었다.

“역시 어느 정도 경지에 오른 무인에게는 통하지 않는군.”

“날 실험한 거냐?”

“그렇다기보다. 그나저나 자꾸 얘기가 헛도는데.”

그나마 광효성이니 이렇게 헛도는 얘기라도 하지, 그 누가 흑마대주에게 농담을 건네겠는가.

그런 그에게 이제 헛돌지 않고 똑바로 가는 광효성이었다.

“소문은 들었겠지?”

“남궁혈사.”

자신의 의지와 상관없이 연관된 소문에 모를 리가 없는 오세적의 입에서 짧은 대답이 흘러나오자 광효성이 말을 이었다.

"어찌 생각하냐?"

"글쎄. 아마도 세외 세력 중 하나 같은데."

"그렇겠지? 이유는 뻔하겠고."

정파무림과의 충돌을 준비하고 있는 이 시기에 하지도 않은 짓을 벌이게 만든 이들의 속셈이야 뻔했다.

오세적이 자신 앞에 떠놓은 물 한잔을 들이키고는 말했다.

"이미 추 장로가 움직이는 것 같더군."

"추 장로가?"

"조만간 세외로 인원을 파견할 모양이야."

"그 말은 그쪽이라는 확신이 있다는 거겠지?"

"그렇겠지. 그리고 또 다른 작업도 하나 하는 것 같더군."

오세적의 말에 광효성의 몸이 한 뼘 정도 앞당겨지며 '무슨?' 하는 눈빛을 보냈다.

"이번 일로 인해 전쟁이 앞당겨질 수도 있으니까."

"좋다는 말이야, 나쁘다는 말이야?"

"좋지 않다는 말이지. 아직까지 포섭되지 않은 곳도 많으니까."

정파와의 전쟁을 위한 준비로 마교가 가장 먼저 손을 댄 것이 사파의 세력을 흡수하는 일이었다.

아무리 십만대산이라지만 그 십만이 모두 무인이 아니기에 전쟁을 치를 무인들의 수에 있어서는 정파에 밀릴 수밖에 없었다. 그 대처 방안으로 사파를 생각한 것은 당연한 일이었다.

그러나 정파의 위세에 너무 오랫동안 주눅이 들어서인지 쉬이 손을 잡으려 하지 않는 사파였기에 생각만큼 진척이 나아가지 못하고 있는 현 상황이었다.

이런 마당에 갑자기 전쟁의 불씨가 튀었기에 정파 못지않게 당황한 마교였고, 음태성이었다. 그로 인해 서로의 생각을 공유한 것은 아니나 제갈진천과 같은 생각을 한 음태성이었다. 시간을 끄는 것이 그것이었고, 그 방법을 추성린이 맡은 것이었다.

오세적이 아는 정보는 거기까지였다. 그에 광효성의 손가락이 자신의 아랫입술을 문지르고 있었다.

"흠… 그러고 보면 그 여자도 참 대단해."

"……?"

"몸 하나로 그 지위에 올랐으니 말이지."

"그 말 그대로 전하고 싶군."

"허허, 이거 흑마대주께서 왜 이리 가벼워지셨나."

"그 가벼움에 모가지 날아갈 수도 있다."

"크~ 하여간 농담이 안 통해요."

"안 하면 된다."

"어휴! 예전 같으면 한 대 쥐어박기라도 하지. 이제는 다 커서 쥐어박을 수도 없고."

"한번 해봐라."

"아서라. 괜히 머리 한 대 치고 진짜로 목 날아갈라."

엄살스런 몸짓으로 목울대를 가리는 광효성의 행동에 혀를 차는 오세적이었다.

"쯧쯧. 그나저나 일호는 잘 지내고 있나?"

"그러고 보니 통 연락이 없네."

"먼저 연락할 놈이 아니지."

"하기야. 먼저 연락할 놈은 아니지. 게다가 귀찮은 짐도 하나 떠맡고 있는 상황이니.”

“그 꼬마?”

“꼬마라니. 이제는 청년, 아니, 젊은이가 다 되었겠구만.”

“시간이 벌써 그리 지났나.”

중얼거리듯 말하는 오세적의 모습에 광효성의 눈에도 과거의 일이
스쳐 지나가고 있었다.

그렇게 지나간 시간을 잠시 음미하던 둘 중 오세적이 먼저 입을 열
었다.

“그 사람에 대한 복수는 언제 할까?”

“글쎄. 어느새 묵혼신검으로 불린다지?”

공옥민을 이긴 무인에 대한 예우 차원에서라도 유정의 정보를 수집
하는 광효성이었고 이미 청룡단 부단주로 이번에 남궁세가에서 활약한
사실까지 알고 있었다.

“알려줘야 하는 거 아닌가?”

오세적의 말에 고개를 젓는 광효성이었다.

“떠날 때 얘기해 줬다.”

“……?”

“그의 이름.”

“그럼, 조만간 붙겠군.”

“글쎄. 전 같지 않으니…….”

자신들과의 전쟁에 정파에서는 꼭 필요한 인재가 되어버린 유정. 청
룡단 부단주가 되기 전의 그였다면 쉬웠겠지만 지금은 함부로 건드릴
수 없는 거물이 되어 있었다. 쉬이 비무를 청할 수도, 그로 인해 죽일
수도 없다는 말이었다.

다만 일호이기에 어떻게든 방법을 만들 것이라고 믿을 뿐이었다.

"그 녀석이 마음먹어서 못할 일은 없으니까."

광효성의 말에 오세적 역시 그와 같은 마음으로 고개를 끄덕였다.

그러다 문득 생각난 것이 있었는지 약간 높은 어조로 입을 열었다.

"아! 전해줘야 할 정보가 있는데."

"누구? 나 말이야?"

"너 말고 일호 말이다."

"무슨?"

"찾았다고."

"누……!"

말을 줄이는 광효성의 눈에 이채가 일었다.

"역시 그곳이었냐?"

"그렇더군."

오세적의 대답에 갑자기 고이는 침을 삼킨 뒤 조심스레 입을 여는 광효성이었다.

"높냐?"

자신의 질문에 고개를 끄덕이는 오세적의 표정은 약간 어두워져 있었다.

그 모습에 다시 한 번 침을 삼키는 광효성이었다.

"얼마나 높기에 표정이 그러냐?"

"…정점."

"……!"

오세적의 말에 광효성의 눈은 두 배로 커져 있었고 그렇게 침묵이 찾아왔다.

그리고 누구의 입에서인지 모를 작은 중얼거림이 흘러나왔다.

"…장문인이라."

지난 열흘 동안 두 손이 모자랄 지경으로 바쁜 시간을 보낸 남궁일. 오늘 역시 아침부터 서류 쌓인 책상 앞에 앉아 있었다.

"흠… 이제 전각들도 다 치웠고 세우기만 하면 되는가."

잔해를 치우는 것만 열흘이 걸렸다. 그만큼 많기도 했지만 그 밑에 깔렸을지 모를 시신들을 상하지 않게 하기 위해 조심스런 손길로 치운 덕분(?)이기도 했다.

그렇게 앞으로 있을 복구 예상 비용을 산출하던 남궁일의 귀에 조카의 목소리가 들렸다.

"숙부님, 소입니다."

'아침부터 무슨 일이지?'

조카의 방문에 손에 쥐고 있던 붓을 내려놓은 남궁일의 입이 열렸다.

"들어오너라."

"예."

남궁소의 대답과 함께 방문이 열리고 곧 유정이 먼저 들어섰다.

'누구? 아, 유 부단주로군!'

방문이 열리고 직접 대면하기까지 자신의 감각으론 알아챌 수 없는 유정의 기운. 항상 볼 때마다 새롭고 그런 만큼 감탄이 절로 일었다.

감탄하고 있는 남궁일의 정면에 앉는 유정이었고 바로 그 뒤에 부복하는 남궁소의 자세는 한쪽 무릎만 바닥에 대고 있었다.

'녀석, 많이 컸어.'

배경에 안주하지 않고 각고의 노력을 하는 조카. 다만 그 성격의 오만함이 하나의 티끌이었으나 이제 스스로 취하는 저(低)자세가 몸에 배인 듯 전혀 부끄러워하지 않는 모습이 남궁일을 흡족하게 만들었다.

그리고 그렇게 만들었을 인물. 바로 유정이었기에 감탄은 배가 되고 흡족함도 배가 되었다.

자연스레 힘든 세가 상황과 아들의 죽음을 뒤로하고 미소를 지으며 입을 여는 남궁일이었다.

"아침부터 무슨 일인가?"

"드릴 말씀이 있어 찾아왔습니다."

유정의 대답에 그렇겠지 하며 다음 말을 기다리던 남궁일의 귀에 무림맹으로 돌아가야겠다는 말이 전해졌다.

"무림맹으로 돌아간다는 말인가?"

반문을 하는 남궁일의 말에 유정이 아닌 남궁소가 대답했다.

"애초에 받은 휴가 기간을 생각하면 늦어도 어제는 출발했어야 합니다."

말투에 약간의 성질이 묻어 나오는 그의 어조에 유정은 심드렁한 표정으로 턱 선을 만지작거렸다.

'에이. 하루 정도 늦은 걸 가지고, 쪼잔하게.'

생각 같아서는 아예 눌러앉고 싶은 유정이었다. 이유는 두 가지로 하나는 남궁화련과의 지들은 좋아 죽지만 남들은 치를 떠는 닭살 짓 때문이었고, 다른 하나는.

'그 눈빛들!'

존경을 넘어선 경외의 눈빛. 자신을 바라보는 세가 무인들 모두의 그 시선 때문이었다.

더해 그 시선들을 조금이라도 더 오래 받고 싶어 처소로 갖다주겠다

는 식사마저 일일이 식당을 찾은 그였으니 이제 가면 언제 그런 눈빛
들을 받아볼 수 있겠는가 하는 아쉬움에 실제로도 한 오 일 정도는 더
있어도 되겠지 하고 머무를 생각까지 한 유정이었다.

'세가의 복구를 도와주느라 늦었다고 하면 되겠지.'

허술하나마 말이 되는 변명까지 만들어놓았다. 하지만 하루가 지나
자마자 그 변명 거리를 쓸 필요가 없어졌다.

어제 남궁화련에게 들은 '모레 아버지가 오신답니다' 라는 말 때문
이었다.

'분명 사귀는 것에 대해 묻겠지.'

자신의 짐작대로, 아니, 필히 물어볼 것이다. '화련이와 사귄다는
데' 하고, 거기에 '그렇습니다' 라고 대답하면.

'바로 혼인으로 이어질 수도 있다!'

딱히 싫은 것은 아니다. 그렇지만 남은 두 여자를 포기하면서까지
벌써 혼인을 하기엔

'아까워!'

더불어 현재로선 누가 더 좋다를 비교하기엔 백지장 한 장 차이기에
더욱 그러했다.

한마디로 아직까지는 세 여자들 사이에서 왔다 갔다 하고 싶은 유정
의 배부른 청춘이었고 그래서 남궁휘와의 만남을 피해 오늘 떠나기로
한 것이었다.

이런 유정의 도피성 무림맹행을 모르는 남궁일로서는 아쉬운 마음
이 들 수밖에 없었다.

'형님이 내일이면 오실 텐데 하루만 더 있지.'

무인으로서의 성취도 대단한 유정이었지만 무엇보다 그가 조카를

대하는 마음에 진실이 보였기에 이미 자신은 유정을 조카사위로 인정하고 있었다.

비록 둘 간의 닭살 애정 행각은 자신이 봐도 좀 너무한 면이 있을 정도였으나 암울하기까지 한 세가 분위기에 그런 둘의 모습은 은근히 활력소가 되고 있었다.

그래서 형님과 유정을 대면시켜 주고 싶었다.

초절정고수들 간의 만남과 그런 인물을 사위로 맞이할 형님의 모습에 지난 십 일간의 암울한 세가 분위기를 완전히 날려 버리게.

그런데 간다니 아쉬움이 들 수밖에 없었고 나오는 목소리마저 그런 마음을 담고 있었다.

"하루만 더 있으면 안 되겠는가?"

"죄송합니다."

"그런가?"

"다음에 다시 들를 일이 생기겠지요."

유정의 다음을 기약하는 말에 남궁일도 어쩔 수 없다는 듯 고개를 끄덕였다.

"하기야 바쁜 사람이니… 그럼, 화련이에게는 얘기했는가?"

"이곳으로 오기 전에 했습니다."

"그래… 그 녀석이 많이 슬퍼했겠군."

슬픔을 넘어 아예 통곡을 하다시피 한 남궁화련이었고, 달래는 데 심력(心力) 좀 낭비한 유정이었다.

남궁소 또한 이곳에서 유정과 동생의 사이를 알게 되었지만 본인도 놀랄 정도로 그 사실에 담담했다.

아마 예전의 유정이었다면 뜯어말렸을 수도 있었겠지만 지금의 유정은 자신이 개인적으로 싫은 것 빼고는 어디 하나 부족함이 없는 인물이라는 것에 본인 스스로 인정했기 때문일 것이다.

단, 그건 그거고 동생을 울린다면.

'그때는 목표고 나발이고 너 죽고 나 죽는 것이다!

아버지를 닮아 겉으로는 표현 안 해도 동생에 대한 속정만큼은 여느 오빠 못지않은 남궁소. 그런 그의 감시의 눈길을 피해 당설화와 제갈서린을 만나야 하는 유정. 갑자기 뒤통수가 간지러워졌다.

'아침에 감았는데 이상하게 간지럽네?

그렇게 뒤통수를 긁적인 뒤 이제 가보겠다며 자리를 일어선 유정이었다.

"나가보지 못하는 점 이해하게나."

같이 일어서긴 했으나 책상을 벗어나지 못하는 남궁일의 말에 이해한다는 표정으로 고개를 숙이는 유정이었다.

"오히려 바쁘신데 제가 시간을 뺏었습니다. 그럼 가보겠습니다."

"그래. 다음에 꼭 들르게나."

"예. 꼭 그리하겠습니다."

"너도 몸조심하고."

"예. 숙부님도 건강하십시오."

남궁소의 인사를 마지막으로 방문을 나서는 유정의 뒤로 남궁소가 나오자마자 입을 열었다.

"일각 뒤에 정문에서 뵙겠습니다."

"일각?"

자신의 처소에서 기다릴 남궁화련의 울고 있는 모습이 선한지라 좀 더 달래줘야겠다 생각했던 유정은 남궁소의 짧은 준비 시간에 불만인 듯한 표정으로 반문했다.

그러나 남궁소의 대답은 같았다.

"이미 늦었습니다. 바로 준비하십시오."

"그래도……"

"이따 뵙지요."

"아니… 어? 어이!"

손까지 들어 남궁소의 뒷덜미를 가리키는 유정이었으나 이미 저 앞으로 사라지고 있었다.

'허! 변해도 너무 변했어.'

처음엔 그것도 좋지 했지만 이럴 때 보면 예전의 남궁소가 그리워지는 유정이었다.

'그때는 쫌만 건드려도 바로 반응이 나와서 그걸 이용할 수도 있었는데 이제는 뭘 해도 저리 빡빡하니!'

답답한 마음에 한숨 한 번 들이쉬는 유정이었으나 곧 자신을 기다릴 남궁화련의 모습에 바쁜 마음으로 걸음을 내디뎠다.

그렇게 깊은 숨 두어 번 쉴 동안 도착한 자신의 처소 방문을 열자마자 보이는 건 붉어진 눈으로 자신을 쳐다보는 남궁화련이었다.

그나마 눈물은 그친 듯해서 안심하며 그녀 곁에 앉은 유정이었으나 그걸 기점으로 다시 울기 시작하는 남궁화련이었다.

"흑… 흑흑흑."

"또 운다. 이미 말했지만 나도 어쩔 수 없다고."

"흑. 알아요. 그래도… 흑흑."

"하~ 이렇게 울면 떠나는 난 어떡하라고……"

어깨를 토닥이는 유정의 한숨 섞인 말과 행동에 스르르 그의 품으로 무너지는 남궁화련.

"내일이면 아버지도 오시는데."

남궁일과 마찬가지로 그녀 역시 유정을 남궁휘에게 보이고 싶기는 마찬가지였다.

자신이 사랑하는 남자. 그 남자를 부모님에게 보이고 싶어하는 여자의 마음은 당연했다.

그러나 그 마음을 곱게 받아줄 수 없는 유정이었기에 미안하긴 하지만 어쩔 수 없었다.

유정의 손이 어느새 남궁화련의 등을 쓰다듬고 있었다.

"아버님이야 나중에라도 언제든 뵐 수 있잖아. 약속할 테니까 울지 마. 응?"

"그래도……."

"약속할게. 그러니까 뚝!"

"흑… 정말 약속하신 거예요."

"그래. 그러니까 이제 울지 마."

남궁화련의 머리맡에 올려져 있던 자신의 턱을 슬며시 이마로 내리며 말하는 유정이었고 그 말을 뒤로 고개를 올리는 남궁화련이었다.

그렇게 마주 보게 된 서로의 시선에 유정이 살며시 자신의 입술을 남궁화련의 한쪽 눈에 가져갔다.

"……."

정적이 흐르고 어느새 유정의 입술은 남궁화련의 입술에 포개어져 있었다. 그렇게 잠시 동안 서로의 숨결을 전하는 두 사람이었다.

잠시 후 방문을 나서는 남궁화련의 얼굴은 온통 붉어져 있었고 그 옆에 한 손으로 그녀의 등을 감싸고 있는 유정의 시선엔 사랑스럽다는 감정이 담겨 있었다. 더해 장난기도.

"부드럽고 달콤했지?"

"예?"

유정의 갑작스런 말에 반문을 하다 그의 시선이 자신의 입술에 고정되어 있자 그 뜻을 알아차린 남궁화련의 얼굴이 더욱 붉어졌다.

"역시 화련이도 그랬나 봐?"

"뭐… 뭐가요."

"에이~ 잘 알면서."

"뭐, 뭘요. 전 몰라요."

"뭘~"

"그… 그러니까."

"그러니까 뭐~"

어느새 면상을 바싹 들이밀며 능구렁이처럼 꼬리를 늘이는 유정의 말과 행동에 당황스러움을 감추지 못한 채 얼굴을 반대로 돌리는 남궁화련이었다.

"자, 자꾸 그러실 거예요?"

"뭐가?"

"그… 그러니까."

"그러니까 자꾸 뭐~"

"정말 이러실 거예요?"

당황하던 남궁화련의 목소리가 약간 높아졌다. 더 이상 놀리면 화낼 수도 있다는 뜻이었고 이쯤 해서 접어주는 미덕(?)을 가지고 있는 유정. 다만 그 미덕에도 놀림을 담긴 마찬가지였다.

"에이, 난 그냥 아침에 먹은 사자두(獅子頭:사자 머리 모양 돼지고기 요리)의 고기가 부드럽고 양념은 달콤해서 한 말이었는데.”

“예? 사, 사자두요?”

“응. 화련이는 부드럽고 달콤하지 않았나 봐?”

얼굴을 순진(純眞)과 무구(無垢)로 무장한 유정의 물음에 졸지에 지은 죄 없이 더 부끄러워지는 남궁화련의 고개가 더욱 푹 수그러졌다.

“저, 저도 부드럽고… 달콤했어요.”

‘키킥!’

저런 순진한 모습이 좋다. 그래서 더 있고 싶은 마음은 간절하나 그러지 못함에 아쉬울 뿐이다. 더해 그 이유 중 다른 여자들도 있어 더욱 미안하고.

그 미안함에 대담해지는 유정의 행동.

쪽!

“자기 입술이 더 부드럽고 달콤해.”

갑자기 입을 맞추는 유정의 행동에 놀라서 얼굴을 들기도 잠시 그의 한마디에 저절로 고개가 숙여지는 남궁화련이었다.

그녀의 이마에 입술을 가져간 유정은 그 상태 그대로 남궁화련을 안았고 그렇게 연인의 헤어짐을 맞이했다.

남궁세가를 나선 유정과 남궁소는 그 다음날 신시(申時:오후 3~5시) 중반 무렵 무림맹에 도착했다.

그 뒤 유정은 제갈진천과 방천욱의 처소를 차례대로 방문한 뒤 마지막으로 사백의 처소를 나오고 있었다.

“그럼 가보겠습니다.”

“그래. 나가지 않으마.”

‘언제는 나오셨다고.’

고개를 숙여 삐죽 나온 입술을 감추며 방문을 닫는 유정이었다.

분명 자신을 대함에 전보다 훨씬 부드러워진 사백 어르신. 그러나 유정은 기억한다.

용봉지회전의 기권을 강요한 것을.

‘쳇! 그때 그러시지만 않으셨더라도…….’

적어도 이렇게 뒤에서 욕할 일은 없었을 텐데 하는 유정이었고, 즉 사백을 욕한다는 뜻이었다.

그렇게 자신의 처소로 돌아올 때까지 구시렁거린 유정이었다.

‘그런데 이놈은 대체 어딜 간 거야!’

사백에게 들은 얘기 중 유진은 어제 사문으로 돌아갔다고 했다.

정무대전이 끝난 지금 시점에 특별한 일 없이 대사형이란 자리를 오랫동안 비울 수는 없기 때문이었다.

그러나 남은 놈이 있었고 그놈이 지금 처소에 없었기에 어딜 갔나 하는 유정이었다.

그것도 잠시, 밖에서 들리는 소리에 귓불이 움직이는 유정이었다.

‘뭘 저리 소곤대는 거야?’

청력이 확실히 좋아진 유정. 그의 귀에 본인의 얘기를 소곤대는 속삭임이 들려왔다.

“저기가 그분이 계시는 곳이래.”

“어머, 그럼 저곳에 계신 분이…….”

점점 작아지는 속삭임. 그러나 유정의 청력을 벗어날 순 없었고 그 증거로 유정의 입술이 한없이 찢어져 있었다.

‘에헤, 사람 앞에다 두고 뭘 저리 소곤거리나. 킥킥! 뭐라고? 나 한

번 만나보면 소원이 없겠다고? 왜 못 만나. 나 시간 많아. 또? 오~ 잠
도 못 잘 정도야? 흐흐흐 그러면 안 되지…….'

그 뒤로도 한참을 이어진 소곤거림이었고 누군가 나타나 일하지 않
고 뭐 하냐는 호통이 있기까지 유정의 입은 계속 찢어져 있었다.

'이것 참, 앞으로 많이 피곤하겠구만.'

보는 사람도 없는데 뻐긴다. 스스로 만족하겠다는 의지 표현이었고
그 안에 앞으로 있을 수많은 여인네들의 시선에 외견을 신경 써야겠다
는 다짐이 보였다.

"휴~ 하~"

천장이 없어 다행이지 있었다면 당장에 무너질 무거운 한숨이 이어
졌고 그 한숨의 끝 자락에 저 멀리 앉아 있는 당설화가 보이고 있었다.

"어찌 그대는 그리 아름다울 수 있단 말이오. 하~"

또다시 한숨으로 마무리 짓는 상대의 아름다움에 자신의 신장보다
열 배는 커 보이는 나무 등 뒤에 유한이 서 있었다.

정무대전 예선 첫날 패배. 스스로 예상했던 일. 당연히 좌절은 없었
고 구경이나 했다. 그러다 본선을 관람하던 중 첫눈에 반한 상대. 바로
당설화였다. 그 뒤로 당장이라도 나가서 고백해? 하는 용기를 내보길
수십 수백 번. 그럴 때마다 하체가 말을 안 들었고 혹시나 퇴짜를 맞으
면 하는 소심함이 앞을 가로막았다.

결국 밥 먹고 자는 시간만 제외한 채 이곳, 그녀의 처소가 정면으로
보이는 나무 뒤에서 홀로 애달픈 청춘을 곱씹는 유한이었다.

그런 유한의 눈에 갑자기 들어서는 한 인물이 있었고 자신이 익히
아는 얼굴이었다.

"저, 저놈이 왜?"

어느새 자신을 숨겨주던 나무 앞으로 나선 유한의 눈에 유정이 들어와 있었다.

그 시선에 반사되는 유정의 행동은 당설화의 처소를 성큼 들어서고 있었다.

"아는 사이인가?"

자문(自問)에 잠시 멍하니 있던 유한은 곧 자답(自答)을 찾았다.

"맞아! 저 녀석, 당문에도 갔었지."

이미 유진에게 유정도 당문에 같이 있었다는 것을 들은 유한이었다.

그러니 자연 둘은 안면이 있을 수 있었다. 그렇다고 해도 저렇게 여자 혼자 있는 처소를 덥석 들어갈 정도로 잘 아는 사이가 되기엔 머문 시일이 너무 짧다는 게 유한의 생각이었다.

"저놈이 혹시?"

무슨 생각을 하는 걸까. 곧 자신의 생각에 머리를 젓는 유한의 중얼거림이 이어졌다.

"아무리 막돼먹은 놈이라도 설마 무림맹 내에서 무작정 아는 사이라고 해서 들어간 뒤… 그러진 않겠지."

줄인 말이 무척 궁금해지나 그 독백을 끝으로 발걸음을 옮기는 유한이었고 그 끝엔 당설화의 처소가 있었다.

'이유야 어찌 되었든 가보면 알겠지!'

그의 생각대로 이유야 어찌 되었든 유정으로 인해 당설화에게 가까이 다가갈 계기를 만든 유한의 얼굴은 기대감으로 한껏 부풀어 올라 있었다.

한편 뿌듯한 여운을 방 안에 남긴 채 자현각을 찾은 유정은 예나 지

금이나 똑같은 표정으로 앉아 있는 당설화의 옆모습을 바라보고 있었
다.

'으이그. 어째 그리 표정의 다변화가 상실되어 있냐!'

다른 두 여자에 비해 너무 단조로운 표정을 가지고 있는 당설화. 그
녀의 겉모습에 핀잔을 주는 유정이었고 헛기침을 하며 말을 했다.

"큼! 잘 있었냐?"

대답없이 고개만 까딱이는 당설화. 뭐 그러려니 하고 말을 잇는 유
정이었다.

"얼굴 살 좀 빠진 것 같다."

여자가 듣기 좋아하는 말. 그러나 상대는 당설화였다.

"그대로다."

'쳇! 이런 말 좀 들으면 '어머 그래? 어디가?' 하고 그러더만.'

본인의 투정임에도 당설화가 그러면 당설화가 아니라는 것을 알기
에 또 한 번 그러려니 하는 유정이었다.

"정무대전은 잘 치렀냐?"

"그냥."

"그냥? 어디까지 올랐는데?"

"본선만 올랐다."

"본선? 그럼 그 본선엔 몇 명이나 올라갔냐?"

묻다 보니 궁금해진 유정의 물음에 당설화의 표정에 약간의 변화가
생겼다.

그 변화를 포착한 유정.

'말하기 불편하단 거구만. 적어도 지 위로 수십, 아니, 수백은 되나
보네.'

유정의 짐작대로 이번 정무대전의 본선 진출자는 대략 오백 명이 넘었고 당설화는 본선 이회전에서 떨어졌다.

즉 자기 위로 대충 이백오십 명은 있다는 소리였고 그녀 역시 무인이기에 말하기 불편, 쉽게 말해 쪽팔린 것이었다.

참고로 당원익도 본선 이회전에서 떨어졌고, 유진은 자월 도장의 개인 과외 수련의 효과였는지 삼회전까진 진출했다. 물론 그게 한계였다.

확실히 용봉지회전과는 비교도 되지 않는 정무대전의 수준이었다.

어쨌든 당설화의 표정에 담긴 불편함을 눈치챈 유정은 대답을 기다리지 않고 화제를 바꿨다. 다만 그 화제가 자신의 자화자찬으로 흐른 게 문제였다.

"그게 중요한 건 아니지 뭐. 그건 그렇고."

"……."

"내 소문 들었어?"

"……."

"들었구나. 하하하. 뭐 특별히 한 것도 없는데 뭘 그리 넓고 깊게 퍼졌는지."

"……."

"묵혼신검이란 별호도 붙었대. 거 참 쑥스럽게."

"……."

"뭐 지어준 거니 안 쓰기도 뭐하고 그냥 써야겠지?"

"시끄럽다."

"거기다 나만 지나가면 옆에서 왜들 그리 자지러지는지."

"시끄럽다고 했다."

"여자들 비명 소리 그거 은근히… 힉!"

스르릉! 휘릭!

차가운 예기와 바람 소리가 방 안을 동시에 감돌았고 어느새 처소
아래 이 장 밖으로 물러서 있는 유정의 이마엔 한줄기 식은땀이 흐르
고 있었다.

'언제고 저 버릇 꼭 고쳐 버릴 것이다!'

그의 다짐이 있고 당설화의 단검이 다시 검집에 들어가자 조심스레
다가서는 유정이었다.

"그거 확실히 집어넣은 것 맞지?"

"……."

반응은 없으나 그렇다고 말하는 듯한 표정에 처음의 자리로 슬며시
자리잡는 유정의 고개는 수그러져 있었다.

"내가 말이 좀 많았지?"

"아네."

"그게, 너무 오랜만에 만나다 보니 반가워서 그랬지."

"십 일 지났다."

"그래 십 일. 그렇게 오랫동안 안 봤으니 얼마나 보고 싶었겠냐."

"누가?"

"거야 당연히 나지!"

"누굴?"

"거야 당연히 너지!"

화련이 눈물 본 지 이제 하루 지났다. 이놈은 양심의 가책도 느끼지
않나 보다. 그리고 다 알면서 굳이 물어보는 당설화의 속내는 뭔가.

그러고 보면 세 여자 중 은근히 내숭인 건 당설화였다.

그래도 짚고 넘어갈 문제는 확실히 짚고 넘어가는 그녀였다.

"잘 있냐."

"어? 어, 그냥 그렇지."

'얜 꼭 잘나가다 핵심을 찌른단 말이야!'

유정의 고개가 더 수그려졌다.

"좋았겠네."

"아, 아니야. 아니, 좋았……."

"확실히 해라."

"그, 그게……."

좋은 걸 좋다고 말하지 못하는 심정에 답답한 유정.

당설화 역시 답답하긴 마찬가지였다.

그동안 애써 부인하고 망설였던 자신의 감정. 이제 본인의 마음을 확실히 알았다.

더해 스스로도 처음 가져보는 낯선 감정에 당황도 했다. 그건 바로 지난 십 일간 유정과 같이 있을 남궁화련을 향한 질투였다.

그래서 유정이 오기만을 기다렸고 이제 그가 앞에 앉아 있다.

당설화의 시선이 유정의 숙여진 머리를 정면으로 바라보았다.

'비록 늦었지만 아직 따라잡을 기회가 없어진 것은 아니야.'

어느새 답답함이 사라져 있는 당설화의 눈에 결심의 빛이 흘렀다.

'그래, 말하는 거다!'

"저기."

"……?"

유정의 고개가 들리고 자신을 향한 당설화의 시선에 정면으로 마주 쳤다.

“무슨 할 말 있어?”

“…응.”

처음 보는 당설화의 주저함에 채근을 하려다 입을 다무는 유정이었다.

당설화의 아련한 눈빛. 그 눈빛 때문에.

꿀꺽!

유정의 귀에 침 넘어가는 소리가 천둥소리보다 더 크게 울려 퍼졌다.

‘내가 왜 이렇게 긴장되지?’

머리보다 몸이 먼저 반응을 하는 것이었다. 자신을 향한 당설화의 눈빛에 담긴 연심을, 그리고 뒤를 이을 말을 준비하기에.

드디어 당설화의 매혹적인 입술이 연심을 꺼내놓기 시작했다.

“나, 너.”

‘나, 너.’

“나, 너… 좋.”

‘나, 너… 좋.’

따라 할 것까진 없는데 저절로 따라 하게 되는 유정의 머리였고 다음 말을 기다리며 입 안의 침이 바싹 마르고 있었다.

그리고 뒤를 이어 들려오는 말.

“사형, 거기서 뭐 하십니까!”

“……!”

‘이런 썩을 놈!’

유정의 고개가 부러질 듯 돌아갔고 그 이글거리는 시선에 유한이 한 손을 흔들며 걸어오고 있었다.

"거기서 뭐 하시냐고요. 그리고 오시긴 언제 오신 겁니까?"

유한의 물음에 대답할 생각도 없이 다시 고개를 당설화 쪽으로 돌리는 유정이었으나 이미 그녀의 시선은 다른 곳을 보고 있었다.

"저, 저기 무슨 말이었어?"

뭐라 꼬집어 말할 순 없으나 본능적으로 듣고 싶은 말이었을 거란 생각에 미련을 못 버리는 유정이었으나 돌아오는 건 예전의 당설화였다.

"아무것도 아니다."

'제기랄!'

완전히 일그러지는 유정의 얼굴 뒤로 유한의 목소리가 이어졌다.

"사형, 오셨으면 절 찾으시지 여긴 웬일이세요?"

"이런 쌍! 너 주둥이 못 닥쳐!"

기어이 참지 못하고 욕지기가 터져 나오는 유정이었고, 벼락 맞은 듯 그 자리에 멈춰 서는 유한이었다.

그런 유한의 귀에 유정의 전음이 바로 이어졌다.

—당장 처소로 돌아가 내가 갈 때까지 대가리 처박고 있어!

"이, 이유가……!"

—한마디만 더 나불대면 그 입속에 이걸 처박아주마!

유한의 시선에 유정의 꽉 쥔 주먹이 들어왔고, 그 즉시 몸을 돌려 처소로 발걸음을 옮겼다.

그 모습을 잠시 바라보며 열불을 식히는 유정이었고 그 모습에 한숨 짓는 당설화였다.

"……."

그렇게 침묵의 시간이 흐르고 어느덧 자현각 처마 끝으로 이제 서서히 지는 붉은 석양빛이 물들며 방 안의 풍경 또한 붉게 물들고 있었다.

"바람이 쌀쌀하네."

자신의 말에 고개를 끄덕이는 당설화의 옆모습에 석양의 붉은빛이 스며들자 그 모습에 유정의 입에서 진실한 어조가 흘러나왔다.

"이쁘다."

"그래, 정말 아름다운 석양이다."

자신의 말뜻을 오해한 당설화의 말에 유정의 입가에 실소가 그려지며 그 역시 석양에 눈길을 마주했다.

'그거 말고 너 말이다, 이 멍청아.'

그런 유정은 보지 못했다.

자신의 말에 석양빛으로 감춰진 당설화의 붉음을.

'좋아해.'

악양루의 점소이 병칠은 문 앞에 서 있는 자신을 지나치려던 인물을 가로막으며 허리를 숙였다.

"죄송합니다. 오늘은 예약된 손님만 받습니다."

"예약된 손님?"

"예. 무림맹 청룡단 분들이 오늘 하루 이곳을 전부 빌리셨습니다."

그러니 알아서 돌아가라는 말을 삼키는 병칠이었다. 그러나 숙여진 자신의 시선에 상대의 발걸음이 움직일 생각을 안 하고 있었다.

'어린 놈이 이 정도 말했으면 알아서 기어야지 지가 뭐라고……!'

속으로 한 소리 하던 병칠은 갑자기 눈앞에서 아른거리는 뭔가에 급히 속내를 삼켰다.

'호패! 그것도 청색 수실이 세 개!'

무림맹의 사룡단원들 회식 하면 으레 악양루에서 열렸다. 그런 악양루에서 사 년째 점소이 생활을 한 병칠이기에 지금 눈앞의 호패가 청룡단 부단주를 뜻하는 것임을 모를 리가 없었다.

더구나 그 부단주라는 인물이 요즘 강호를 진동시키고 있는 묵혼신검이니 더 더욱 모를 리가 없었다.

병칠의 시선이 급격히 바닥과 가까워졌다.

"몰라뵈서 죄송합니다! 어서 안으로 드시지요!"

"아니네. 그럴 수도 있지."

괜찮다는 말을 하며 문 앞에 걸쳐진 발을 치우는 인물. 당연히 유정이었고 낮에 방천욱의 말대로 회식에 참가하는 길이었다.

아직까지 자신의 취임과 남궁소의 입단도 축하 못했다며 만든 자리였고 새로 임명됐다는 육조 조장까지 겸사겸사 함께 하는 자리였다.

유정의 시선에 일층에 자리잡고 있는 청룡단원들이 들어왔다. 대략 칠십여 명. 그들 모두 단원들이었다.

'방 단주님이나 조장들은 위에 있나 보군.'

그렇게 유정이 안으로 들어서자 어느 정도 왁자지껄하던 분위기가 일순간에 조용해졌다.

곧이어 침묵을 깨는 칠십여 명의 기립과 동시에 울려 퍼지는 합창에 유정의 귀가 멍멍해졌다.

"오셨습니까! 부단주님!"

'아이구! 귀 찢어지겠네.'

체면이 있어 찌르르한 귀에 손을 가져가지 못하는 유정이었고 그 합창에 이층도 어수선해졌다.

유정이 한 손을 휘저으며 입을 열었다.

"이미 마시고들 있었나 본데, 나 신경 쓰지들 말고 계속 들도록 하게."

"알겠습니다!'

'아따. 거 정말!'

서둘러 계단을 오르는 도중 귓불을 만지작거리는 유정의 등 뒤로 기립해 있는 청룡단원들의 뜨거운 시선이 꽂혀 있었다.

존경. 경의. 그에 기본은 충성의 감정이 가득 담긴 뜨거움이.

청룡단원 중 한 명의 입에서 약간 떨리는 목소리가 흘러나왔다.

"저… 전에도 뵈었지만 어떻게 저 나이에 그런 무위를 지니신 걸까?"

"그러게 말일세. 난 당문에서도 봤지만 그 정도이실 줄은 몰랐다니까."

이미 청룡단원들에겐 당문의 일로 그 무위를 인정받고 있는 유정이었다. 다만 그 일이 강호상에 큰 소문이 나지 않은 바, 그 상황을 보지 못한 단원들은 봤다는 단원들의 말을 의심하지 않으면서도 유정의 나이를 미루어 과장된 면이 있겠지 하는 게 솔직한 심정들이었다.

그러나 이번 남궁혈사의 소문은 직접 눈으로 보지 않아도 믿을 수 있을 만큼 강호를 진동시켰고 유정의 명성은 천정부지로 솟고 있었다. 더불어 남궁일이라는 절정고수도 못 이긴 흑마대주를 압도했다는 부록까지 달고 있는 그였기에 더 이상 당문의 일을 과장으로 생각하는 단원들은 없었다.

그런 고수를 상관으로 둔 부하들. 다른 사룡단에도 유정만 한 인물은 없었다. 자연스레 자부심이 생길 수밖에 없었고 그 자부심은 존경과 경의로 더욱더 단단해진 충성을 맹세하게 만들기 충분한 기폭제 역할을 했다.

　부하들의 뜨거운 시선을 등 뒤로 이층에 올라선 유정은 또 한 번 같은 상황을 맞이하고 있었다. 이유야 같으니 두 번 말할 필요가 없었다.

　삼층으로 후딱 들어서는 유정의 두 손은 양쪽 귀를 틀어막고 있었다.

　"어! 어서 오게나."

　"……."

　"이보게?"

　"……? 아! 죄송합니다. 귀를 막고 있어서."

　"하하. 아닐세. 나도 조금 전까지 귀가 따가울 지경이었어."

　방천욱의 너스레에 미소를 지으며 그의 곁으로 다가가던 유정은 뜻밖의 인물에 시선을 고정시켰다.

　'응? 어디서 본 듯한데…….'

　분명 전에 본 듯한 인물. 그리고 기억 못하기에 너무 잘생겨서 예쁠 정도의 얼굴.

　'맞아! 그때 그녀석이군!'

　정무대전으로 인해 무림맹이 인산인해를 이룰 때 자신과 어깨를 부딪쳤던 인물. 바로 음수빈이었다.

　음수빈 역시 유정의 얼굴을 기억하고 있었다.

　'그때 그 녀석이잖아! 그럼 저놈이 부단주?'

　자신의 예상이 맞을 거란 생각에 얇고 고운 그의 입술이 한쪽으로 찢어졌다.

　서로 간에 불편한 첫인상을 가진 두 사람. 그 첫인상이 평생의 악연으로 이어질지 이때까지 둘은 전혀 알 수가 없었다.

어쨌든 자리에 앉은 유정이었고 일어서 있던 조장들과 음수빈, 그리고 남궁소도 자리에 앉았다.

"식사는 아직 안 했을 테고 특별히 주문하고 싶은 게 있는가?"

방천욱의 말에 유정은 이미 식탁에 넘쳐나는 음식들로 충분하다는 듯 손을 저었다.

"여기서 새로운 음식은 더 있을 것 같지 않군요."

"하하하. 그런가? 좀 많이 시키긴 시켰지."

무림맹을 흐르는 자금력은 그 어느 명문정파 못지않았기에 회식비 역시 악양루를 통째로 빌릴 정도로 부족함이 없었다.

단, 사룡단과 몇몇 중요 단체에 국한된 거금의 허용이었고, 그게 힘을 가진 이들에 대한 투자며 당연한 배려라 생각하는 무림맹이었다.

무릇 무림맹뿐이 아닌 다른 문파들도 그와 같았고 그게 힘의 논리에 순응하는 강호의 한 단면이었다.

그 정점의 세력 중 한곳인 청룡단. 그곳의 장(長)의 입에서 회식 자리가 무르익어 갈수록 연신 웃음소리가 터져 나오고 있었다.

"하하하하! 거기서 내가 이 친구를 찍었다니까."

"과연 단주님의 안목은 뛰어나십니다. 그런데 들리는 얘기로는 그때 마욱의 도에 단주님께서 상당히 고생을 하셨다는데……."

"……!"

이조장 자두길의 잘나가다 휘청거리는 반문에 방천욱의 얼굴에 한 줄기 쓰라림이 새겨졌다.

그 모습에 아차 하는 표정의 자두길이었고 곧이어 방천욱의 응징이 이어졌다.

"크음! 이보게, 흑선. 자네 술이 좀 과한 모양이군."

흑선(黑扇). 묵색의 부채를 병기로 사용하는 이조장 자두길의 별호로 으레 방천욱은 각 조장들의 이름보다 별호를 부르는 경우가 더 많았다.

그 흑선의 삐딱한 말에 기분이 상한 방천욱의 응징은 괜한 과음을 핑계로 자두길의 술잔을 없애 버리는 것이었다.

"자네는 오늘 그만 마시게. 이게 다 자네를 걱정해서 하는 것이니 안주나 많이 들게나."

"저, 저기 전 고작 세 잔……."

"이보게, 표풍도(飄風刀). 자네 이번에 딸을 낳았다며."

간단히 씹는다. 은근히 속 좁은 방천욱이었고 이런 경우가 몸에 배였는지 더 이상 술에 미련을 두지 않는 자두길이었다.

그들의 모습에 저절로 웃음이 새어 나오는 유정이었다.

'키킥! 은근히 이 아저씨들도 어린아이들 같을 때가 있단 말이야.'

겉으로야 험악한 인상에 한칼에 인생을 담고 사는 무인들이었지만 그들 역시 기본은 인간이었고 인간의 기본은 순수했다.

웃고 있던 유정의 시선이 아까부터 자신을 노려보고 있는 음수빈을 향했다.

"자네가 이번에 새로 들어온 육조 조장인가?"

'……!'

유정의 하대에 올라간 검미가 미세하게 떨리는 음수빈이었다.

'나보다 어린 놈이!'

하나 떨리는 분노를 표현하기엔 보는 눈이 너무 많았다.

"이번에 새로 임명된 음수빈입니다."

"음. 그럼 자네가 이번 정무대전의 우승자란 말이군."

일부러 근엄한 표정으로 말하는 유정에게 삼조장 파일권 대주환이 입을 열었다.

"이번에 새로 들어온 육조장의 무위를 부단주님도 직접 보셨다면 정말 놀라셨을 겁니다."

"그래요?"

적게는 십사 년, 크게는 아버지뻘인 일조장부터 오조장들에게까지 하대를 할 유정은 아니었다.

그런 유정의 반문에 대주환의 입에서 침이 튀기 시작했다.

"그럼요! 준결승에서 부딪친 운룡신검(雲龍神劍) 장학수와의 대결은 정무대전의 백미라 할 수 있었습니다. 그때 장학수의 검에서 뿌려지던 수십 개의 검기 다발을 일수에 잘라내며 그의 운문(雲門:어깨에 위치한 요혈)혈을 찔러가던 그 신기에 가까운 신법과 정확한 일 검. 캬! 아직도 제 머리에 생생히 남아 있을 정도라니까요!"

운룡신검 장학수. 종남파를 지탱하는 삼검(三劍) 중 한 명으로 그 무위의 성취가 방천욱과 비교되는 절정의 끝에 있는 고수였다.

그의 절기는 능운십팔검(凌雲十八劍)으로 그중 장학수의 표현을 빌어 음수빈에게 펼친 검법은 능운십팔검 중 그 위력이 가장 강하다는 능운광무(凌雲狂舞)였다.

"거기다 결승에서 부딪친……."

쨍그랑!

"이런, 제가 실수로 잔을 깨뜨렸군요."

듣기 싫은 상대의 칭찬에 일부러 초를 치는 유정의 행동이었고, 잘 먹혔는지 음수빈의 표정이 표독스러워졌다.

'저게, 일부러!'

'어쭈! 그렇게 갈구면 어쩔 건데?'

지지 않고 노려보는 유정의 시선에 어쩔 수 없이 꼬리를 내리는 음수빈이었다.

직급의 차이가 성질을 누른 것이었다. 하지만 그 독기마저 누르진 못했다.

'웬만하면 그 자리, 좀 더 유지시켜 주려 했더니 네놈이 아주 단명을 자초하는구나!'

비무 형식을 빌린 유정과의 대결을 당장 추진하려는 음수빈의 입에 가식적인 미소가 걸렸다.

"여기 새 잔이 있으니 제 술 한잔 받으시지요."

'이놈이 왜 갑자기 기름진 미소를 날리고 그래?'

갑자기 태도를 바꾸는 음수빈의 행동에 의심은 가나 주는 술 거절하긴 뭐해 억지로 받은 유정이었다.

그리고 가식으로 무장된 음수빈의 입술에 침이 말라가기 시작했다.

"부단주님의 무위는 이미 사해를 떨어 울리고 계십니다. 그런 분에게 이렇게 술을 따르니 더없는 영광입니다."

'영광은 무슨. 이미 아는 얘기 뭐 그리 주절대는 건지⋯⋯.'

다른 사람의 입에서 나온 말이라면 몇 번을 들어도 헤벌쭉해질 얘기였으나 묘하게도 음수빈의 입을 통한 칭찬은 받아들이기 껄끄러운 유정이었다.

그러거나 말거나 음수빈의 입발림 소리는 이어졌고 서서히 그 속내를 드러내기 시작했다.

"…그래서 부탁드리는 말씀인데."

'이게 뭔 얘길 하려고 뜸을 들이나?'

괜히 초조해지는 유정이었고 결국 그 초조함이 유정의 두 눈을 크게 만들었다.

"그 높으신 무위. 한 수 지도를 해주신다면 평생의 영광이겠습니다."

'……!'

포권을 취한 채 말을 하는 음수빈의 행동에 유정의 놀람을 뒤로하고 방천욱이 황급히 끼어들었다.

"자네 말은 유 부단주와 비무라도 하겠다는 것인가?"

"무리한 부탁인가요?"

무리한 것은 아니나 자칫 상관에 대한 비무 신청은 하극상으로 비춰질 수도 있었다. 다행히 '아 다르고 어 다르다' 는 말이 있듯 한 수 지도와 영광이란 겸손을 담았기에 큰 문제는 되지 않을 듯싶었다.

더욱이 순수한 열의로 무장한 음수빈의 눈망울에 혹여나 하는 불손함마저 깨끗이 씻겨져 나갔다.

방천욱의 시선이 자신을 쳐다보자 귀찮다는 표정을 짓는 유정이었다.

'저런 놈하고 푸닥거릴 여유 없습니다!'

그런 속내를 여실히 드러냈으나, 이미 방천욱의 시선에는 꼭 너희들의 대결을 보고 싶다는 열의가 가득 담겨져 있었다.

그래서 일부러 고개를 돌려 시선을 피하는 유정이었으나 그래 봤자 그곳엔 조장들이 있었고 그들 역시 방천욱과 같은 시선이었다.

'에이! 정말 귀찮아 죽겠구만!'

이번엔 창문을 찾아 시선을 아예 뿌리치려는 유정. 그곳에도 남궁소가 있었다. 물론 이하동문.

'저 녀석까지!'

그렇게 유정이 시선을 피하는 동안 억지스럽게도 무언이 긍정이라는 듯 방천욱의 입에서 둘의 결투가 정해졌다.

"유 부단주도 거절을 하지 않는 것을 보니 비무 형식으로 허락을 하지!"

"오! 그럼 정무대전의 우승자와 묵혼신검이 붙는 겁니까?"

"정말 엄청난 대결이 되겠군요!"

"두말하면 잔소리! 이만한 대결을 어디에서 찾겠는가!"

각자 흥분을 감추지 못한 격한 어조를 드러내는 조장들이었고 평소 말없이 신중한 성격으로 유명한 사조장 광검(光劍) 유목생도 이번만큼은 흥분을 안 할 수가 없었다.

'용호상박(龍虎相搏)의 대결이로구나!'

삼층의 흥분은 여지없이 이층과 일층으로 전해졌고 악양루 전체로 퍼지는 건 순식간이었다.

반면 혼자 뚱한 유정.

'아주 지들끼리 기름 치고 전 붙이고 잘들 해먹는구나!'

그러나 이미 노릇노릇 익어가는 전이었다. 버릴 수 없으니 어쩔 수 없이 맛없어도 먹을 수밖에 없는 유정이었다.

신성(新星)들의 비무.

그 터질 듯한 긴장감과 흥분에 그날 악양루의 술은 동이 나고 말았다.

"꺼억!"

회식 자리에서 먹은 게 체하기라도 한 건지 속이 더부룩한 유정의 트림에 유한의 인상이 저절로 찌그러졌다.

'어휴! 냄새…….'

그 모습에 얼굴을 들이대며 한마디 하는 유정.

"인상 봐라?"

그 한마디에 비굴한 미소가 그려지는 유한이었다.

"꺼억!"

다시 한 번 트림을 하는 유정이었고 이번엔 서로 간의 면상 거리가 일 촌에 가까웠다.

'우욱! 으으윽.'

"어어! 서서히 찌그러져 가네?"

'주… 죽일 놈!'

꼭 감은 두 눈에 살기를 품어보지만 이 상황을 빨리 모면하기 위한 필사의 인내심이 눈꺼풀을 꾹 누르고 있는 유한이었다.

"어째 두 눈이 바들바들 떨리는 것 같다."

"아… 아닙니다."

"그래? 뭐, 그건 그거고 거기 우측 엉덩이가 좀 내려간 것 아닌가?"

슉!

"그래, 이제 좀 균형이 맞네. 아, 한쪽 다리도 좀 내려간 거 아닌가?"

슉!

"굳이 올리란 말은 아니었는데. 뭐, 올린 김에 그대로 있는 게 좋겠네."

'썩을 놈!'

이마의 감각은 사라진 지 오래다. 뒷짐 진 양손 또한 버틸 만하다. 그러나 중력의 법칙에 바닥을 향하려는 한쪽 다리의 저림만은 꾸준한 통증을 전해왔다.

'대체 내가 뭘 잘못해서 이러고 있어야 하는 거야!'

아직도 모르겠다. 다만 넌지시 물어볼 순 있었다.

"저… 저기, 사형?"

"왜?"

"모르겠습니다."

"뭘?"

"이러고 있어야 하는 이유를."

"정말 몰라?"

'당연한 거 아니냐! 그냥 왔냐고 물어본 것뿐인데 두 시진째 이러고 있으니 너라면 알겠냐!'

"우매한 사제는 정말 모르겠습니다."

"음… 뭐더라?"

삐직!

기어이 유한의 살기 어린 두 눈이 꼭 감긴 눈꺼풀을 벗어내려 했다. 그러나 유정의 몸에서 물씬 풍겨나는 살기가 먼저였다.

"맞아! 그때 네놈이 끼어들지만 않았어도!"

묘한 연풍(戀風)의 향기를 본능적으로 맡은 유정.

'분명 달콤 쌉싸름한 뭔가……'

그걸 확인할 찰나 나타난 유한. 그 기억을 돌려놓는 그의 행동에 잊고 있던 살기도 피어난 것이었다.

그런 유정의 살기에 두 눈 꼭, 엉덩이 바싹, 한쪽 다리 번쩍인 유한이었다.

'차라리 모르는 게 약이라고 했다.'

第八章

용호상박(龍狐相搏)?

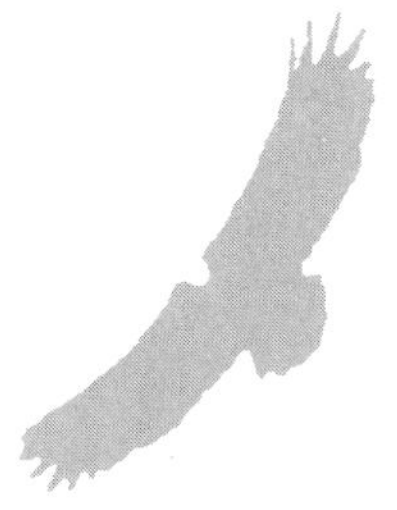

다음날 아침 처소를 나와 자현각을 찾은 유정은 마침 마당을 걸어나오는 당설화를 마주했다.

그런 그녀의 모습에 눈곱도 없는 눈을 비비는 유정이었다.

'내가 헛것을 보나?'

비취색으로 상하를 통일시킨 고운 옷매무새에 깔끔하게 빗어 넘긴 탐스럽고 윤기나는 머릿결. 그 중단을 동여맨 머리띠 위에 여태껏 한 번도 보지 못했던 붉은 나비 모양의 장신구. 게다가 바르지 않아도 원래 하얀 얼굴에 옅게 분까지 칠한 듯 홀로 붉은 입술이 그렇게 매혹적일 수가 없었다.

단연 유정이 본 당설화의 치장 중 최고였고 저절로 감탄이 나왔다.

"오! 정말 이쁜데."

"정말?"

“어? 어.”

자신이 예상한 반응은 ‘됐다, 시끄럽다’ 였는데 웃으며 정말 하고 물으니 당황한 유정의 대답에 그의 사고(思考)마저 정지시켜 주는 당설화의 환한 웃음이 이어졌다.

그러자 더욱 허둥대는 유정.

“바… 밥 먹으러 가는 겁냐?”

“……?”

“아니, 거야?”

“응. 같이 갈까?”

그러려고 왔다. 그러나 주객이 전도된 듯한 이 상황에 유정이 잠시 머뭇거렸고 그사이 그의 곁에 나란히 서는 당설화였다.

“갈까?”

“응? 어.”

‘무슨 일 있나? 혹 어디 아픈가?’

당설화의 갑작스런 행동 변화에 걱정이 들어차는 유정. 다행히 아무렇지도 않은 당설화였다.

다만 쑥스럽긴 했다.

‘너무 적극적인가?’

그녀를 모르는 사람이 봤다면 그게 뭐 적극적이냐 하겠지만 아는 사람에겐 까무러칠 정도로 적극적이었다.

그러나 이미 정한 마음. 그 마음을 표현하기로 작정한 이상 당설화의 용기는 모자라지 않았다.

그렇게 같이 걷던 그녀의 얼굴이 유정에게 가까워졌다.

그러자 달짝지근한 여인의 향기에 저절로 눈이 감기는 유정의 입술이 약간 튀어나와 있었다.

'호… 혹시?'

정말 이렇게 사상이 불순한 놈도 없으리라. 아침은 뭘 먹을 거냐고 물으려던 당설화의 시선에 의문이 찾아오는 건 당연했다.

"눈은 왜 감아?"

'……!'

"혹시?"

"호… 혹시 뭐?"

"너 설마?"

"아니야! 아니, 갑자기 소리 질러서 미안."

찔리니 소리치고, 그게 들통나니 미안하단다. 하여간 웃기는 놈이다.

당설화의 얼굴에 저절로 미소가 그려졌다.

"훗!"

"비웃냐?"

"아니."

"아니긴. 그런 것 같구만."

"아니라니까."

"그럼?"

"…귀여워서."

"그래, 귀여……!"

유정의 눈이 똥그래졌고 그 시선에 부끄러운 듯 먼 산 보는 당설화였다.

유정이 침 한번 삼키며 다시 물었다.

"지금 그 말, 정말 니 입에서 나온 것 맞냐?"

"……."

대답은 없으나 고개를 살며시 끄덕이는 당설화였다.

"허! 사람이 하루아침에 이렇게도 변하는구나. 원래 이러면 빨리 죽……!"

기가 찬 듯 말을 하던 유정은 차마 죽는다는 말은 못했고 당설화의 입에서 아주 작은 중얼거림이 흘러나왔다.

"…내가 빨리 죽으면 다 너 때문이다."

"뭐? 내가 널 죽여?"

귀도 밝은 유정. 다만 뜻풀이가 문제였고 고개를 저으며 걸음을 빨리하는 당설화였다.

그녀의 걸음에 뒤늦게 따라붙는 유정의 머리 위로 뿌연 연기를 내뿜는 식당의 굴뚝이 들어와 있었다.

잠시 후, 당설화가 먼저 식당에 들어섰고 뒤늦게 따라 들어오는 유정이었다.

"그러니까 내가 왜 널 죽……!"

이백여 명의 사람들이 모여 있는 식당. 분명 문밖에서 들어올 때만 해도 시장통을 방불케 하는 웅성거림이 들려왔다. 그러나 자신의 등장과 동시에 찾아온 식당의 침묵에 본인도 모르게 말을 삼킨 유정이었다.

'내가 들어오자마자 분위기가 왜 이래?'

유정의 시선이 식당 안을 둘러보며 이유를 찾았으나 다들 눈을 피한다.

그러다 아는 얼굴 발견.

“어! 여기서 식사하고 있었구만.”

유정의 한 손이 올려지며 나머지 한 손이 당설화의 소매를 이끌었다.

그리고 자신이 아는 체를 했던 인물이 있는 곳으로 가더니 본인의 허락을 구할 생각도 없이 자리에 앉았다.

그 옆으로 밥풀 묻은 숟가락을 한 손에 든 채 서 있는 인물. 바로 정무대전 예선 때 맹 내에서 유정이 처음 만난 청룡단원 하운공이었다.

유정의 한 손이 하운공의 허리춤을 잡았다.

“밥 먹다가 체하겠네. 그러니 어서 앉게나.”

그렇게 자신의 허리를 잡아끄는 유정의 행동과 말에 어색하게 자리에 앉는 하운공이었다.

그리고 수저를 내려놓자 주위를 돌아보던 유정이 말을 건넸다.

“어째 분위기가 거시기하네.”

“어제 일 때문입니다!”

각진 목소리. 밥 먹을 때도 풀어지지 않는 상명하복의 자세였다.

다만 듣는 이가 불편한 자세였다.

“허! 그렇게 딱딱 끊어서 말할 필요가 뭐 있나. 자고로 식사 시간은 즐겁게. 그러니 평상시대로 하게나.”

“예!”

“아아, 이 사람 참. 그러지 말래도 그러네.”

“죄송합니다! 아니, 죄송합니다.”

“그래. 그렇게 부드럽게 말하니까 얼마나 좋은가. 어, 식사도 마저 들면서 말해도 되네.”

“예.”

하운공의 대답에 고개를 끄덕이는 유정. 둘의 모습에 가벼운 미소를 짓는 당설화였다.

'이제 부단주 티도 나네.'

괜히 자기가 부단주도 아닌데 가슴이 뿌듯해지는 당설화였다.

유정이 수저를 드는 하운공을 바라보며 말을 했다.

"아까 어제 일이라 그랬는데 그게 무슨 말인가?"

"기억 안 나십니까? 어제 육조장님과 하시기로 한 비무요."

"그거야 기억하지. 그런데 그게 이 분위기와 무슨 상관이란 말인가?"

"왜 상관이 없겠습니까? 저 눈빛들 안 보이십니까?"

하운공의 말에 다시 한 번 주위를 살피는 유정이었고 곧 그 이유를 알아챘다.

"그럼 나와 육조장의 비무 때문에 저리들 기대에 부푼 눈을 하고서 조용한 거란 말인가?"

"당연하지요. 현 강호의 천하제일검이신 천의검성 천화경의 제자, 게다가 정무대전의 우승자인 육조장님과 부단주님의 대결이니까요."

'달랑 부단주?'

자신의 소개가 상대에 비해 짧다는 생각에 아쉬운 입맛을 다시는 유정이었으나 그뿐 의문을 풀었으니 그만이었다.

당설화가 유정을 바라보며 말했다.

"그럼 너랑 그 음수빈이란 사람하고 비무를 한다는 거야?"

"어떻게 그렇게 됐네."

"뭐야? 표정을 보니 내키지 않나 보네."

행동을 바꾼 뒤 전에 비해 장족의 발전을 보이는 당설화의 언어 늘리기였다.

그런 당설화의 변화에 이제 완전히 적응한 유정이었고 곧, 그의 한쪽 손이 그녀의 어깨에 올려졌다.

"역시 너밖에 없다."

"무슨 말이야?"

"어제 분명 나는 내키지 않았는데 자기들끼리 다 알아서 일을 만들더라고."

"그래서?"

"그래서는 내 맘 알아주는 건 너뿐이란 얘기지."

"칫!"

비틀린 미소를 짓는 당설화였으나 어깨에 올려진 손을 치우라고 하지 않는 것을 보니 싫지는 않은가 보다.

"그런데 왜 싫어?"

"뭐? 비무?"

"까짓것, 하자면 하면 되는 거 아닌가?"

역시 그 화끈한 성격은 그대로인 당설화의 말에 유정이 나직한 한숨을 지었다.

"하~ 너도 생각해 봐라. 싸우고 돌아온 지 며칠이나 됐다고 또 싸움질을 해야겠냐. 게다가……."

"게다가?"

"나보다 약한 사람 괴롭히는 취미, 나 그런 악취미 없다."

유한이 울고 화석민이 통곡할 유정의 말에 정작 식당 안에 있던 사람들이 웅성거렸다.

그러자 당설화의 어깨에 올려진 손을 접으며 주위를 돌아보는 유정.

"왜 갑자기 웅성거리고 그래?"

"몰라서 묻는 건 아니겠지."

당설화의 말에 정말 모른다는 표정을 짓는 유정이었다.

"지금 네가 한 말은 상대를 무시하는 말이잖아."

"무시? 나보다 약한 사람 괴롭히는 취미 없다는 게 무슨 무시란 말이야?"

웅성웅성.

또다시 유정의 한마디에 소란스러워진 식당이었고 어째 밥그릇 들고 나가는 이들이 많아진 듯했다.

주위 분위기에 자신의 엄지손가락으로 유정의 입술을 가리키는 당설화였다.

"언젠가 그 입 때문에 큰 화를 부를 날이 있을 거다."

"내 입이 어때서? 잘 먹고 바른말만 하는구만."

차라리 말을 말던가. 고놈의 주둥이 잘도 놀리는 유정이었고 그 모습에 한숨이 절로 나오는 당설화였다.

'휴~ 차라리 모르는 게 약이라 했다.'

어디선가 들어본 말. 모두 유정이 중심에 있었다.

서원각으로 걸음을 옮기던 일호의 입가에 옅은 실소가 그려져 있었다.

'이제야 보는 건가.'

이곳에 온 지도 세 달이 지나간다. 그동안 자신의 처소와 음수빈의 처소만 왔다 갔다 했으니 얼굴을 마주칠 기회가 없었다.

더해 제 발로 찾아오지 않는 이상 만날 일도 없었고 상대 또한 그럴 이유도 시간도 없이 흘러간 삼 개월이었다.

그러나 이제 만나게 되었다. 서원각의 뒤편에 마련된 비무장. 그곳
에 공옥민에게 패배라는 굴레를 씌어준 유정이 나타날 것이다. 이미
음수빈은 그곳에 가 있는 상태였다.

그렇게 걸음을 옮기던 일호의 발걸음이 조금 뒤 점점 느려지기 시작
했고 곧이어 멈춰 섰다.

'……!'

한편 식사를 마치고 당설화와 같이 서원각으로 걸음을 옮기던 유정
의 발걸음도 멈춰 서 있었다.

당설화가 그를 바라보자 유정의 시선은 십여 장 앞에 서 있는 인물
에게 고정되어 있었다.

"아는 사람이야?"

당설화의 물음에 시선은 그대로 머리만 젓는 유정이었다.

"그런데 왜 서로 아는 사이처럼 바라보고 그래?"

"그냥. 시선이 가네."

'시선이 가?'

당설화의 눈에 의문이 서림과 동시에 상대방이 유정을 향해 걸어오
기 시작했다.

"우리 쪽으로 오는데?"

"그러네."

담담한 목소리. 그러나 당설화는 느낄 수 있었다.

'떠는 건가?'

자신의 소매에까지 전해지는 미세한 유정의 팔 떨림에 당설화의 손
이 그의 손을 맞잡았다.

그 따스함에서인지 유정의 떨림이 멈추었다.

“고마워.”

이유는 알 수 없지만 유정의 말에 당설화의 고개가 끄덕여졌다. 더해 그녀가 모르는 것 한 가지가 더 있었다. 바로 둘 간에 숨겨진 무형기의 반응이었고 그것을 알아채기엔 그녀의 무위가 너무 차이가 났다.

저벅저벅.

이윽고 걸음 소리가 들릴 정도로 가까워진 두 사람.

유정이 먼저 말을 했다.

“이곳 사람인가?”

본인도 모르게 나오는 유정의 악의없는 반말에 일호 역시 나이가 많고 적음을 신경 쓰지 않았다.

“자네가 청룡단 부단주로군.”

첫눈에 알아볼 수 있었다. 저 나이에 자신의 무형기가 반응하는 고수는 무림맹에 오직 그밖에 없었기에.

더불어 확신했다.

‘깨끗했겠군!’

모든 결투에는 그때의 상황과 사정이라는 게 있다. 그로 인해 강자가 하수에게 질 수도 있는 것이기에 공옥민이 졌다는 말을 듣고도 섣불리 판단하진 않았다.

그리고 지금 눈앞에서 유정을 보고 확인했다. 그 상황과 사정은 결과에 관여할 수 없다는 사실을.

깨끗한 공옥민의 패배. 유정을 본 일호의 판단이었다.

비단 그 판단에 어쩔 수 없는 사정이 있었다는 사실을 간과했지만 모르기에 넘어갔고 그래도 될 만큼 유정의 무형기는 강렬했다.

반면 자신의 물음에 선문답 형식을 보이는 일호의 말에 재차 묻는 유정이었다.

"이곳 사람인가?"

"그게 중요한가?"

막상 중요하냐고 물으니 그건 아닌 듯싶었다.

"뭐, 그런 건 아닌데 그래도 알고 싶군."

여자도 아닌데 관심 가질 필요가 없는데도 왠지 모르게 끌리는 유정이었고 아마 공옥민 이후로 처음이 아닐까 싶었다.

'암만 봐도 비슷해.'

생김새도 그러거니와 무엇보다 기도(氣道). 그 기도가 공옥민과 흡사했고 전혀 모자람이 없을 정도로 강력했다.

일호의 입에서 이번엔 대답이 흘러나왔다.

"음수빈과 같이 있네."

"음수빈?"

저절로 땡감 씹은 표정이 된 유정의 반문에 의외로 이해한다는 표정의 일호였다.

'어딜 가나 남자에겐 인정을 못 받는군.'

자신의 어릴 적 기억에도 음수빈은 뭐든지 혼자 잘났다고 설쳐대던 끝 모를 오만함에 가득 찬 아이었다. 충분히 그럴 만한 태생과 재능이 있다 보니 이해 못하는 바는 아니었다. 그러나 자신에게 내려진 하늘의 축복. 즉 여인네들보다 더 아름다운 그 옥용을 이용하는 사악함만은 일호도 치를 떨 수밖에 없을 정도였다. 더해 나이를 먹은 지금은 그 사악함이 도를 넘어 아름답지 못한 것은 그 속을 따져 보지도 않고 무시하는 성격으로까지 변한 그에게 당연 남자들이 싫어할 수밖에 없었고 그런 만큼 친구 하나 없는 음수빈이었다.

정말이지 타고난 재능에 어울리지 않는 노력이 없었다면 못생겨 무시당한 남자들의 꿍꿍이에 벌써 어디 하나 부러져 있지 않을까.

"훗!"

자신이 생각해도 조금은 웃겼는지 일호의 입에서 단(短)웃음이 흘러나왔다.

그 웃음마저 공옥민과 비슷했기에 더욱 관심이 가는 유정이었다.

"그럼 지금 서원각으로?"

고개를 끄덕이는 일호의 모습에 유정이 다시 뭔가를 물어보고 싶었으나 마땅히 물어볼 만한 건덕지가 없는지라 어쩔 수 없이 발걸음을 옮기기 시작했다.

당설화도 유정의 곁에서 걸었고 그 뒤를 따르는 일호의 고개가 저어지고 있었다.

'볼 것도 없겠군.'

초절정의 벽을 넘어선 자신과 엇비슷한 실력이라 짐작되는 유정. 그에게 벽을 넘지 못한 음수빈은 상대가 될 수 없었다.

실제로도 자신이 음수빈과 싸운다 해도 잘해야 삼 초? 그 이상은 허락하지 않을 자신이 있는 일호였다.

그만큼 초절정의 벽은 높았고 그 사이에 흐르는 실력의 강은 넓고도 깊었다.

"저기 오신다!"

누군가의 외침에 사람들의 시선이 서원각을 들어서는 유정에게 고정되었다.

뒤를 이어 아까 그 사람인 듯 높은 어조가 이어졌다.

“오! 독수독미 당설화도 같이 있다!”

후우우욱.

남자들의 뜨거운 시선이 유정에게서 당설화에게 옮겨갔다.

“인기는 여전하신데?”

유정의 말에 눈을 흘기는 당설화.

“필요없다.”

“어라? 그 말투. 다시 돌아온 거야?”

예전의 차가운 말투에 짐짓 놀라는 표정으로 말하는 유정의 행동에 대꾸없이 고개를 젓는 당설화였다.

‘하나면 충분하단 말이다, 이 바보야.’

그 바보의 시선에 수많은 인파가 들어왔다.

‘뭔 사람이 이렇게 많아?’

대충 이백에 가까운 인파. 청룡단이 모두 모여 있었고 나머지 인물들은 외우느라 날밤 좀 샜던 무림맹 주요 인사들이 대부분이었다.

그중 자월 도장도 섞여 있었고 그의 시선이 자신에게 당도하자 즉시 허리를 숙이는 유정이었다.

‘노인네 뭐 하러 나오시고 그래.’

유정의 속내야 어찌 되었든 자월 도장의 만면엔 부드러운 미소가 그려져 있었다.

그 옆으로 제갈진천이 같은 미소를 건네며 다가왔다.

“정말 부러울 따름입니다.”

“아닙니다. 아직 부족함이 많은 제자입니다.”

“아니지요. 앞으로 강호의 기둥이 될 유 부단주가 부족하다니요. 수많은 후기지수들이 울겠습니다.”

“허허. 그렇게까지야.”

제자의 칭찬에 사백의 입가에 겸손의 미소가 그려졌고 그 미소에 꿍꿍이를 더하는 제갈진천이었다.

“제가 듣기로는 유 부단주가 속가제자라 들었습니다.”

아는 걸 넘어 확인 사살하는 제갈진천의 말에 자월 도장은 미소 띤 얼굴 그대로 유정의 성장기를 짧게 압축시켰다.

“…그렇게 해서 저희 무당파에 들어온 아이입니다.”

“그런 사연이 있었군요. 과연 자운 도장님의 안목은 탁월하십니다.”

“제 사제여서가 아니라 실제로도 안목 하나는 장문인을 능가하지요.”

“그러시니 유 부단주를 알아보고 키워내신 것 아니겠습니까.”

“그게 그렇게 되나요? 허허허허.”

칭찬에 장사 없다 했다. 더군다나 제갈진천의 칭찬이기에 천하장사가 와도 한판이었다.

그 한판에 딸이 걸린 제갈진천. 드디어 상금을 풀어놓기 시작했다.

“이제 유 부단주도 나이가 찼지요?”

“그러고 보니 저 아이도 올해 스물하나가 되었군요.”

“음… 그래서 하는 말인데 혹 사문에서 내려 보내실 생각은 없으신지요?”

“저 아이를요?”

제갈진천의 말에 단순히 속가제자이니 이쯤 해서 산을 내려올 때가 된 것 아니냐로 이해한 자월 도장의 반문이 흘러나왔다.

살며시 고개를 끄덕이는 제갈진천.

"보통 속가제자는 나이 스물이면 산을 내려오지 않습니까?"

"그거야 그렇지요."

"그래서 하는 말인데……."

말을 줄이며 목소리를 낮추는 제갈진천의 몸이 자월 도장의 곁으로 더욱 가까워졌다.

"혹 유 부단주에게 짝을 지어주실 생각은 없으십니까?"

"짝이요?"

이번에도 반문을 했으나 이쯤 되니 눈치를 못 챌 자월 도장이 아니었다.

'지금 군사께서 하는 얘기는 자신의 딸을 염두에 두고 하는 말이구나!'

이런 자신의 눈치에 제갈진천의 목소리가 확신을 전했다.

"제게도 부족하나마 혼기가 찬 여식이 하나 있습니다."

모를 리가 없다. 들으라고 만들어진 귀. 세월 좀 먹었다고 해도 다 들렸고 그중 제갈진천에게 딸이 하나 있어 삼봉의 하나로 불린다는 것을. 결국 제갈진천의 말뜻은 자신의 여식과 유정을 연결하자는 것이리라.

자월 도장의 머릿속이 갑자기 부산하게 돌아가기 시작했고 종래에 남는 것은 한 가지였다.

'제갈세가와의 결합!'

도가를 표방하나 무당파도 엄연히 강호의 한 문파. 자연 돈의 흐름에 민감하지 않을 수 없었고 그중 강호에서 다섯 손가락 안에 드는 제갈세가의 재력이 무당파를 향해 흐르고 있는 것이었다.

당연 두 손 두 발 들고 환영해 마지않을 수 없는 일.

늙은 노구의 침샘에 침이 고이기 시작했고 곧이어 목울대가 크게 걸떡였다.

꿀꺽!

'이런 너무 크다!'

속내를 들킨 어린아이마냥 어깨를 움츠린 자월 도장. 그의 눈동자가 한곳으로 모이며 옆을 흘겼다.

'허~ 다행히 딴 곳을 보고 있었구나.'

그런 자월 도장의 안심을 뒤로 그 시선의 사각에 제갈진천의 미소가 그려져 있었다.

다만 상대의 체면을 세워줘야 하기에 짐짓 모르는 체 미소를 지우며 다시 말을 잇는 제갈진천이었다.

"제 뜻을 아시리라 믿고 한번 숙고를 해주셨으면 합니다."

"허허. 글쎄요. 본인의 마음이 우선이니……."

좋으면서 뺀다. 그 속내가 훤히 들여다보이는 제갈진천이었고 이미 그의 머릿속에서는 앞으로의 일이 그려지고 있었다.

'괜히 그 녀석을 세가로 보냈군.'

이렇게 될 줄 몰랐기에 딸을 세가로 보낸 것은 후회가 되나 미련은 없다. 오직 앞으로의 미래만 있을 뿐이었다.

그 미래에 이미 안면이 있는 딸과 유정. 더욱이 회망산에서 열흘에 가깝게 같이 갇혀 있었으니 모르긴 몰라도 뭔가 있을 성싶었다.

'그러고 보니 그 녀석이 세가로 돌아가지 않겠다고 우기던 이유도…….'

미처 생각지 못했던 딸의 이유 모를 반항까지 이제 와 생각해 보니 유정 때문인 듯싶다는 생각이 드는 제갈진천이었다.

그 옆으로 약간은 상기된 자월 도장이 있었고 그의 머릿속엔 오직 한 가지 생각밖에 없었다.

'내일 당장 산에 올라야겠다!'

비무의 중요도는 이미 날아가 먼지가 된 지 오래. 그 결과도 이미 정해져 있었다.

'상대가 아니야.'

정무대전을 관람하지 않은 관계로 음수빈의 성취를 몰랐다가 여기서 확인했다.

분명 나이에 비해 뛰어난 실력이나 결코 유정의 상대가 될 수 없음을 알아챈 자월 도장이었고, 그건 제갈진천도 마찬가지였다.

결국 벽을 넘어선 이들은 이번 비무의 결과를 보지 않아도 알 수 있다는 뜻이었다.

그러나 여기 그 벽 앞에서 헤매는 방천욱은 앞으로 벌어질 비무에 긴장된 표정이 역력했다.

"어이! 흑선, 누가 이길 것 같아?"

자신의 예상을 물어보는 단주의 말에 자두길의 이마에 고심의 흔적이 지나갔다.

"아무리 육조장이라도 부단주님을 이기긴 힘들지 않을까요?"

"그렇겠지?"

자신의 예상도 그러했는지 눈을 크게 뜨며 동의하는 방천욱의 모습에 이번엔 대주환이 끼어들었다.

"그래도 모르는 겁니다. 정무대전 우승이 거저 주어지는 게 아니니……."

"자네 말은 육조장이 이긴다는 말이야?"

"꼭 그렇다기보다 적어도 용호상박임에 틀림없을 겁니다."

"음… 그럴지도 모르지."

"모르는 게 아닙니다. 꼭 그럴 겁니다!"

땀나는 예상에 각자의 긴장을 증폭시키는 방천욱과 각 조장들. 그 주위에 모여 있는 청룡단원들 역시 귀를 세워 그들의 예상에 긴장을 동참시키고 있었다.

반면 그들의 뒤쪽에 서 있는 강신영의 얼굴엔 긴장감은커녕 나른함마저 깃들어 있었다.

'용호상박(龍虎相搏)이라… 용호상박(龍狐相搏:용과 여우가 치고받다) 이겠지.'

그 역시 벽을 넘어선 무인. 뻔한 결과에 긴장감은 무의미했다.

그런 강신영의 시선에 잠시 후 이채가 흘렀다.

'……?!'

단전의 내기가 저절로 몸 안을 감싸며 그 기운을 서서히 밖으로 드러내게 만드는 인물. 바로 일호였고 그의 시선도 강신영을 바라보고 있었다.

'용담호혈이군!'

유정만 해도 호적의 강함을 느낄 수 있었는데 이건 아예 벅차기까지 했다. 분명 자신보다 한 수 위의 고수. 그런 인물이 이곳에만 셋이었다. 저절로 등 뒤로 흐르는 식은땀에 등골이 오싹해질 수밖에 없었다.

그러나 피할 생각은 없다. 오직 마주치고 그래야만 자신이 목표로 삼은 향기를 지울 수 있기에.

'분명 저 정도로 강할 것이다!'

약함을 부끄러워하지 않고 그것에 부족함을 느껴 더욱더 마주해 가
는 용기. 그 용기가 지나간 과거의 아픔을 발판 삼아 배가 되어 있는
지금의 일호에게 강신영의 존재감은 오싹함을 줄 뿐 공포를 주진 못했
다.

그렇게 마주 보던 두 사람의 시선이 한쪽의 거둠으로 막을 내렸고
잠시 후 서원각을 벗어난 강신영의 머릿속엔 좀 전의 인물에 대한 궁
금증이 가득 차 있었다.

'대체 누구지?'

분명하진 않지만 벽을 넘어선 듯한 무인. 그런 인물을 군사인 제갈
진천이 모를 리 없기에 가만히 놔둔다는 것은 위험인물은 아닐 터. 그
래도 뭔가 찜찜한 강신영이었다.

"따로 조사해 볼 필요는 있겠지."

우연치 않은 계기로 일호의 뒷조사에 들어간 강신영이었다. 그즈음
서원각에 모인 사람들은 뒤쪽에 준비되어 있는 비무대로 이동을 시작
했다.

"설화야, 이쪽이다!"

유정과 함께 비무대 근처로 다가가던 당설화는 자신을 부르는 외숙
의 목소리에 그쪽으로 시선을 가져갔다.

"어르신이네."

유정의 말에 장유승을 바라보던 당설화가 고개를 끄덕였고 그 옆으
로 당원익도 서 있었다.

인사를 전하던 유정이 고개를 갸웃거렸다.

"형님은 안 계시네?"

"너 오기 이틀 전에 세가로 돌아가셨어."

"그래? 언제 한번 식사나 같이 해야겠다 싶었는데……."

"아쉬우면 세가로 한번 오던가."

"그러면 되겠네."

말의 무게감은 없으나 진실은 있어 보여 다행인 유정의 말투에 당설화의 중얼거림이 이어졌다.

"…조심해."

"뭐? 잘 안 들리네."

"못 들었으면 됐고."

그 말을 끝으로 장유승이 있는 곳으로 걸음을 옮기는 당설화였고 그 모습에 장난스런 미소를 짓는 유정이었다.

"조심할게!"

'……!'

유정의 높은 어조에 자신을 바라보는 주위의 눈빛이 따가워지자 일순 얼굴을 붉히는 당설화였다.

'창피하게.'

그래도 좋으니 어쩌겠는가. 그 모습을 흡족하게 바라보는 장유승이었다.

'잘한다, 우리 조카! 오늘 입은 모습처럼 앞으로도 그렇게만 입어라!'

여자의 변신은 무죄. 노인의 늘어만 가는 눈치도 무죄다. 둘이 서원 각을 들어서는 순간 조카의 얼굴과 외견의 변화에 분명 뭔가 결심을 했다 싶었고 좋은 쪽이란 감을 느낀 장유승. 다가오는 당설화를 향해 부드러운 미소를 지었다.

"결심했느냐?"

다 알고 물으니 속일 생각하지 말라는 장유승의 눈빛에 살며시 고개를 끄덕이는 당설화였다.

비무대에 먼저 올라선 음수빈의 눈매는 살짝 치켜떠져 있었다.

식당에서 있었던 유정의 한마디. 이미 그의 귀에 들어가 있었기 때문이다.

'약한 놈을 괴롭히는 취미가 없다고!'

뿌득!

어금니가 비명을 지르며 분노를 표현했고 자신의 먹잇감이 시선에 들어서자 비웃음을 날리는 음수빈이었다.

'누가 약자인지 뼈저리게 느끼게 해주마!'

그런 음수빈에 반해 분노도 긴장감도 없는 나른한 표정으로 비무대에 올라서는 유정이었다.

'빨리 끝내고 점심은 설화랑 나가서 먹어야겠다.'

비무의 결과. 그 역시 알고 있었고 그건 자만심이 아니었다. 다만 짜증은 난다.

'사내놈이 입은 꼬락서니 하고는.'

적색의 무복. 가슴에는 봉황이 금빛의 화려한 날갯짓을 하고 있었다. 그 위로 정중앙에 어린아이 주먹만 한 호박을 박아 넣은 영웅건을 질끈 동여맨 채 자신을 노려보고 있는 음수빈의 모습에 입매가 삐뚤어지는 유정이었다.

'저 옷 입는 취향은 고쳐 놔야겠어.'

사룡단 각 단의 무복은 저녁 식사를 마친 이후에는 굳이 입지 않아도 되었다. 더해 조장 직급 위로는 임무가 없을 시엔 평소 자신의 취향대로 편하게 입을 수 있는 특권 아닌 특권이 있었다.

그 특권을 박탈할 생각을 하는 유정. 그만한 권한이 그에겐 있었다.

이내 비무대에 반 장의 거리를 두고 마주 선 두 사람 사이로 방천욱이 오동나무로 만들어진 목검을 전했다.

"이것은 신성한 비무 그 이상도 그 이하도 아니니 목검을 사용하는 것에 불만을 가지진 않겠지?"

"예. 상관없습니다."

음수빈의 대답에 유정도 그렇다는 표시를 했다.

"그럼, 서로 간의 목숨에 위험을 부르지 않는 한도 내에서 비무를 치러주기 바라네."

"예."

두 사람의 동시 대답에 양손을 펼쳐 각자의 어깨를 두드리고는 비무대를 내려가는 방천욱이었다.

그러자 유정과의 거리를 이 장 정도 더 벌리며 포권을 취하는 음수빈이었다.

"한 수 부탁드립니다."

"나도 한 수 부탁하네."

기본적인 예의를 무시할 순 없기에 마주 포권을 취하는 유정이었고 그와 동시에 비무대 주변의 웅성거림이 줄어들며 곧이어 완전한 침묵에 감싸였다.

"……."

긴장감이 고조되며 입 안에 침이 고이기 시작했다.

그리고 누군가의 입에서 모여든 양을 주체 못한 소리가 비무대 주변을 울렸다.

꿀꺽!

그 소리를 시작으로 비무가 시작되었고 먼저 움직인 것은 음수빈이었다.

쓰아아악!

목검에 갈리는 바람 소리가 음산한 비명을 지르며 음수빈의 검끝이 순식간에 유정의 어깨를 찔러갔다.

"저거야!"

누군가의 입에서 이번 정무대전의 본선 삼차전까지 빛살의 속도로 상대를 일 초에 무너뜨린 음수빈의 발검에 대한 경악성이 터져 나왔다.

그 짧은 경악성이 끝나기도 전에 이미 음수빈의 검끝은 유정의 어깨를 찌르고 지나갔다.

그러나 그 순간 바람에 흩날리는 유정의 신형.

'이형환위!'

생각과 동시에 신형을 정면 이 장 앞으로 도약시키는 음수빈의 귀에 '툭' 하는 소리와 약간 놀란 듯한 유정의 목소리가 전해졌다.

"어, 피하네?"

'……!'

검면을 어깨에 올려놓은 채 말을 하는 유정의 모습에 허리 뒤춤을 만지작거리던 음수빈의 시선이 흔들렸다.

'잘렸다!'

일 촌가량 잘린 옷감. 조금만 늦었어도.

음수빈의 손에 갑자기 땀방울이 고이기 시작했고 유정의 목소리가 이어졌다.

"일 초는 됐고. 이제 이 초 남았네."

“……?”

“삼 초의 양보 중 이 초 남았다고.”

빠드득!

저절로 갈리는 어금니의 비명성에 음수빈의 신형이 조금 전 상황을 잊은 듯 다시 한 번 빠르게 쏘아졌다.

이번엔 더 빠르다. 하나 빨라봤자 유정 손바닥 위였다.

쓰아아악!

탁!

“……!”

“이번엔 막아봤는데 어때?”

“지… 지금 날 놀리십니까!”

“에이. 놀리긴, 실력 좋… 힉!”

실력 좋다고 하려는 순간 겹쳐진 검을 힘으로 밀어붙이며 그대로 목젖을 찔러오는 음수빈의 검에 화들짝 놀라며 신형을 뒤로 물리는 유정이었다.

물린 만큼 따라붙는 음수빈의 검에 살기가 감돌기 시작했다.

휙! 휙! 휙!

세 번의 후 도약. 그만큼 따라온다.

‘거 참! 질기네.’

어느새 비무대 사각 한 지점의 끝부분까지 몰린 유정. 검을 들지 않은 그의 좌수가 목젖을 찔러오는 음수빈의 검을 향해 사선으로 허공을 갈랐다.

쉬익! 퍼석!

“……!”

"어? 이거 이렇게 약했나?"

검자루 부분부터 부러진 음수빈 자신의 목검을 바라보며 말하는 유정의 행동에 음수빈의 떨리는 목소리가 흘러나왔다.

"거… 검을 부러뜨리다니."

목검을 부러뜨려서 놀란 것이 아니었다. 그 목검을 부러뜨려 불리한 상황을 모면한 유정의 행동에 분노가 인 것이었다.

그러거나 말거나 어깨를 으쓱거리는 유정이었다.

"검을 다시 준비해야겠네."

유정의 시선이 아래쪽으로 향했고 방천욱이 쓴웃음을 짓고는 미리 준비해 둔 새로운 목검을 들고 비무대로 올라왔다.

"자네도 참. 기껏 목검을 줬더니 부러뜨리기나 하고."

"전 이렇게 약할 줄 몰랐죠."

"뭐, 어찌 되었든 자, 육조장. 이제 다시 시작하지."

목검을 건네받은 음수빈의 손이 떨리고 있었다.

"단… 단주님, 이래도 됩니까?"

"글쎄. 사실 생각만 했지 실제로 이리될 줄은 몰라서."

'이놈이나 저놈이나 대충대충!'

짜증이 울컥 솟아오르는 음수빈의 오만상이 일그러졌다.

결국 비무는 다시 시작되었다. 다만 전과 달라진 것은 음수빈의 목검에 옅은 노란색의 아지랑이가 피어나고 있다는 것이었다.

"목검에 검기를 발현하는군!"

방천욱의 말에 오조장 종리영이 감탄한 눈길로 비무대를 주시하며 말을 받았다.

"색의 농도를 보아하니 웬만한 검기 못지않은데요."

“그런 것 같군.”

목검에 검기를 발현한다. 결코 쉬운 일이 아니었고 이 중 자신을 포함한 조장들을 제외하면 그 경지에 오른 이들은 몇 없었다.

방천욱의 시선이 유정의 목검에 옮겨졌다.

“그런데 유 부단주의 검은 그대로군.”

“그러네요. 저렇게 부딪치면서도 용케 부러지진 않네요.”

“그게 더 어려운 일이지.”

방천욱의 말에 과연 하는 표정으로 고개를 끄덕이는 종리영의 시선에 연신 위아래 전후좌우로 허공을 가르는 음수빈의 검이 희미하게 들어왔다. 그만큼 빠르게 휘둘러진다는 말이었다. 더해 그런 빠른 음수빈의 검공을 서 있는 자리에서 한 발짝 반경만을 고수하며 피하고 막는 유정도 들어왔다.

그 모습에 감탄이 안 들 수 없는 종리영이었고 그와 같은 감정을 가진 이들이 부지기수였다.

“어떻게 제대로 보이지도 않는 공격을 한자리를 고수하며 피하며 막을 수 있지?”

무위가 낮으니 그 무도(武道)가 궁금할 수밖에 없는 동료의 질문에 모르긴 마찬가지인 청룡단원이었다.

“정말 부단주님의 무위는 우리와 차원이 다르시구나!”

감탄에 서서히 달아오르는 열기가 중천에 떠오르는 태양에 반사되며 비무대를 뜨겁게 달구기 시작했다.

획! 탁! 샤아아악!

연신 공격을 하는 음수빈. 그러나 상대는 그 자리 그대로. 그게 더 열받는다.

'왜 안 맞아! 좀 맞아! 맞아!'

수십 번의 외침이 입속에서 메아리칠수록 늘어나는 건 살기였고 짙어지는 건 검기의 농도였다.

그렇게 몇 번의 검무를 더 휘두르던 음수빈의 신형이 갑자기 뒤로 물러났다.

'뭐야, 지쳤나?'

이 정도로 지쳤으면 정무대전 우승을 어떻게 했을까. 본인이 생각해도 미련한 생각에 검자루로 자신의 머리를 툭툭 치는 유정이었다.

'어쨌든 이쯤 해서 끝내볼까.'

이 정도면 싸가지없어도 부하라는 것에 대한 최소한의 체면은 세워 준 듯싶었다.

비무를 마칠 준비를 하는 유정의 머리가 비상하게 돌아가기 시작했다.

'어떻게 마무리한다… 그래, 그게 좋겠군!'

파검(破劍). 목검이 부러지자 열받아했던 음수빈의 모습이 생각난 유정의 머리에 어울리지 않게 사문 검법의 묘리가 흘러가고 있었다.

'모든 건 돌고 돌아 태극이요, 그 처음으로 돌아간다!'

그래서 처음에 했던 파검을 다시 하려는 유정이었고 아무리 포장해도 남 약 올리기밖에 안 됐다.

반면 자신의 공격에 여간 불만이 아닌 음수빈이었다.

'제길! 목검인지라 제대로 공력을 주입할 수 없으니 위력이 안 나잖아!'

거기다 묘한 무게감의 차이에 미세한 검공의 흐트러짐까지. 실력의 부족함은 전혀 생각지 않는 음수빈의 불만이었다.

그런 음수빈의 몸이 갑자기 경직되었다.

스으윽!

"뭘 그렇게 멍하니 있나, 육조장!"

어느새 눈앞에 나타난 유정. 그의 좌수가 허공을 갈랐다.

퍼석!

"……!"

음수빈의 시선에 부러진 목검의 잔해가 한 치 앞에서 떨어져 내렸다.

"이… 이게 무슨 짓이오!"

터져 나오는 발악성, 음수빈의 커다란 눈에 분노가 서려 있었다.

그 분노에 정작 이 상황에 주지해야 할 사실을 간과했으나 다행히 이곳에 그만 있는 것이 아니었다.

"지… 지금 검기를 맨손으로 잘라, 아니, 부숴 버린 거야?"

누구의 경악성 질문인진 몰라도 비무대 주변에서 흘러나온 그 말에 대꾸하는 이는 아무도 없었다. 다들 놀랐다는 방증이었다.

방천욱의 시선 또한 흔들리고 있었다.

분명 유정의 손은 맨손이었다. 아무런 보호막이 없다는 뜻이었다.

그럼에도 검기가 서린 목검을 부숴 버리다니.

"허허. 정말 그 끝을 알 수 없구나!"

이 정도일 줄은 몰랐다. 정무대전의 결승을 참관한 방천욱에게 음수빈은 자신과 비교해도 전혀 떨어지지 않는 실력을 가지고 있음을 알았다. 그래서 유정이 우세야 하겠지만 좋은 대결 정도는 될 줄 알았다.

그러나 막상 뚜껑을 열어보니 유정은 음수빈을 완전히 가지고 놀 정도의 실력 차를 보여주고 있었다. 결국 자신 역시 그와의 실력 차가 생각보다 훨씬 크다는 뜻이었다.

무인으로서 자존심은 상하나 그런 부하를 자신이 뽑았다는 자부심 또한 다시 한 번 되새기게 되는 방천욱이었다.

어쨌든 이쯤 해서 조금 전 단주의 감탄을 받아줘야 하는 조장들 역시 감탄에 그럴 겨를이 없어 보였다.

그리고 여기 떡 벌어진 입에서 걸쭉한 물기가 새어 나오는 것도 모르고 멍하니 서 있는 당원익이 있었다.

'저… 저 정도였어?'

마욱을 한 수에 보낸 것은 보지 못했다. 그 뒤 화석민을 한 방에 보낼 때 알아봤지만 그것도 너무 간단히 끝나서 대충 강하구나 정도로 생각했다. 그러다 남궁혈사로 무지 강하구나 했다.

그러나 지금 보니 강함을 넘어선 극강을 보여주는 유정.

본인에게야 아무것도 아니지만 당원익의 경지론 꿈도 못 꾸는 유정의 한 수였다.

그 한 수에 당설화의 양손은 가슴 사이에 폭하니 모아져 있었다.

'역시 천검의 무덤이 맞았구나!'

늘 머리 한쪽에 가지고 있던 유정의 무위 상승에 대한 의구심. 왠지 이번 비무를 보니 그런 확신이 들었다.

비무대 위에서는 음수빈의 억지성 발언이 터져 나오고 있었다.

"이런 식으로 계속 해봤자 소용이 없습니다!"

이미 두 번의 파검에 조금씩 이성을 잃어가는 음수빈. 그가 언제 이런 무시를 당해봤겠는가.

그리고 그 무시에 진정 숨겨진 것을 보지 못하는 음수빈이었다.

파검! 실전이었다면 목을 부러뜨릴 수도 있었고 두 번이니 더 말해

입 아픈 실력 차를 말이다.

비무대에 다시 올라온 방천욱은 그걸 알고 있었기에 이미 이번 비무의 홍이 상당히 가신 상태였다. 그런데 정작 본인은 그걸 모르고 홍분해 있으니 음수빈을 바라보는 그의 시선이 고울 리 없었다. 그래도 어쨌든 부하이기에 홍분을 달랠 필요는 있었다.

"그래서 자네가 원하는 것은 뭔가?"

"제 검을 쓰고 싶습니다!"

그러면 이길 수 있다는 자신감이 물씬 풍겨 나오는 음수빈의 목소리에 비무 전에 말한 사항을 다시 한 번 강조하려던 방천욱이었으나 유정이 먼저 끼어들었다.

"지금 육조장의 말은 목검이 아니면 날 이길 수 있다는 말인가?"

어이없다는 듯 질문하는 유정의 모습에 오기가 치솟은 음수빈의 반문이 이어졌다.

"혹 그렇게 될까 봐 겁나십니까?"

꿈틀!

유정의 눈매가 사나워졌고 이쯤 되니 곱게 넘어가긴 힘들어 보였다.

"단주님, 육조장에게 검을 주십시오."

"이보게. 내 처음에도 말하지……."

"괜찮습니다. 그러니 주십시오."

자신의 말을 자르는 유정의 행동에 지금 그걸 탓할 상황이 아닌지라 어찌해야 되나 잠시 고민하던 방천욱의 귀에 유정의 전음이 전해졌다.

―어차피 육조장의 버릇도 고칠 겸 확실히 해둘 필요가 있습니다.

유정의 전음은 방천욱도 동의하는 부분이었다. 천하제일검의 제자. 정무대전의 우승. 자연히 오만한 구석이 있을 만했고 지금 그의 말투와 행동이 그걸 대변하고 있었다.

잠시 고민하던 방천욱의 고개가 끄덕여졌다.

'그래, 여기서 확실히 자신의 위치를 각인시켜 줄 필요가 있겠어.'

그렇게 만들어줄 능력이 있는 유정이었고 그걸 알아본 방천욱의 시선이 음수빈을 향했다.

"여기서 자네의 검을 가져오긴 그렇고 아무 검이라도 상관은 없겠지?"

"목검만 아니면 됩니다."

음수빈의 대답에 '그래 봤자 넌 안 된다. 왜 그걸 모르느냐!' 라고 쏘아붙여 주고 싶었지만 차마 소속 부하인지라 그러진 못하고 비무대를 내려오며 한숨을 짓는 게 고작인 방천욱이었다.

곧 단원 중 한 명의 검을 빌려 비무대로 올라온 방천욱은 음수빈에게 검을 건넸다.

"단원이 연습용으로 사용하는 청강검이네."

"충분합니다."

'허허. 이 친구 정말 천지 구분 못하는군!'

음수빈의 철없는 자신감에 점점 못마땅해지는 방천욱이었다. 그의 시선이 유정을 향하며 전음을 날렸다.

―이왕 이리된 거 어쩔 수 없지만 확실히 해주게!

―알겠습니다!

모종의 부하 버릇 고치기 거래가 성사되었다.

그 희생양이 된 줄도 모르고 의기양양한 음수빈의 목소리가 유정을 향했다.

"검 안 바꾸십니까?"

"이걸로 충분해."

"……!"

음수빈의 의기양양이 짧게 생을 마감하며 그 자리를 살기가 다시 들어섰다.

'오냐! 네놈이 원했으니 어디 잘리고도 날 원망하지 말아라!'

사지 중 하나는 확실히 잘라 버릴 음수빈의 눈에 악독한 기운이 서렸다.

유정의 눈에도 처음의 나른함이 사라지고 확고한 부하 정신머리 개조의 책임감이 들어찼다.

'우선은 한 방에 끝내고 보자!'

그러고 나서 잘근잘근 밟는다. 간단하면서도 귀찮은 반항이 없어 가장 확실한 방법이었다.

그렇게 시작된 마지막 비무. 이미 음수빈의 검에는 진한 농도의 검기가 휘황찬란하게 서려 있었다.

'확실히 목검에 비할 바가 아니다!'

이제 만족스럽다. 그런 만큼 자신의 무력을 행사함에 거칠 것이 없는 음수빈의 신형이 유정을 아작 내려 움직이려 했다.

그러나 움직일 수 없었다.

'뭐… 뭐야?'

의문 부호를 가지게 만드는 광경. 바로 정면에서 하늘의 태양이 내려선 것 같은 엄청난 밝기와 열기를 내뿜는 유정의 목검 때문이었다.

그리고 바로 알았다. 목검을 두르고 있는 것이 강기라는 것을.

"저, 저럴 수······!"

음수빈의 경악성이 나오기도 전에 비틀린 웃음을 동반한 유정의 신형이 먼저 움직였다.

스으으윽!

늘어났다. 분명 유정의 신형이 이 장가량 늘어났고 그 잔상이 뒤늦게 음수빈의 정면에 서 있는 그의 몸에 달라붙었다.

유정의 비웃음이 음수빈의 코앞에서 흘러나왔다.

"우선 세 번째 파검이다."

"······!"

스악! 썩둑! 챙그랑!

피하고 막고 자시고 할 것도 없이 빠르게 휘둘러진 유정의 목검에 음수빈의 모든 내력이 발현된 검기를 감싼 검이 마치 무 잘리듯 잘렸고, 절단된 청강검의 청명한 소음만이 비무대 주변을 울렸다.

쐐아아악!

비무대 주위에 한낮의 열기를 얼려 버리는 싸늘함이 찾아왔다. 아무도 입을 열 수 없었고 오직 유정만이 입을 열었다.

"이제 맞아라!"

퍼억!

"···컥!"

비명성도 늦었다. 그 정도로 유정의 주먹은 빨랐고 그 빠름에 고통으로 얼룩진 음수빈의 면상에서 그렇게 고생하던 어금니가 잇몸을 이탈하는 건 한순간이었다.

동시에 반 장가량 허공에 뜬 음수빈의 신형이 내려올 틈도 없어 더 멀리 날아갈 준비를 했다.

“회선각!”

유정의 입에서 그 회전력에 파괴력이 일품인 사문의 각법이 흘러나왔고 정확히 음수빈의 턱을 가격했다.

꽈직! 휘유우우웅! 털썩!

이번엔 비명성도 없었다. 그저 바닥에 코를 처박고 경기를 일으키는 게 고작인 음수빈이었다.

그 뒤로 천천히 다가가는 유정의 손에 목검은 들려 있지 않았다.

‘패는 데 검은 필요없지!’

이윽고 음수빈의 앞에 선 유정. 그의 잘근잘근이 시작되었다.

꽈직! 퍽!

“꾸엑! …꽥!”

“어허! 벌써 죽는 소리 하면 안 되지.”

퍼퍼퍽! 꽈직! 폭?

“끄윽! 으으으윽…….”

“어허! 움직이니까 그렇지. 그래도 한 달만 고생하면 되니 참도록.”

스윽! 홱!

이번 소리는 유정이 돌아보고 방천욱이 외면하는 소리였다.

한마디로 더 까도 괜찮다는 상관의 동의였고 본격적인 잘근잘근을 시행하는 유정이었다.

그렇게 이각이 넘는 시간 동안 침묵에 휩싸인 비무대에 들리는 건 살벌한 격타음과 아주 간간이 새어 나오는 신음성뿐이었다.

*　　　　*　　　　*

“장문인께서는?”

“아시지 않습니까. 이맘때면 항상 보름 정도 처소를 나오지 않으시는 것을.”

“허, 이십 년이 흘렀는데도 그 인과(因果)의 연을 끊지 못하시는 겐가.”

수려한 인상에 백발의 미염이 신선을 방불케 하는 노인의 입에서 한숨과 함께 지난날의 회한을 그리는 듯한 목소리가 흘러나왔다.

그보다 연배가 낮아 보이는 노인 역시 한숨을 지었다.

“아마도 이승에서 그 연을 끊진 못하실 겁니다.”

사제의 말에 장문인의 처소로 시선을 가져가는 노인의 눈에 어느덧 후회의 감정이 서려 있었다.

“그때 그냥… 모른 체했어야 했어.”

“이제 와서 그런 말이 무슨 소용입니까. 그리고 전 그 결정을 후회하지 않습니다.”

비단 그들이 정한 것은 아니나 그 결정에 움직인 것은 자신들이었다.

그리고 이십 년의 세월이 지난 지금 그 결정에 한 사람은 후회를, 한 사람은 책망과 스스로의 위로를 하고 있었다.

그러던 두 사람 중 연배가 낮은 노인의 입에서 걱정스러움이 묻어나왔다.

“제자의 상세는 좀 나았습니까?”

세 달 전 사문으로 돌아온 사형의 제자. 어디서 당했는지 차마 말 못할 부분이 파열되다시피 한 상처를 안고 돌아왔다.

그나마 간단한 응급처치는 잘 받은 듯 다행이었으나 그래도 오랜 기간 고생을 해야 했고 지금도 처소를 나오지 못하고 있었다.

그런 상황에 걱정이 될 수밖에 없는 사제의 물음에 노인의 고개가 좌우로 저어졌다.

"그게 생각 외로 깊더군. 더구나 일을 볼 때마다 나아가던 상처가 다시 벌어지니 도통 완쾌가 될는지."

"그거 정말 큰일이군요."

"그래도 이제는 찬바람이 불어서인지 덧나진 않으니 그나마 아무는 속도가 빨라져 다행이야."

"그렇다면 다행이군요. 그나저나 아직도 그 상처에 대한 이유는 말하지 않는가 보군요."

"음. 무슨 피치 못할 사정이 있는 것 같긴 한데 아픈 제자를 닦달할 수도 없고……."

"그것도 그렇군요. 왠지… 요즘 사문에 부는 바람이 어수선합니다."

"그러게나 말일세."

사형의 침울한 표정과 말투를 끝으로 더 이상 대화를 잇기 미안한 사제의 얼굴에도 침울한 표정이 찾아오고 있었다.

〈4권 끝〉